JN166959

絶華の契り

仮初め呪術師夫婦は後宮を駆ける

安崎依代

24525

角川ビーンズ文庫

目次

李《り》陵《りょう》
第三皇子で、
皇宮を守護する隠密呪術師。
紅珠の祓《ふつ》師《し》塾《じゅく》時代の同期だが、
当時は身分を伏せて
「涼《りょう》」と名乗っていた
黎《れい》紅《こう》珠《じゅ》
宮廷呪術師組織
「明《めい》仙《せん》連《れん》」の八仙の一人。
『武侠仙女』と呼ばれ、
攻撃系の術が得意。
涼とは腐れ縁であり、
好敵手兼相棒

絶華の契り

仮初め呪術師夫婦は後宮を駆ける

『人物紹介』

桃燕《とうえん》

後宮の第八公妃。
大手「飛天商会」で
名の知れた商人

瑠華《るか》

嫁入りした紅珠の
世話役で、絶世の美貌と
有能さの持ち主

皇帝

李陵の父。
強気な外交で麗華国を
治める当代皇帝

本文イラスト／Ｎａｉ２

序

『運命』なんていうものを、紅珠《こうじゅ》は信じていない。

基本的に世の中というものは必然だ。努力をすれば良い結果が訪《おとず》れ、努力を惜《お》しめば凄《せい》惨《さん》たる結果に終わる。一事が万事《ばんじ》そうではないが、基本的にそういうものだということを、紅珠は今までの人生で実感してきた。

だから目の前の状況《じょうきょう》だって、『運命』などではないのだ。決して。

「よぉ、紅珠。久し振《ぶ》りだな」

たとえ行方《ゆくえ》不明だった腐《くさ》れ縁《えん》の同期が、唐突《とうとつ》に目の前に姿を現しても。

「久し振りついでで悪《ワリ》ぃんだけど、前に賭《か》け勝負しただろ？　『負けた方は勝った方の言うことを何でもひとつ聞き入れる』ってやつ。その権利、俺まだ使ってなかったよな？」

その同期が『当代皇帝《こうてい》の第三皇子』という肩書《かたが》きとともに、傍《かたわ》らに美姫《びき》を侍《はべ》らせて登場していても。

「それ、今使わせてもらうわ。と、ゆーわけで」

実は第三皇子だったという同期に、『宮廷《きゅうてい》呪術師《じゅじゅつし》組織・明仙連《めいせんれん》屈指《くっし》の実力者、黎《れい》紅珠に折り入って頼《たの》みたいことがある』と屋敷《やしき》まで呼び出されていても。

「紅珠、お前、俺んトコに嫁《よめ》に来い」

その果てに『求婚《きゅうこん》』という言葉から想像する甘さとは程遠《ほどとお》い雰囲気《ふんいき》で、結婚を申し込まれていても。

決してこれは、運命などではない。

というよりも、運命などであってたまるか。

皇子に拝謁《はいえつ》する臣下らしく、広間の中央に片膝《かたひざ》をつき拱手《きょうしゅ》をしていた紅珠は、ニコリと綺麗《きれい》に笑うとスクッと立ち上がった。その動きだけで、紅珠の次の行動が分かったのだろう。腐れ縁の同期も似たような笑《え》みを浮《う》かべると、傍らの美女を後ろへ下がらせながらスルリと椅子《いす》から立ち上がる。

互《たが》いに笑みを浮かべたまま、無言で見つめ合うこと数秒。

次の瞬間《しゅんかん》、紅珠は笑みを浮かべたまま、予備動作を一切《いっさい》見せることなく、不意を衝《つ》く形で大量の呪符《じゅふ》を同期に向かって擲《なげう》っていた。対する同期はどこに潜《ひそ》ませていたのか、いつの間にか手にしていた数珠《じゅず》を打ち鳴らし防御《ぼうぎょ》の結界を展開する。

それを半ば予測できていた紅珠は、笑みの仮面をかなぐり捨てると投げつけた符に意識を集中させた。呪力が通《かよ》った符は紅珠の意思に従い次々と炎《ほのお》と光を炸裂《さくれつ》させる。謁見《えっけん》のために使われていた部屋は、あっという間に戦場と化した。

「ヒューッ!!　さっすが紅珠！　第三皇子に向かって一切遠慮《えんりょ》なく爆炎《ばくえん》符の嵐《あらし》とは！　その思い切りの良さ、相変わらず痺《しび》れるねぇ！」

「痺れるついでにくたばっちまえっ！　この能天気のウスラトンカチがっ!!」

投げかけられる言葉は軽いが、展開される結界は硬《かた》い。爆炎符だけではその結界に一寸も傷をつけられないと知っている紅珠は、次いで雷撃《らいげき》符を懐《ふところ》から抜《ぬ》く。

「誰《だれ》がっ！　だーれーがっ!!　その程度の権利で人を強制的に嫁にしようってのよっ!!　隣《となり》に別の女まで侍らせてっ!!」

「ん？　俺？」

あらん限りの怒《いか》りを乗せた声に返されたのは、能天気にも程がある言葉だった。

その発言を聞いた瞬間、紅珠の中でブチッと何かが千切れる音がこだまする。それを自覚するよりも早く、紅珠は腹の底から絶叫《ぜっきょう》していた。

「今日という今日こそ消し飛びなっ!!　このドクズっ!!」

紅珠の容赦《ようしゃ》ない罵声《ばせい》とともに、雷撃符がカッと眩《まばゆ》い光を放つ。

次いで天から叩《たた》き付けられた雷撃により、謁見に使われていた部屋は木《こ》っ端微塵《ぱみじん》に破壊《はかい》されたのだった。

壱

そもそも、だ。

呪術師という仕事は、一般人《いっぱん》が太刀《たち》打《う》ちできない領域を引き受ける、特殊《とくしゅ》技術職である。術を操《あやつ》る霊力《れいりょく》、異形を見透《みす》かす見鬼《けんき》の目など、生まれながらの才能が少なからず必要で、そういった才能を持ち合わせた人間がそれなり以上に修行《しゅぎょう》をして初めて就《つ》ける職業である。

そんな限られた人間しか就けない特殊技術職でありながら、呪術師はどこでも必要とされる存在だ。陰《いん》の気から生まれる妖怪《ようかい》が人々を襲《おそ》い、人々の負の感情から呪《のろ》いが生まれる以上、呪術師が請《う》け負う領域がなくなることはない。そしてその領域は、人が人として生きている以上……負の感情も正の感情も抱《かか》えて、この世に生まれて精一杯《せいいっぱい》生きて死んでいくという営みがある以上、消えることはないものだ。

古《いにしえ》からそういった世界と関《かか》わり合って生きてきた人々は、国を建てる際にも呪術師の存在に重きを置いた。むしろ国家事業として呪術師の育成に力を入れなければ、国を安らかに保つことができなかった、と言っても良い。

麗華国《れいかこく》もそんな経緯《けいい》から宮廷の中に『明仙連』と呼ばれる呪術師の組織が存在しており、安定して人材を確保するために呪術師養成所である祓師塾《ふっしじゅく》という組織を併《あわ》せて持っている。

『涼《りょう》』と名乗っていたその男は、祓師塾における紅珠の同期だった。そこに『腐れ縁の』とついてしまったのは、入塾して以降六年間、紅珠と涼がひたすら学年首席の座を巡《めぐ》って火花を散らし合ったことに由来している。

政《まつりごと》に参加できるのは男ばかりだ。必然的に宮廷に仕官している人間もほぼ男しかいない。

そんな中、特殊技術職である呪術師は生まれながらの才がどうしても必要であるため、例外的に女にも仕官の門戸が開かれている。

つまり、宮廷呪術師という職は、全《すべ》ての呪術師達の頂点に立つ職であると同時に、女の身で唯一《ゆいいつ》勝ち取れる官職でもあるということだ。女であっても己《おのれ》の力で道を切り開きたいと望む者にとって、宮廷呪術師は憧《あこが》れの的である。

だがそれゆえに、その座を目指す女には、祓師塾在籍《ざいせき》時点で同じ道を志す男達を蹴落《けお》とし、熾烈《しれつ》な争いを制して頂点に立つことが暗黙《あんもく》の裡《うち》に求められる。宮廷女呪術師たる者、それくらいの野心を抱《いだ》き、優秀《ゆうしゅう》で、強さを備えた存在であれ、というのが宮廷側の本音でもあるのだ。

黎紅珠は、それを承知の上で、それでも宮廷呪術師組織・明仙連の呪術師になるべく祓師塾の門を叩いた人間だった。

理由は極《きわ》めて単純だ。

そこにしか紅珠が『紅珠』として生きていける道がなかったからである。

──『名門武官一族』って言えば聞こえはいいけれど、中身はただの頭が固い人間の集まりったらありゃしない。

黎家は代々武官を輩出《はいしゅつ》してきた一族だ。そんな黎家の当主である父の許《もと》に嫁入りしてきた紅珠の母は、代々呪術師を輩出してきた一族の出身だった。

父に似れば武才に優《すぐ》れた子が生まれ、母に似れば呪才に恵《めぐ》まれた子が生まれる。両親は三人の息子《むすこ》達にはそのどちらかの才を、末に一人生まれた娘《むすめ》には器量と気立ての良さを求めた。

ただ、逆は求めていなかったのだ。『男は男らしく、女は女らしく』と前時代的で堅物《かたぶつ》な考え方をしていた両親は、将来一族を担《にな》う才を持つ息子と、良家と縁を結べる娘を欲した。

だが往々にして現実とはうまくいかないものである。残念なことに彼らの息子達は、武術的にも呪術的にも飛び抜けた才を示すことはなかった。

両親の才を総取りして数段昇華《しょうか》させるような素質を示したのは、よりにもよって末娘の紅珠だったのである。

――そこで『よし、ひとつここは考えを改めて、息子じゃなくて娘に期待してみよう！』っていう考えになってくれていたら、私の人生もちょっと違《ちが》ったのかもしれないわね。

簡単には考え方を曲げないのが、堅物一族の堅物一族たる所以《ゆえん》である。

両親を筆頭にした一族の人間が紅珠に課したのは、才の封印《ふういん》だった。兄達よりも鋭《するど》く剣《けん》を振《ふ》るえた紅珠の手から剣を奪《うば》い、兄達よりも難しい術を行使できた紅珠に呪術を振るうことを禁じた。紅珠はそのことに泣いて抗議《こうぎ》したが、返ってきたのはより厳しい叱責《しっせき》と、望みもしない『女らしい』趣味《しゅみ》の押し付けだった。

【女として生まれたからには、女らしく生きてもらわなければ】

【娘であり、妹である紅珠は、兄達よりも劣《おと》った存在でいなければならない】

【決して出しゃばらず、両親と兄達の言うことを大人しく聞き、黎家の娘として生きていけ】

そんな理不尽《りふじん》な言葉が、紅珠の上にだけ降り注いだ。

――ここで私が折れていても、今の私はいなかったわね。

そんな言葉にさらされ続けた紅珠は、ある日泣くことをやめた。ちなみに涙《なみだ》が涸《か》れたわけでもなければ、一族の方針に大人しく従う道を選んだからでもない。

十一歳の夏のこと。

その日もその日とて『女たるもの』とネチネチと厭《いや》みを垂れ流していた父を前に、紅珠はついにプッツリと己の堪忍袋《かんにんぶくろ》の緒《お》が切れる音を聞いた。

「御父様《おとうさま》」

あの時の自分はきっと、それはそれは『女らしい』美しい顔で笑っていたのだろうと紅珠は思う。

もっとも、声は実に黎家の武人らしい、ドスが利《き》いたものだったと思うが。

「ひとつ、私と賭《か》けをいたしませんか」

秋になれば、祓師塾が入塾試験を行う。数年前から兄達は皆《みな》受験させてもらっていたが、紅珠だけは受験させてもらえていない。

その試験を自分に受けさせてほしい。

もしも入塾試験に落ちたら、紅珠はもう二度と一族の方針に逆らわない。大人しく花嫁《はなよめ》修業に励《はげ》み、両親と三人の兄を支え、いずれ良家に嫁《とつ》ぐことを約束する。

だが万が一、紅珠が祓師塾に入塾することが叶《かな》ったならば。

「私が卒業するまで、ツベコベ言わずに、私が挙げてくる成果を見届けろ」

そんな一世一代の大勝負を父に挑《いど》んだ結果、紅珠はその賭けに勝った。

『女が受験したところで』『兄達だって毎年受験して合格できないのに』という一族の冷たい視線を跳《は》ね返し、紅珠は入塾試験を首席合格し、華々《はなばな》しく祓師塾に乗り込んだのだ。

祓師塾入塾をもぎ取った紅珠が、次に目指すところはただひとつ。

『女に生まれたというだけでその才を研《と》ぐことを許さず、己より劣る男ども《三人の兄》の陰《かげ》に隠《かく》れて生きていくことを当然のこととして強《し》いる、頭が固くて前時代的すぎる思考の持ち主である一族全員に現実を突《つ》きつけ、自分が「黎紅珠」として生きていける自由を得る』

紅珠が祓師塾の中でもずば抜《ぬ》けた成績を示し、最高峰《さいこうほう》の呪術師《じゅじゅつし》達が揃《そろ》う明仙連に入省すれば、頭が固い一族の人間達だって嫌でも紅珠の有能さを理解するはずだ。『男であろうが女であろうが、有能なものは有能』と理解できれば、誰《だれ》も紅珠に『女らしく女の人生を全《まっと》うしろ』とは言えなくなるはずである。

紅珠は『紅珠』として生きることを許される唯一の道を得るために、明仙連を目指した。

それが全てだったからこそ、紅珠はどんなに小さな『負け』も己に許すことはなかった。

負ければ途《と》端《たん》に『それ見たことか』『女は黙《だま》って男の後ろに控《ひか》えて日陰を生きていけば良い』と言われることが目に見えていたから。今度は一族の人間だけではなく、祓師塾に在籍する学生や師、その他関係者からも同じことを言われると肌《はだ》で感じて分かっていたから。父との賭けに勝ったとはいえ、一度でも負ければ、またあの窮屈《きゅうくつ》な家の中に引き戻《もど》されて、もう二度と外に出ることを許されないかもしれないという恐怖《きょうふ》があったから。

だから紅珠は我武者羅《がむしゃら》に努力し続けた。

——自分で言うのもなんだけども、その綱渡《つなわた》りを制して、祓師塾を卒業するよりも早く家族全員から『ごめんなさい、私達の認識《にんしき》が間違っていました』『うちで一番有能なのは、間違いなく貴女《あなた》です』っていう言葉を引き出せた私って、やっぱり優秀だったわよね。

紅珠は己の半生を振り返り、内心で深く頷《うなず》いた。

同時に、面白《おもしろ》くない現実も思い出してしまった紅珠は、眉間《みけん》にシワを寄せる。

――とはいえ、安泰《あんたい》というほど安泰でもなかったのよね、祓師塾時代の私の立場って。

祓師塾における紅珠の成績は、確かに文句のつけようがないくらいに優秀だった。歴代で比べてもかなり優秀だったという自負があるし、現に祓師塾の師達も紅珠にそういった評をつけていた。

そうでありながら紅珠が己の立場を盤石《ばんじゃく》なものだと思えなかったのは、『男』で紅珠と同じくらい優秀な人間が同期にいたからだ。そんな人間が、入塾当初から卒業時に至るまで、終始紅珠の安泰を脅《おびや》かし続けたのである。

その『男』というのが、『いけ好かない腐《くさ》れ縁《えん》』である涼だった。

そりゃあもう、いけ好かなかった。入塾当初は何から何までいけ好かなかった。

『首席入塾』という紅珠の誉《ほまれ》を超《こ》える、『技量優秀者につき入塾試験免除《めんじょ》』という特別枠《わく》で現れた特待生。それに加えて入塾当初の涼はとにかく皮肉屋というか、性格が悪かったから、そこも気に入らなかった。そんな人間が自分の未来を脅かしに来ているのだ。面白いはずがない。

面白くないならば、真正面から叩《たた》きのめして、本人にも周囲にも自分達の序列を示してやるまで。

そう考えた紅珠は、同期の誰もが最初から『特待生様には敵《かな》わない』と涼を嫌厭《けんえん》する中、真正面から『首席入塾者は私！　つまり私が一番優秀《ゆうしゅう》なのよっ‼』と涼に喰《く》ってかかった。同期の誰をも眼中に入れず、『特待生』という優秀極まりない肩書《かたが》きもそのままに、スカした態度で学年首席の座を掻《か》っ攫《さら》おうとしていた涼に、紅珠だけが真正面から『待った』をかけたのだ。

そんな紅珠の存在を、涼の方も面白く思うはずがない。最初は大して相手にもされず、無視されるか、あっても皮肉が一言だけ、というような対応をされていたが、入塾《にゅうじゅく》して数ヶ月が過ぎる頃《ころ》には涼も我慢《がまん》の限界が来ていたのだろう。次第《しだい》に皮肉の数が増え、涼の方からも紅珠に突っかかるようになり、気付いた時には喧嘩《けんか》仲間のような関係性ができあっていた。

無視であろうが、正面から喧嘩を売ってくるようになろうが、紅珠にとって涼が気に入らない存在であるという事実は変わらない。涼にとっても、紅珠は唯一《ゆいいつ》眼中に飛び込んできた『敵』であったらしい。

そんな関係にあった紅珠と涼が揃って無事に祓師《ふつし》塾を卒業できたのは、本気の殴《なぐ》り合いをしていた頃はまだ呪術師としての腕《うで》が未熟で、それなりに腕が立つようになった頃には数々の果たし合いの末に互《たが》いのことが誰よりも分かるようになっていたからだ。不本意ながらその『数々の果たし合い』を通じて、最終的に自分達は同期の中で互いに誰よりも気が合う存在になっていたのである。

——戦友……好敵手……うーん、相棒、かしら？　最終的には。

祓師塾卒業間際《まぎわ》、同期に『紅珠にとっての涼って何なの』と問われたことがある。その時の自分の答えは『あいつを倒《たお》すのはこの私！　あいつを倒したいなら、まずは私を倒していってもらうわよ！』だった。ちなみに同じような問いを受けた涼は紅珠のことを『あいつの悪口を言っていいのはこの俺だけだ。あいつを悪く言いてぇならまずは俺を倒してみろ』と評したらしい。今から冷静になって思い返せば、二人とも微妙《びみょう》に答えになっていないことを口走っている気がする。

——他《ほか》の同期達じゃ組んでも実力が釣《つ》り合わなかったから、実地訓練は最初から最後まで涼が相方だったしね。やっぱり、『相棒』が一番しっくりくるかしら？

座学でも、実技でも、その他諸々《もろもろ》でも、とにかく張り合われたし張り合った。紅珠から勝負を吹《ふ》っかけることもあれば、涼から勝負を吹っかけられることもあった。割合は五分五分だったと思う。

ちなみに勝敗も五分五分だった。紅珠としては『ま、私の方がちょこっとだけ優勢だったけどね』と見栄を張りたいところではある。まあ、そんな発言を涼に聞かれたら『いーや、俺の方が微妙に優勢だったな』と返されるに違いないが。

――そういえば、私が涼を嫌厭しなかったように、涼も私を『女』って理由で嫌厭することはなかったわね。

そこだけは評価してやってもいいと思うし、ありがたかったと思っている。

周囲が思わず一歩引いて見守ってしまうくらい紅珠と激しくやり合っていた涼だが、男だ女だとそこにツベコベ文句を言ってくることはついぞなかった。男女の垣根《かきね》を越えて対等に、度を越えて激しく張り合う二人の様子を間近に見ていたからこそ、他の同期達の中にも『そこを気にしている場合ではない』『とにかく修行《しゅぎょう》に励まなければ紅珠と涼に置いていかれる』という緊迫感《きんぱくかん》が生まれ、結果それが良い方向に作用していた。まあ、涼曰《いわ》く『お前を前にしてそんな余計なことを考えてたら、その間に俺はお前に消されてただろ』という話らしいのだが。

――まぁ、そうね。入塾当初は私も、『女だから』って侮《あなど》られないようにツンケンしてたからねぇ。

思い返せば、入塾初日に紅珠が突っかかって以降、お互いずっと本気で張り合い続けてきた。不本意ながら、涼がいたからこそ、紅珠の実力はここまで伸《の》びたと言っても過言ではない。

入塾当初は『負け』に常に怯《おび》えて、涼に自分の未来を潰《つぶ》されるかもしれないと苛立《いらだ》っていた紅珠が、いつの間にか涼と競《きそ》い合う日々を楽しく思うようになっていた。……癪《しゃく》だからそんなこと、絶対口にはしてやらないけれども。

いけ好かない腐れ縁。いつか絶対に自分が完膚《かんぷ》なきまでに叩き潰してやるから、それまで自分以外に倒されるなんて許さない。

対角に立てば憎《にく》い好敵手。背中を預ければ誰よりも頼《たよ》りになる相棒。

一年と少し前まで、自分達はそんな関係だった。

紅珠の認識としては、そんな感じだ。


——それがどうしてこうなった。

そんなことを胸中で考えながら、紅珠は初めて身を横たえる寝台《しんだい》の上に大の字に寝転《ねころ》んでいた。天蓋《てんがい》付きの高級寝台なんぞ一生縁はないと思っていたのに、一体全体本当にどうしてこうなった。

ひと月前にも訪《おとず》れたこの屋敷《やしき》に、本日改めて足を踏《ふ》み入れた流れを思い返し、紅珠は小さく溜《た》め息をつく。

『李陵殿下《りりょうでんか》』になっていた……正確に言うならば『李陵殿下』であったらしい涼から急に呼び出されたあの日から、今日でちょうどひと月になる。

あの日、結局紅珠は涼と決着をつけることができなかった。

『じゃ、詳細《しょうさい》は後から連絡《れんらく》すっから、心積もりだけよろしくな！』という気軽な声が聞こえたと思った次の瞬間《しゅんかん》、紅珠は明仙連の鍛錬《たんれん》場に放《ほう》り出されていた。涼が事前にあの広間に転送陣《じん》を仕込んでいて、怒れる紅珠を強制退出させたのだと気付いても後の祭りである。

紅珠は思わず地団太を踏んだが、一介《いっかい》の呪術師《じゅじゅつし》でしかない紅珠では第三皇子である李陵の屋敷に乗り込むこともできない。結局紅珠は怒《いか》りに打ち震《ふる》えるまま日常に戻《もど》るしかなかった。

そんな紅珠の許《もと》に涼から文《ふみ》が届いたのは、その数日後のことだ。文に術を施《ほどこ》し、鳥の姿を取った式文《しきぶみ》を紅珠に寄越《よこ》す、という実に涼らしい文の出し方をしてきたから、紅珠には中身を見る前から差出人が涼であることが分かっていた。

そんな文には見慣れた筆致《ひっち》で『あの広間、ちょうどいいからそのまま綺麗《きれい》に取り壊《こわ》して中庭にすることにしたぞ』というどうでもいい報告とともに『嫁入《よめい》りはこの日の夕刻な』という実にお気楽かつ簡単な言葉で嫁入り日時が指定されていた。ついでに何点か注意事《じ》項《こう》も書かれていて、あまりの身勝手さに紅珠がさらに怒りに震えたことは言うまでもない。

だが紅珠がどれだけ怒りに震えようとも、理不尽《りふじん》を吹っかけられていると感じていようとも、紅珠側から一方的にこの『嫁入り』を拒否《きょひ》することは許されない。涼が口にした『賭《か》け勝負』というものは、自分達にとってはそれだけ絶対的なものだった。

──おまけに来てやったら来てやったで、当人が出迎《でむか》えすらしないって何なのよ？

文に書かれていた指定日時と注意事項を守って、紅珠は再びこの屋敷の敷居をまたいだ。それが今日の夕方のことだ。

そんな紅珠を出迎えてくれたのは涼当人ではなく、先日『李陵殿下』に拝謁《はいえつ》した時に李陵こと涼と一緒《いっしょ》にいた謎《なぞ》の美女だった。

ちなみに出迎えは彼女一人だけで、他に人影《ひとかげ》も見えなかった。仮にも当主の妃《きさき》となる人間の輿《こし》入れであるはずなのに。

──まぁ、『目立たないように来てくれ』っていうのが注意事項のひとつに入ってましたからぁ？　私も一人かつほぼ身ひとつの、とても婚礼《こんれい》とは思えない姿で屋敷に来たわけですがぁ？

紅珠を出迎えた美女は瑠華《るか》という名前であるらしい。それ以外のことは一切《いっさい》分からない。何せ『瑠華と申します』と名乗るなりさっさと身を翻《ひるがえ》し、身振《みぶ》りで『ついてこい』と示したきり、ほぼ口を開かなかったので。

──まぁでも、意地悪そうな人ではなかったよね。

好意的に捉《とら》えるならば、お喋《しゃべ》りが好きではなくて、不必要な愛嬌《あいきょう》を振《ふ》りまくことはしない人なのだろう。何事にも効率的な当たり方をする人なのかもしれない。その証拠《しょうこ》に敵意も嫌悪《けんお》も感じなかったし、邪険《じゃけん》に扱《あつか》われることもなかった。

──多分、愛想《あいそ》がなくて一部の人間からは不当に低評価を喰らうけど、実務面だけで見ればメチャクチャ仕事ができる系の人だと思うのよね、うん。

何せほぼほぼ口を開いていないにもかかわらず、あっという間に紅珠に屋敷内の設備配置を把握《はあく》させ、紅珠が我《われ》に返った時には湯浴《ゆあ》みを終わらせ夜着を着付けた状態でこの部屋に放り込んでいたのだ。状況《じょうきょう》を理解した紅珠が慌《あわ》てて振り返った瞬間には、ペコリと頭を下げた瑠華が部屋の外へ姿を消していた。この手際の良さを見るに、やはり侍女《じじょ》として最高に仕事ができる人間だと紅珠は思う。

──風呂場《ふろば》に案内するだけ案内して、お風呂の中でのお世話や着付けはしないで放置してくれたのも助かったわ。

『あれは絶対に私の気性《きしょう》を把握した上での扱いよね』とか『やっぱり仕事ができる上に、私のことを尊重してくれてるわね、うん』とか『その上でここまでの流れは完璧《かんぺき》に問答無用だったわ。疑問を抱《いだ》く隙《すき》もなければ、反発できる隙もなかったもの』とかと内心でひとしきり呟《つぶや》き、うんうん、と頷《うなず》いてから、紅珠はどこか遠くを見つめる心境で視線を天蓋に投げた。

「いや……だから、どうしてこんなことに……」

周囲はすでにとっぷりと日が暮れていて、寝台の傍《かたわ》らに置かれた燈明《とうみょう》が心許《こころもと》なく闇《やみ》を照らしている。

世間一般《いっぱん》で使われている言葉を用いるならば、今宵《こよい》は『初夜』と呼ばれるやつだ。

恐《おそ》らく今の紅珠は虚無《きょむ》を顔中に広げている。もはや自分自身、この局面においてどんな顔をすればいいのか分からない。先程《さきほど》から忙《せわ》しなく独り言を胸中で呟き続けているのは、この現状から目を背《そむ》けたい内心の表れだ。

──いやいやいやいや、そもそも、ね？　祓師塾《ふつしじゅく》卒業以来、一年以上音信不通の行方《ゆくえ》不明だったくせに、いきなり『実は第三皇子だった』とか『嫁に来い』とか言われてもワケが分からないんだってば。

内心だけとはいえ、呟く声が己《おのれ》で聞いても情けない響《ひび》きを帯びている。

紅珠はもう何回繰《く》り返したかも分からない『どうしてこうなった』に対する答えを求めて、直接的な原因を作り出したあの日のことを思い返した。

祓師塾というのは未来の宮廷《きゅうてい》呪術師を育成するために置かれている学寮《がくりょう》の一機関だが、卒業生全員が宮廷呪術組織である明仙連に進めるわけではない。採用は基本的に明仙連からの指名制で、大抵《たいてい》は成績優秀《ゆうしゅう》者から順に指名を受ける。

祓師塾で学ぶ学生呪術師達は、皆《みな》この指名を得るために研鑽《けんさん》を積む。指名を得られなかった人間は、国ではなく地方で呪術師として採用されるのが常だ。時折、公《おおやけ》に仕えず在野の呪術師になる道を選ぶ者もいるが、それもごく稀《まれ》だと聞いている。呪術師界では『祓師塾卒業』というだけで呪術師としての腕《うで》は保証されるから、余程就職先を選《え》り好みしなければ卒業生が食いっぱぐれることはないという話だ。

祓師塾入塾からずっと涼とともに首席に名を連ねてきた紅珠は、もちろん第一席で明仙連からの指名を受けた。きちんと確かめたわけではなかったが、紅珠にお声が掛《か》かったのだ。ほぼほぼ同率首席と言っても過言ではない涼の許にも、もちろん指名は来ているだろうと思っていた。

このまま二人揃《そろ》って、明仙連でも名を馳《は》せる呪術師になってみせる。

そう勝手に思い込んでいた。

祓師塾を卒業する、あの日までは。

「は？　俺、明仙連には行かねぇぞ？」

紅珠がその衝撃《しょうげき》発言を耳にしたのは、祓師塾卒業にまつわる諸々《もろもろ》の行事と手続きが終わった後のことだった。翌日にさっそく明仙連での挨拶《あいさつ》が予定されていて、その日程について何気なく涼に確認《かくにん》した返事がそれだった。

「……は？」

「いや、だから俺、明仙連の呪術師にはならねぇんだって」

あまりの衝撃に間抜《まぬ》けな声を漏《も》らしたきり固まった紅珠に、涼はいつものように頭の後ろで手を組んだまま『何言ってんの、お前』と言わんばかりの表情を向けていた。

「そもそも俺、一言も言ってねぇだろ。明仙連に入るって」

「は……はぁっ⁉　じゃ、じゃじゃじゃ明日《あした》からどうするってのよあんたっ‼」

確かに言われてみれば、涼からそういった類《たぐい》の言葉が出てくるところを聞いたことはなかった。『楽しみだな』という生意気な発言も、『明仙連に入ってもお前との腐《くさ》れ縁《えん》が続くのかよ』といった皮肉のひとつも、紅珠が記憶《きおく》している限り、涼は一度も口にしていない。

だがそれ以外の道をほのめかすような発言も、涼は口にしていなかったはずだ。

――だ、だって……なんで……っ⁉

祓師塾に在籍《ざいせき》する者は、誰《だれ》もが当たり前のように明仙連入省を目指す。そもそも祓師塾とはそういう場所だ。

そんな環境《かんきょう》の中で、涼はずっと紅珠と首席の座を取り合ってきた。そんな涼がまさか『明仙連には入省しない』と言い出すとは、誰に予想ができたと言うのだろうか。

だというのに、涼はいつものごとくハンッと紅珠を小馬鹿《こばか》にするように笑った。

「思い込みが激しいと、相手の術中にハマることになんぞぉ～？　お前、先生達からも再三注意されてたじゃねぇか。まだ直ってねぇのかよ、その猪突猛進《ちょとつもうしん》なトコ」

「そっ、そんなこと、今はどうでもいいのよっ！」

紅珠は必死に己を立て直すとズイッと涼に迫《せま》った。そんな紅珠に対し、涼はどこまでも常の飄々《ひょうひょう》とした表情を崩《くず》さない。

「あんたは、どこに進むの？　明日からどうするの？」

「さあねぇ？」

「さあねぇって……！」

「ま、何もしていなくても、勝手に日は沈《しず》んで昇《のぼ》るんだ。俺が何者になっても、ならなくても、明日は勝手にやってくんだろ」

「～～～～っ!!　そういうことを言ってるんじゃないっ!!」

正直に言おう。あの時の紅珠は焦《あせ》っていた。

毎日顔を合わせて、互《たが》いに憎《にく》まれ口と軽口を叩《たた》き合って。時に対極に立ち、時に背中を預け合って切磋琢磨《せっさたくま》していく。

涼が紅珠と同じ道に進まないということは、この『日常』も今日でおしまいということだ。明日からも変わることなく続いていくと勝手に思い込んでいた日常は、今日この場限りで『日常』ではなくなる。

おまけに涼は、どうやら紅珠に己の行く先を告げずに行方をくらませるつもりでいるらしい。六年間も腐れ縁をやってきたのだ。はぐらかし方でその辺りの機微《きび》は分かる。

思い返せば、涼がどこに住んでいるのか、どんな家族の中で暮らしているのか、そういった類の話を紅珠は一切聞いたことがなかった。その手の話題を向けられるたびに涼が上《う》手《ま》くはぐらかしていることを知っていたから、紅珠からは訊《き》かないようにしていた。それがここに来て仇《あだ》になっている。

ここで涼を取り逃《に》がせば、もう二度と涼に会うことはない。行方を知ることもない。

その事実に、どうしようもなく胸が痛んだ。

「……どうしても話す気はないってのね、あんた」

低く問いかける紅珠に、涼は言葉では答えなかった。ただ笑《え》みを深く刻み、常と変わらない涼《すず》やかで茶化《ちゃか》すような目で紅珠のことを流し見ただけで。

その笑みと沈黙《ちんもく》だけで、紅珠には十分だった。

──あくまで黙秘《もくひ》ってことね。上っ等じゃないっ！

「涼！　私と一本立ち合いなさいっ!!」

刻々と強くなっていく胸の痛みを振《ふ》り払《はら》うべく、奥歯を強く嚙《か》み締《し》めてから紅珠は叫《さけ》んだ。

「あんたが負けたら、今後のこと、洗いざらい説明しなさいっ!!」

紅珠から叩き付けられた言葉に、涼は一瞬《いっしゅん》だけ笑みをかき消した。だが次の瞬間には新たな笑みが涼の顔に躍《おど》る。

「ほぉん？　んじゃ、お前が負けたらどーすんの？」

新たに涼が顔に広げたのは、好戦的な笑みだった。『己が負けることなど万にひとつもありはしない』と言わんばかりの表情に、紅珠の怒《いか》りはさらに苛烈《かれつ》さを増す。

「あんただって私に何か要求すればいいでしょ⁉」

「おん？　つまりこの勝負に勝ったら、お前は俺の言うことを何でも聞いてくれるってこと？」

「叶《かな》えられる範囲《はんい》で、一回だけね！」

「へぇ？　いーじゃん。受けて立つわ」

そんな売り言葉に買い言葉で決闘《けっとう》が成立した。絶対に涼から事情を聞き出すために、『負けた方は勝った方の言うことを何でもひとつ聞き入れる』という宣誓《せんせい》まで交《か》わした。

その結果、紅珠は涼に負けた。

そりゃあもう、今まで伯仲《はくちゅう》していた実力は何だったのかと問い詰《つ》めたくなるくらい、ものの見事に惨敗《ざんぱい》したのだ。

「お前、気が動転してると途端《とたん》にボロが出るよなぁー？　そんなんで明仙連でちゃんとやってけんのかぁー？」

信じられない結果に地面に両手と両膝《りょうひざ》をついたまま愕然《がくぜん》とする紅珠の頭上で、涼はケラケラと笑っていた。いつもと変わらないその反応があれほど憎らしかったことはない。

「俺ぁ心配だなぁー？　明日から俺っていうお守《もり》はついてないんだぞぉー？」

「……っ！」

その言葉が憎らしくて、悲しくて、つらくて。とにかく現実を認めたくなかった紅珠は、反射的に拳《こぶし》を固めると全身のバネを使って涼に殴《なぐ》りかかった。

だがその拳はスカッと空を切った上に、次の瞬間、紅珠は涼が起動させた煙幕符《えんまくふ》によって視界を奪《うば》われていた。

煙幕が晴れた時にはすでに涼の姿は影《かげ》も形もなく、紅珠がどれだけ名を叫んでも、怒りの声を上げても、涼は二度と姿を現さなかった。

――いや、ほんっと、そんな感じだったのに、再会があれって何なの？

ひとしきり当時の流れを思い返した紅珠は、『どう考えてもこうはならないでしょ』と再び天蓋《てんがい》を睨《にら》み付けた。

腕のある呪術師《じゅじゅつし》は、符や呪剣《じゅけん》といった特別な道具を用いずとも、言葉に呪力を込めるだけで術を発動させることができる。そんな呪術師同士が言葉の力を以《もっ》て交わした約定は絶対だ。破ることは死を以てしても許されない。『絶華《ぜっか》の契《ちぎ》り』と呼ばれるその誓約は、相手に必ず約定を履行《りこう》させる効力を持つ。

紅珠と涼が交わした『負けた方は勝った方の言うことを何でもひとつ聞き入れる』という宣誓は、まさしくその『絶華の契り』だった。

紅珠は宣誓に『紅珠が勝利した場合、涼は今後の進路について嘘偽《うそいつわ》りなく紅珠に全《すべ》てを説明すること』という内容も事前に明示したが、涼は『自分が勝った場合、紅珠に何をさせるか』という肝心要《かんじんかなめ》の部分を白紙にしたまま勝負に臨《のぞ》んだ。宣誓はそれでも成立したし、紅珠としては勝つつもりしかなかったから、涼の願意が白紙でもまったく気にはならなかった。

紅珠が我《われ》に返ったのは、圧倒《あっとう》的な差で涼に負けてからだ。

『負けた方は勝った方の言うことを何でもひとつ聞き入れる』とは誓《ちか》った。紅珠もその部分に異議を申し立てようとは思わない。勝負は勝負だ。負けた時のことは正直考えてはいなかったが、『負けてしまった以上、受け入れなければならない』という覚悟《かくご》はすでに決まっている。

問題なのは、『何をさせるか』という部分が白紙であるということだ。

双方《そうほう》の同意の下《もと》、白紙で契りを成立させた時点で、涼には後付けでその白紙の部分を自由に埋《う》める権利が発生している。つまり涼がどれだけ理不尽《りふじん》な要求をしてきても、紅珠は拒絶《きょぜつ》できないということだ。この場合、こうなることを避《さ》けるために先に白紙部分を埋めさせなかった紅珠が全面的に悪い。他《ほか》の呪術師達がこの話を聞けば、十人中十人が紅珠の迂闊《うかつ》さを指摘《してき》するだろう。

涼は姿を消してしまったが、『絶華の契り』は決して消えない。有効期限を設けることもできるが、今回はそれもしなかった。勝者である涼から契りを棄却《ききやく》することはできるだろうが、敗者である紅珠にはその権利もない。そして涼当人が紅珠の前にいなくても、涼の意思ひとつで空白部分を埋め、契りの効力を発動させることはできる。

涼がいつ、どんな形で、どこから、何を願ってその効力を使ってくるのかと、紅珠はしばらく怯《おび》え続けた。だが契りが発動される気配はなく、何も起こらないまま数日が過ぎ、数ヶ月が過ぎ、半年が過ぎた辺りで紅珠は怯えることをやめた。

代わりに胸を占《し》めたのは、モヤモヤとした怒りと多少の寂《さび》しさ、後はほんの少しの心配だった。……後ろふたつを認めるのは癪《しゃく》だが、寂しかったし心配もしてしまったのだから仕方がない。ただ失踪《しっそう》されるよりも、契りの存在のせいで強く涼を意識し続けてしまったというのもある。

──こっちがどんな気持ちでこの一年ちょっとを過ごしたと思ってるのよ、バカ。

紅珠はゴロリと寝返《ねがえ》りを打って右半身を下にすると、握《にぎ》りしめた左手をポスリと枕《まくら》に振り下ろす。軽い八つ当たりの被害《ひがい》を受けた枕は、少しだけ硬《かた》い感触《かんしょく》を紅珠に返しつつも柔《やわ》らかく紅珠の拳を受け止めた。高級寝具《しんぐ》である割に硬めの感触は紅珠の好みで、不本意ながらもの凄《すご》くよく眠《ねむ》れそうな予感が今からしている。

──あんたが明仙連に来なかったから、私だけが『期待の新人』だの『明仙連の新星』だの『武侠仙女《ぶきょうせんにょ》』だの、御大層《ごたいそう》な名前で呼ばれることになったんじゃない。

涼が煽《あお》りに煽ってやり返させてくれないまま失踪した怒りを、紅珠はひたすら任務と修《しゅ》行《ぎょう》にぶつけ続けた。

そりゃあもう、呪術師業に励《はげ》みに励んだ。

特殊技術職《とくしゅ》で女にも門戸が開かれている明仙連だが、やはり宮廷《きゅうてい》は男社会だ。『女である』というだけでナメられる風潮は、世間一般《いっぱん》や祓師塾《ふっしじゅく》の比ではなかった。

そんな中で、紅珠は己《おのれ》にナメ腐《くさ》った態度を取ってきた同僚《どうりょう》を挨拶代《あいさつが》わりにぶん投げ、同じくナメ腐ったことを言ってきた先輩《せんぱい》も片っ端《ぱし》から千切っては投げまくり、果てはナメ腐り切った上司を絞《し》め落として回った。大人しく、冷静に、理知的に対処することもあったが、やはり言葉が通じない男《馬鹿》どもには、武力行使が一番通じたのだから仕方がない。

しかしそんなことをしていれば、上からの風当たりが強くなるのは当然のことだ。

紅珠は周囲からの腹いせと他の女呪術師に対する見せしめとして、本来ならば新人が割り当てられるはずがない厄介《やっかい》な現場にばかり回された。おまけに補佐《ほさ》役を与《あた》えられない単《たん》騎出撃《きしゅつげき》ときている。後からこの一連の流れを聞いた上官は、豪快《ごうかい》に笑いながら『普通《ふつう》の新人なら軽く十回は死んでるな！』と言い放ったものだ。

──私に言わせれば、八つ当たりにちょうど良かったけども。

そう、まさしく八つ当たり。

紅珠はこれ幸いとばかりに涼への怒りを妖怪《ようかい》達へぶつけまくり、どんな現場も綺麗《きれい》サッ

た。
新人が入ってきたな！』と性別への偏見《へんけん》を取っ払《ぱら》って紅珠を可愛《かわい》がってくれるようになって帰ってくる紅珠に性根《しょうね》が腐った男どもは恐《おそ》れおののき、職人気質《かたぎ》な腕利《うでき》き達は『面白《おもしれ》ぇパリ修祓《しゅうばつ》してやった。どんなに過酷《かこく》な現場を割り振《ふ》っても歴戦の強者《つわもの》よろしく覇気《はき》を纏《まと》っ

やがて『生物的には女だが、腕は間違《まちが》いなくそこらの男どもより上』『てかあの心意気と度胸は漢《おとこ》の中の漢』と広く認知《にんち》された紅珠は、そこらの男どもより明仙連の重鎮《じゅうちん》達に重宝されるようになった。

そうでありながら『あいつは女であることを利用して〜』だの『きっと色仕掛《いろじか》けを〜』だのとありきたりな陰口《かげぐち》が聞こえてこないのは、そんな陰口を叩《たた》く気さえ起きないくらいに紅珠が戦果を挙げ続け、明仙連の強者達の中に馴染《なじ》んでいったせいだろう。

……と言っても、紅珠が手練《てだれ》達から直々に指導を受けるようになった頃《ころ》には、そんな口を叩きそうな人間は紅珠の躍進《やくしん》に心を折られて自ら明仙連を去ったり、『素行に難アリ』と上から判断されて他部署へ飛ばされたりしていて、ほとんど残っていなかったのだが。

まあともかく、そんな一連の流れの末、紅珠は二年次の女呪術師でありながら、明仙連が誇《ほこ》る腕利き集団『八仙』の紅一点として明仙連内外に広く認知されるようになった。『テメェら男ならちったぁ紅珠姐《ねえ》さんを見習わねぇか！』というのが、最近の明仙連では定番の発破と化しているんだとか、何とか。

──それだけ可愛がられていた、明仙連期待の新人……のはずなんだけども。

そこまで考えた紅珠は、思わず溜《た》め息をこぼした。

──誰《だれ》か一人くらい、私と一緒《いっしょ》にこの結婚《けっこん》に抗議《こうぎ》してくれても、バチは当たらないんじゃないかしら？

そう、紅珠としてはその部分も不満だった。

『絶華の契り』は絶対だ。涼が『絶華の契り』の存在をほのめかしながらこの結婚を強制してきた以上、紅珠側からこの話を突《つ》っぱねることは不可能だと言ってもいい。

それでも、事は結婚だ。

婚姻《こんいん》、嫁入《よめい》り、言葉は何でもいい。

とにかく、一生に一度あるかないかの重大な選択《せんたく》をこんな形で強制されても、受け入れられないものは受け入れられない。

涼から一方的に嫁入り日時まで指定されてしまった紅珠だったが、何とか白紙撤回《てっかい》する方法を求めて方々に意見を求めた。

しかし頼《たの》みの綱《つな》である明仙連の先輩達《兄貴》は『紅珠の攻撃《こうげき》を耐《た》え凌《しの》いでピンピンしてるなんて、スゲェな、そいつ』だの『決闘《けっとう》に負けたなら潔《いさぎよ》く嫁《とつ》ぐのが漢だろ！』と言うばかりでまったく紅珠の味方をしてくれなかった。

ならば、と紅珠は発想を変えた。『こういう時こそ頭が固い人間の出番でしょ！』と、恥《はじ》を忍《しの》んで両親に一連の流れを打ち明けたのだ。

しかしそんな紅珠に返ってきたのは『実は先方から内々にお手紙をもらっていたから、大体の事情は分かっているの。私は大賛成よ！』『涼君とお前は、祓師塾での好敵手だったらしいじゃないか。お前が武人としても呪術師《じゅじゅつし》としても一角《ひとかど》の人間であると理解した上で、それでも嫁にと請《こ》うてくれるような人間はそうそう現れんぞ』という、堅物《かたぶつ》な両親から発されているとは思えないような発言の嵐《あらし》だった。

──何なのよ、涼。何がどうなったら『当代皇帝《こうてい》第三皇子』っていう事情を伏《ふ》せたまま、あの堅物達にあそこまですんなり嫁入りを納得《なっとく》させられたわけ？

そんなこんなで、紅珠はあっさりと嫁に出されてしまった。『嫁に来い』宣告を受けてからひと月という速さで。

犬猫《いぬねこ》をもらい受けるわけでもないというのに、この手際《てぎわ》の良さやら気軽さは何なのだろうか。『諸事情あって婚姻の儀《ぎ》式《しき》は後から執《と》り行う。とりあえず屋敷《やしき》に入ってくれ。披露《ひろ》目《め》を行うまでは内々の話にしたいから、当日は目立たないようにこっそりと、紅珠一人で来てほしい』という話になっていたって、いくら何でもこれは手際が良すぎる。

そもそも、だ。

──実は皇帝第三皇子だったあんたなら、いいとこのお姫様《ひめさま》がよりどりみどりだったんじゃないの？　おまけにすでに絶世の美女が瑠華《さん》が隣《となり》にいるじゃない。

紅珠から言わせてもらえば、そもそも今の状況《じょうきょう》で、なぜ涼が『紅珠を嫁に』と言い出したのか、そこからして意味が分からなかった。

仮にも涼は皇子なのだ。嫁のなり手がいなくて困るということは万にひとつもないだろう。望めば相手の方から喜んでやってくるだろうし、何なら望まなくても嫁の一人や二人は押し付けられていてもおかしくない。

そんな中、いくらかつて親しい交流があったとはいえ、庶民《しょみん》に多少毛が生えた程度の家《いえ》柄《がら》でしかない紅珠を、こんなに無理やり輿入《こしい》れさせなければならない理由は一体なんだというのだろうか。

残念ながら紅珠は絶世の美女であるわけでもなければ、国の存亡を覆《くつがえ》すような能力を備えた人間であるわけでもない。そういった特筆点があればまた話は違ったのだろうが、自分がそんな御大層な人間ではないということを紅珠は一応自覚している。

そんな紅珠の特筆点を、あえて挙げるとするならば。

──まぁ、『優秀《ゆうしゅう》な呪術師』ではあるわね。

さらに言えば、そこに『素性《すじょう》から性格、手癖《てくせ》にいたるまで、涼がよくよく知り尽《つ》くした相手』という言葉をつけ加えることもできる。

涼が紅珠に価値を見出《みいだ》すとすれば、そこだ。

──そういうのを加味して考えるならば、私がここに呼ばれた本当の理由は……

どれだけ内心で喚《わめ》こうが、嘆《なげ》こうが、やはりこのひと月の間に至った『結論』は変わらない。そのことを再認識した紅珠は、重く溜め息をつくと再び天蓋《てんがい》を見上げる。

同時に、己の顔がスッと引き締《し》まったのが分かった。今の紅珠はきっと、修祓現場に立っている時と同じ表情を天蓋に向けている。

ここまでつらつらと疑問と不満を並べて胸中で喚き散らした紅珠だが、実はそれらに対するある程度の答えがすでに紅珠の中にはある。涼と答え合わせをしたわけではないから、今はまだ『仮説』と言った方が正しいのかもしれないが、十中八九当たっているだろうという自信もある。

そうでありながら今でもつらつらと同じことに考えを巡《めぐ》らせていたのは、主役が登場しないせいで暇《ひま》を持て余していたという理由が六割、あとの四割は腹をくくるための最終確認というものだ。

——何せ、私の予想した『本当の理由』が当たりなら、かなりヤバい状況だもの、これ。

紅珠がその『答え』を得たのは、前回の呼び出しによる怒《いか》りが鎮火《ちんか》してしばらく経《た》った後のことだった。方々に助けを求めてみて、その全《すべ》てがことごとく涼によって潰《つぶ》されていたことを知った後のことである。

徹底《てってい》されすぎた根回しに、違和感《いわかん》があった。

『絶華の契《ちぎ》り』がある以上、紅珠にはほぼほぼこの婚姻から逃《のが》れる道がない。だというのにまるで保険を掛《か》けるかのように二重、三重に回された根回しからは、『絶対に紅珠を取り逃《に》がすわけにはいかない』という切羽詰《せっぱつ》まった強い意志が見えた。

そこまでして涼が『紅珠』にこだわる理由は何なのか。

冷静にその部分を見つめ直せば、答えは案外簡単に見つかった。とはいえ、面白くないことに変わりはなかったから、内心で嫁に行く覚悟《かくご》を固めた後も、表面上は最後まで抵抗《ていこう》の道を諦《あきら》める素振《そぶ》りは見せなかったが。

——いや、それにしてもね、あんた……仮に本当にこれが理由なのだとしても、強制嫁入りってのはないでしょうよ、強制嫁入りってのは。

「おーおー、花嫁自ら夜着姿で寝台《しんだい》に転がってるなんて、随分《ずいぶん》乗り気じゃねぇの」

そんなことを心の内だけで呟《つぶや》いた、その瞬間《しゅんかん》だった。

部屋の入口から、耳に馴染んだ声が飛ぶ。

くつろいだ姿を取り繕《つくろ》うこともせず、ゴロリと寝転《ねころ》がることで声の方を振り返れば、皇子然とした立派な装束《しょうぞく》から夜着に着替《きが》えた涼がいつの間にかそこに立っていた。祓師塾《ふつしじゅく》時代、涼はそこらの庶民と変わらない衣《ころも》を何かと着崩《きくず》して着付けていたから、紅珠からしてみれば皇子をしている姿よりも、今のくだけた姿の方が見慣れている分、違和感がない。

やっと落ち着いて顔を眺《なが》めることができた腐《くさ》れ縁《えん》の同期を、紅珠は約一年ぶりにまじまじと観察する。

整っている、と、認めてやらんこともない容貌《ようぼう》。以前よりも手入れがされているのか、

記憶《きおく》よりも艶《つや》やかな黒髪《くろかみ》は緩《ゆる》く肩口《かたぐち》でひとつに括《くく》られてサラリと胸元《むなもと》までこぼれ落ちてい

た。

呪術師たるもの、当然として引き締まっている体つき。それでいて武官のようにゴツく

はないから、その辺りも女性受けはいいだろう。顔に浮《う》いた厭《いや》みで軽薄《けいはく》な笑《え》みを消して、

凛《りん》、しゃん、と立っていれば、まぁ十人中七人くらいまでの女性は振《ふ》り返ってくれるので

はないだろうか、という評を紅珠は涼につけている。

——そういえば、今のコイツは『涼』じゃなくて『李陵殿下《でんか》』なんだっけ？

『涼』という名前は、祓師塾に通うにあたって名乗っていた偽名《ぎめい》であるはずだ。ならば本

名を知った今、自分も彼のことは『李陵殿下』と畏《かしこ》まって呼ぶべきなのか、と頭の片隅《かたすみ》で

考えながら、紅珠は涼を見上げる視線に険を込める。

「かく言うあんたは、随分と乗り気じゃないみたいね。日時指定で嫁入りを強制してお い

て、この時間まで顔も見に来ないなんて」

「生憎《あいにく》、色々と忙《いそが》しい身の上なんでな」

うつ伏《ぶ》せ状態で肘《ひじ》をつき、顎《あご》を載《の》せて涼を見遣《みや》れば、涼は軽く肩《かた》を竦《すく》めてから部屋の中

へ踏《ふ》み込んできた。

この部屋の周囲に、人気《ひとけ》はない。あえて人払《ひとばら》いがされているわけではなく、そもそも置

いている使用人の数がかなり絞《しぼ》られているのだろう。瑠華に屋敷の中を案内されている間も、人の気配はほとんど感じなかった。

『李陵殿下』と呼ばれる人間が暮らしている屋敷は、紅珠が知っている『涼』という存在からは想像がつかないくらいに静まり返った場所だった。生活感さえ、微《かす》かにしか感じられない。

そんな静寂《せいじゃく》が満ちた空気の中に、あえて紅珠に聞かせるかのように涼の足音が響《ひび》く。紅珠が知っている涼は、いつだって足音を立てない歩き方をしていたくせに。

「でも本心じゃ、仕事なんぞほっぽって、俺自らお前を迎《むか》えに行きたかったんだぜ？」

寝台の傍《かたわ》らまで歩を進めた涼は、ギシリと寝台を軋《きし》ませながら紅珠の隣に腰《こし》を下ろした。その音にさえ身じろぎひとつしないまま涼を見上げ続ける紅珠に、涼はトロリと甘い笑みを向けてみせる。

涼の手が、紅珠の肩に伸《の》びた。軽く肩を押しただけで紅珠を仰《あおむ》向けに転がした涼は、そのまま覆《おお》い被《かぶ》さるように体を傾《かたむ》ける。

その瞬間、フワリと戯《たわむ》れるように紅珠の腕《うで》が動いた。

「それは随分と光栄なことね」

涼へ伸びた紅珠の手は、紅珠を転がした涼の手よりも軽《かろ》やかに涼の肩に触《ふ》れる。

だが次の瞬間、涼の体は鋭《するど》い音とともに寝台に叩《たた》き付けられていた。

「で？　本題は？」

あっさりと体の上下を入れ替《か》えた紅珠は、涼の上に跨《また》ると片手で喉《のど》の急所を押さえた。そんな紅珠の手元を隠《かく》すかのように、手入れが追いついていない傷《いた》んだ髪がパサリとこぼれかかる。

添《そ》えられた指は、その気になれば一息で気道も頸動脈《けいどうみゃく》も絞《し》め落とすことができる位置に置かれていた。その鮮《あざ》やかな手際《てぎわ》に、叩き付けられた衝撃《しょうげき》で息を詰《つ》めた涼が、呼吸を忘れたまま身構える。

「こんな呼びつけ方をするんだもの。あんた、よっぽど何かに困ってるんでしょ？」

言葉はあえて柔《やわ》らかく、しかし挙措《きょそ》には殺意すら込めて。

明仙連が誇《ほこ》る『八仙』が一角、『武侠仙女《ぶきょうせんにょ》』の名を取るようになった紅珠は、一度取り逃がした腐れ縁の同期に『今度こそ逃がしてやるもんか』と言外に詰め寄る。

「あんたが素直《すなお》に全部吐《は》いて助けを求めてくるんだったら、私だってあんたの言葉を無下にはしない。さっさと全部吐いて楽になっちまいな」

「……ハッ！」

そんな紅珠に返されたのは、小馬鹿《こばか》にしたような笑みだった。紅珠を見上げる涼の顔には、一年前に袂《たもと》を分かった時よりも強く毒気が滲《にじ》んでいる。

それを感じ取っていても、紅珠は視線のひとつさえ揺《ゆ》らがせなかった。しんと凪《な》いだ視

線を注ぎ続ける紅珠に、涼は表情と同じく小馬鹿にしたような口調で言葉を向ける。

「何を根拠《こんきょ》にそんなことが言えるんだ？　一年以上顔を合わせていなかった上に、俺は六年も身の上を偽《いつわ》ってあの場にいたんだぜ？　『絶華《ぜっか》の契り』をいいように使ってお前のことを……」

「あんたは昔から、女としての私には興味がない」

涼の言葉には、どこか自虐《じぎゃく》めいた響きがあった。

その言葉を、紅珠は静かに断《た》ち切る。紅珠の言葉に驚《おどろ》いたのか、あるいはいつになく凪いだ紅珠の雰囲気《ふんいき》に気圧《けお》されたのか、涼は目を丸く見開くと言葉を失ったかのようにふつりと口をつぐむ。

そんな涼へ、紅珠は静謐《せいひつ》な空気を纏《まと》ったまま言葉を落とした。

「あんたは周囲には打ち明けられない事情を抱《かか》えてあそこにいた。そして今も、打ち明けられない窮地《きゅうち》に立たされているから、私を呼んだ。この世で唯一《ゆいいつ》、どんな立場に立たされても、どんな状況《じょうきょう》に突《つ》っ込まれても、呪術師《じゅじゅつし》として無条件で背中を預けられる私のことを」

紅珠が今回の一件に冷静に思考を巡らせた結果、行き着いた『答え』がこれだった。

紡《つむ》ぐ言葉に、迷いはない。偽りも、虚飾《きょしょく》も、一切《いっさい》ない。

だって紅珠は、これが自分達の中で絶対の真理であると、知っているから。

——私が逆の立場だったら、そうだもの。

涼が『紅珠』にこだわり、傍《そば》に置きたいと必死になるならば、それは紅珠を『相方』として欲《ほっ》しているからだ。誰《だれ》が敵に回るかも分からない世界の中で、唯一絶対の味方であると無条件に信じることができる相手に、助けを求めているからだ。

技《わざ》を偽る技量を会得《えとく》する前から、ともに技を研《と》いできた同期。誰よりも勝ちたかったからこそ、誰よりも観察し続けた相手。

その手癖《てくせ》も、思考の回り方も、考えるよりも先に分かってしまう自分自身が嫌《いや》になるくらい、自分達は相手のことを知り尽《つ》くしている。それこそ、組んで現場に出れば『鉄壁《てっぺき》の連係は無双《むそう》無欠』とまで謳《うた》われたほどに。

あえて言葉で確かめなくたって、明仙連に揃《そろ》って進むのだと、信じて疑わなかったほどに。

——あんたのことはいけ好かないと今でも思ってるけども。……でも、それ以上の信頼《しんらい》を、私はあんたに置いてるから。

だからきっと、自分は絶体絶命の窮地に追い詰められたら、真っ先に涼に助けを求めてしまう。涼もそれは同じはずだと、紅珠は勝手に思っている。

冷静にそこまで考えた時には、もう理由はこれしかないと確信を抱《いだ》いていた。

体裁《ていさい》上は断れない状況に追い詰められている紅珠だが、だからと言ってすんなり心まで折れてやるような性格はしていない。自力で真相に行き着けていなければ、たとえ担《かつ》がれてこの屋敷《やしき》に放《ほう》り込まれていても、死に物ぐるいでこの部屋から脱出《だっしゅつ》していたことだろう。それだけの技量と意地が、紅珠にはある。

涼もそれを知っていたからこそ、あれだけの根回しをして予防線を張ったのだろう。真相に気付けなかった紅珠が、力尽《ちからず》くで包囲網《ほういもう》を突破《とっぱ》していかないように。

――じゃあ、どうして素直に正面から、明仙連にいる私に協力を依頼《いらい》してこなかったのかっていう疑問はあるんだけども。

そこは何かしら、公《おおやけ》にはできない理由でもあったのだろう。もしかしたら涼が第三皇子という身分を伏《ふ》せて祓師塾《ふつしじゅく》に通っていた理由と通じるものがあるのかもしれない。

「あえて婚姻《こんいん》という形で屋敷に迎え入れたのは、呪術師として私を招き入れたと周囲に思われたくなかったから。婚儀《こんぎ》を後回しにしたのは、何だかんだと理由をつけて、事が解決したら私を元の場所に戻《もど》すため」

紅珠が冷静に言葉を並べていくうちに、徐々《じょじょ》に涼の顔からは悪役じみた笑みが掻《か》き消えていった。その下から出てきたのは、涼らしくない、だが涼の素顔であるとも分かる、泣き出しそうな気配を含《ふく》んだ情けない笑みだ。

「で？　何か反論は？」

「……お前、太っただろ？　重《おめ》ぇ」

「分かった。やっぱ殺す」

涼の言葉に、紅珠は考えるよりも早く指先に力を込めた。だが紅珠の指が涼の頸動脈と気道を握《にぎ》り潰《つぶ》すよりも、涼の手がフワリと紅珠の手に被《かぶ》せられる方が早い。

「手ぇ貸してくれ、紅珠」

柔らかく紡がれた声には、切実な響きが滲んでいた。この距離《きょり》でも微かにしか拾えない声には、傲岸不遜《ごうがんふそん》を絵に描《か》いたような涼が紅珠にしか見せない弱さが潜《ひそ》んでいる。

「一年ちょい、一人で頑張《がんば》ってきたんだけどよ。……やっぱさ、俺、お前がいないとダメみたいだ」

「最初っから素直にそう言えばいいのよ。とっとと言いなさいよ、バカ」

スルリと涼の喉元《のどもと》から手を引いた紅珠は、涼の体の上からも身を引くと傍らにポスリと座り直した。そんな紅珠に向き直るように、涼は右腕《みぎうで》を枕《まくら》にして寝台《しんだい》に転がる。

「で？　あんたはここで何をしてるわけ？」

「ここでっつーか、宮廷《きゅうてい》でっつーか、……まぁ、皇帝《こうてい》一族周りで、なんだけどよ」

どこから話したものかと迷うように一度宙へ視線を投げた涼は、紅珠に視線を据《す》え直すとつらつらと説明を始めた。

「皇帝一族には、代々一族の内側から……つまり一族に名を連ねる立場にありながら、臣下としてっつーか、お抱え術師としてっつーか、……まぁそんな立場から皇帝一族を守護する呪術師……『隠密《おんみつ》呪術師』ってのがいるんだけど」

どうやら涼は根本的な部分から説明を始めるつもりのようだ。話が長くなる気配を察した紅珠は、よりくつろげる体勢を求めて手元に枕を引き寄せる。

そんな紅珠の仕草にフッと口元を緩《ゆる》ませながら、涼は紅珠へ問いを向けた。

「お前、そういう話、聞いたことある？」

「初耳。詳《くわ》しく聞かせて」

「分かった。長くなるから、耳の穴かっぽじってよぉーく聞けよ」

「……あんた、そんな言葉遣《ことばづか》いで、よく皇帝一族なんてやってられるわね」

『どこでそんな言葉遣い覚えてきたのよ？』と呆《あき》れとともに言ってやれば、涼は無言のまま肩《かた》を竦《すく》める。

そんな自分が知っている『涼』と変わらない仕草に、紅珠は我《われ》知らず残っていた肩の力をようやく全《すべ》て抜《ぬ》いたのだった。

麗華国を治める皇帝一族の歴史は古い。いくつかの国が平定され、国の名前が『麗華』に落ち着く前から一地方を治めていた王侯《おうこう》の血筋であるという。

「まぁ、そういう一族だからよ。歴代で積み上げた四方八方からの恨《うら》みつらみっつーのは、まぁすげぇわけよ」

「国を潰された敵一族の怨嗟《えんさ》やら、処刑《しょけい》してきた臣下の恨みやら、民《たみ》から向けられる妬《ねた》みやら、暴政やらかした先祖に向けられた怨念《おんねん》やら？」

「そうだな。直近で言やぁ、伴帥《はんすい》王族辺りからの怨念とかすごそうだよな」

「あー……。先代陛下の時代に、酷《ひど》い戦《いくさ》があったって話よね。明仙連で話を聞いたことがあるから、きっと何かしらの対策がされてるんだと思うわ」

いくつかの国が隣《とな》り合って存在していれば、領土や物資を巡《めぐ》って争いごとが起きるのは必然とも言える。

周囲の国を呑《の》み込んで大国へと至った麗華国は、今もなお国土の発展に貪欲《どんよく》だ。その麗華を治める皇帝一族は、戦とともに代を刻んできたと言っても過言ではない。先代は戦に明け暮れ周辺国と度々《たびたび》戦火を交え、当代もその頃《ころ》の戦果を盾《たて》に今なお強気な外交を押し進めている。涼が口にした伴帥という国も、麗華との遺恨《いこん》を抱える隣国《りんごく》のひとつだ。

「なーんで先祖代々のやらかしを、俺ら善良な末代が贖《あがな》わなきゃいけねぇんだろうな。どう考えても理不尽《りふじん》だわ」

「当代陛下の強気な外交の噂《うわさ》は、あんまり『善良な末代』とは言えないような気がするけどね」

「戦に明け暮れた先代陛下に比べれば、直接刃《やいば》を交えてないだけまだマシだろ」

歴史は常に勝者の口から語られる。勝者の言葉が人々の中に記憶《きおく》され、やがてそれが

『事実』に変わるのだ。

だが歴史として残されなくても、勝者がいればその裏には常に敗者がいる。語られなかった敗者が消えていくこともなければ、敗者が勝者に抱《かか》える怨嗟の念が潰《つい》えることもない。その遺恨を癒《いや》すような政策を代々の皇帝達は常に講じてきたが、戦が生んだ恨みつらみは簡単に消えるものではない。

降り積もった恨みは、やがて呪《のろ》いとなって麗華の皇帝に牙《きば》を剥《む》いた。直接皇帝に刃を突《つ》き立てることはできずとも、命を賭《と》した恨みは姿なき刃となって皇帝とその一族に降り注ぐ。

そんな形のない攻撃《こうげき》から身を守るために、歴代の皇帝は常に有能な呪術師《じゅじゅつし》達を召《め》し抱えてきた。

「そんな風に召し抱えられた呪術師達が、やがて守護対象を国や民にまで広げた結果、宮廷内に明仙連という組織が生まれるわけだが」

「そこで話が終わらなかったから、あんたが言う『隠密呪術師』ってやつが生まれたんでしょ？」

「そーゆーこと」

皇帝がどれだけ有能な呪術師を召し上げようとも、呪術師自身も生身の人間であることに変わりはない。己《おのれ》の感情もあれば野心もある。

歴代を広く長く見ていけば、懐刀であった呪術師に裏切られた皇帝は何人も存在している。他所《よそ》から金を積まれてあっさりと寝返《ねがえ》った呪術師もいれば、確実に皇帝を呪殺すべく、皇帝への恨みを腹の奥深くに綺麗《きれい》に隠《かく》し、周囲の全てを欺《あざむ》いてお抱え呪術師の地位まで上り詰《つ》めた者もいた。

国の頂に座す者は、それだけで身を狙《ねら》われる。自身の行動だけでなく、先祖累代《るいだい》の恨みまで一身に被《かぶ》ってしまうのだから、もはや当人がどれだけ善人で善政を敷《し》いていても関係はない。様々な思惑《おもわく》が渦巻《うずま》く環境《かんきょう》の中では、そう心を許せる者も現れない。

歴代の皇帝は、多かれ少なかれ皆《みな》苦心してきた。

そしてとある代の皇帝がはたと思い立つ。

【皇帝を私怨《しえん》から殺せば己も窮地《きゅうち》に立たされるような者を選んで、懐刀とすれば良いのではないだろうか】

呪術師側から見れば一蓮托生《いちれんたくしょう》、皇帝側から見れば死なば諸共《もろとも》。

そんな相手ならば、他《ほか》の有象無象《うぞうむぞう》の中から登用するよりも信頼《しんらい》が置けるのではないかと、時の皇帝は思い立ったのだ。

「そんな都合のいい人間、そうそう現れるものかしら？」

「少なくとも、その皇帝自身にはそう思えたってことだろ」

「え？」

「つまり、その皇帝は『血の繋《つな》がっている近しい身内の中から懐刀となる呪術師を選べば裏切られることはないだろう』って考えたってわけだ」

我が子の中から呪術の才を持つ者を選び、皇帝と皇帝一族を守護する特別な呪術師として養育する。

己の子であれば、己が失脚《しっきゃく》すれば少なからず痛手を受ける。己の子であれば、生まれた時から生きる環境も、関《かか》わる人間も己の手で管理できる。素性《すじょう》も交友関係も完璧《かんぺき》に把握《はあく》できる呪術師をたやすく手元に囲い込むことができる。

時の皇帝のそんな思いつきから、隠密呪術師という存在は生まれた。

「えぇ？　一概《いちがい》に『身内だから裏切らない』っていうのは安直すぎるんじゃない？　身内で呪《のろ》い合うなんて、貴族の家じゃよく聞く話でしょ」

「相変わらず鋭《するど》い上に容赦《ようしゃ》ねぇなぁ。ま、そうではあるんだが、一定以上の効果があったから、廃《はい》されることなく今まで続いてきたわけよ」

「まぁ、言われてみれば、そうなんだろうけども」

幸いなことに皇帝の血縁《けつえん》には代々、少数ではあるが途切《とぎ》れることはなく、呪術師としての才を持ち合わせる者が生まれてきた。時の皇帝達はその者を優《すぐ》れた呪術師として養育させ、自分達一族を守護する専属呪術師として召し上げてきた。

表舞台《おもてぶたい》に立たせれば政《まつりごと》の思惑が絡《から》みつくから、決して表には出さぬよう陰《かげ》の者として。

組織に属させれば組織のしがらみが纏《まと》わりつくから、宮廷呪術師組織である明仙連にも存在を知らせずに。複数置けば秘密の保持が難しいから、その座に就《つ》くのは一人ずつ。

己も皇帝《こうてい》一族の一員でありながら、命を賭して皇帝一族を闇《やみ》から守る存在。

それが宮廷《きゅうてい》の陰の最奥《さいおう》に潜《ひそ》む者、隠密呪術師。

「で、当代隠密呪術師がこの俺、第三皇子の李陵さんってわけ」

「え。ちょっと待って、理不尽すぎる」

つらつらと紡《つむ》がれる涼の言葉に時折相槌《あいづち》を打ちながら耳を傾《かたむ》けていた紅珠は、サラリと告げられた内容に思わず『待った』をかけた。

「それってつまり、皇帝一族の存続のために、呪術師としての才を持ち合わせている皇子か公主が代々飼い殺しの捨て駒《ごま》にされてて、さらには一人であれもそれもこれも負わされる超過酷《ちょうかこく》な業務を課されてるってこと？」

「話がちょーはぇーわ、紅珠。お前ならこのヤッベェ労働環境を分かってくれると思ってた」

血の気が引く紅珠の前で、涼は常と変わらない軽《かろ》やかな口調で答えた。紅珠の理解の速さを讃《たた》える涼は『さすが紅珠』と口笛でも吹《ふ》きそうな空気を醸《かも》しているが、紅珠としてはそれどころではない。

紅珠は思わず額に手を添《そ》えるとガックリと項垂《うなだ》れてしまった。

「あんったねぇ……！　なんであんたともあろう人間が、そんな理不尽に黙《だま》って耐《た》えてんのよ？　もっと早く私を呼びつけることだってできたでしょうに」

だがそんな紅珠を前にしても、涼はあくまで飄々《ひょうひょう》とした空気を崩《くず》さない。

「言っただろー？　機密保持とかしがらみとかだって」

「にしたって理不尽が過ぎるわよ。自殺志願もいいとこだわ」

呪術師が請《う》け負う任は、どれも常に危険と隣合わせだ。対応を求められる範囲《はんい》もかなり広い。

幽鬼《ゆうき》が出た、妖怪《ようかい》が暴れていると通報を受ければ、現場に急行して退魔《たいま》に臨《のぞ》まなければならない。曰《いわ》くがある土地や建物の修祓《しゅうばつ》だって呪術師が負う仕事だし、陰《いん》の気にあてられて体調を崩した人間の気脈の調整、祭祀《さいし》文言を用いたちょっとした祝《はふり》、果ては占《うらな》いじみた諸々の相談業も呪術師が業《わざ》を振《ふ》るう領域とみなされる。

そしてその全《すべ》てが、うっかり気を抜《ぬ》いて臨めばこちらがバクリと妖魔奇怪《きかい》に頭から喰《く》われかねない危険業務だ。相対した人間そのものの毒気に巻かれてこちらの精神が病《や》んでしまう可能性はもっと高い。

だから呪術師達には二人以上の組での行動が推奨《すいしょう》される。在野の呪術師達はまた事情が違《ちが》うのだろうが、明仙連ではそう明文化されていた。紅珠に単騎出撃《たんきしゅつげき》ばかりを命じていたド腐《くさ》れ上司どもが軒並《のきな》みクビを飛ばされたのは、この最悪命に関わる規律違反《いはん》が明るみに出たからという部分も大きい。

——それくらい大変なことなのに、それを代々身内に課していた？　自分達の保身のために？

皇帝一族を守護するということは、すなわち皇城と後宮を守護範囲として受け持つということだ。単純に範囲が広すぎるというのもあるが、場所も悪すぎる。この国で一番毒気と陰気が渦巻く場所をたった一人で守ってみせろと命じられたら、きっと紅珠は言われた瞬間《しゅんかん》に任を放《ほう》り出し、官位を返上して国外に逃亡《とうぼう》している。

「まぁそんなわけでさ。俺は最初から隠密《おんみつ》呪術師になるべく、祓師塾《ふっしじゅく》に放り込まれてたってわけ」

「隠密呪術師は首席で卒業しなきゃいけないとか、そんな決まりがあったりするの？」

あまりにもサラリと明かされた過酷《かこく》すぎる状況《じょうきょう》に、指先が微《かす》かに震《ふる》えているのが分かった。

その震えを振り払《はら》いたくて反射的に言葉を紡げば、涼はキョトンと紅珠を見上げてからニヤァと厭《いや》みったらしく笑う。

「そこは俺が歴代の隠密呪術師に比べてもずば抜けて優秀《ゆうしゅう》だったってだけだな。『入塾試験免除《めんじょ》の特待生枠《わく》』っていうのは、俺が隠密呪術師だったから与《あた》えられたものだったけども」

その返しだけで『行き先が決まってたなら、絶対に負けられなかった私のために、潔《いさぎよ》く首席の座を明け渡《わた》してくれても良かったんじゃない？』という紅珠の言外の皮肉を涼が余すところなく受け取ったということが分かった。

その上で返された言葉に思わずイラッとした紅珠は、無防備にさらされた涼の腹に向かって拳《こぶし》を振り下ろす。だが涼は軽く身をよじるだけでいとも簡単に紅珠の拳をかわしてしまった。

「俺としてはさ」

紅珠は考えるよりも早く腕《うで》を引き戻《もど》し、次手を打とうと身構える。

だが紅珠が次の行動を起こすよりも、涼が何気なく言葉を投げてくる方が早かった。

「個人的に、お前と競《きそ》うのは、自分の立場も課されたモノも全部抜きにして、純粋《じゅんすい》に楽しかったからさ」

その言葉に先程《さきほど》の涼のようにキョトンとした顔をさらしてしまった紅珠は、涼の言葉に含《ふく》まれた意味を覚《さと》ると視線を逸《そ》らして小さく舌打ちをした。その舌打ちの中には拳を避《よ》けられたことへの苛立《いらだ》ち以外に、紅珠の震えに気付いた涼が、あえて軽口に乗って気を紛《まぎ》らわせようとしてくれたことを知ってしまった照れ隠しも入っている。

そんな紅珠の舌打ちに、涼は心地《ここち》よさそうに目を閉じた。よじった体を元に戻した涼は、気が抜けた声で囁《ささや》くように言葉を続ける。

「そりゃあ俺も頑張《がんば》っちゃうだろ。入塾当初は頑張るつもりなんてさらさらなくて、テキトーに実力隠《かく》してやってくつもりだったのに。お前といる時は楽しくて楽しくて仕方がなくて、……気付いたらお前の前でだけは、いつだって全力だった」

——涼……

そのしみじみとした言葉に、紅珠は何と言ったらいいのか分からなくなった。

涼のことは、自分が一番よく分かっていると思っていた。事実、祓師塾の同期に限定すれば、涼のことを一番知っているのは紅珠で間違いないだろう。

だがそんな紅珠でも、『涼』の大半を知らなかったのだと、今になって思い知らされる。

——でも、そのことにしんみりするのは、私達の間では何か違うような気がするから。

「……そんなこと言っても、絆《ほだ》されてなんかやらないわよ」

少しだけキュッと痛んだ胸の内を押し隠し、紅珠はあえてツンッとそっぽを向いてやった。そんな紅珠の様子が目を閉じていても分かったのか、涼は『おや？』とでも言うような表情で瞼《まぶた》を押し上げて紅珠を見やる。

「何だよ、紅珠。卒業試験の結界術実地で俺に負けたの、いまだに根に持ってんのか？」

「攻撃術《こうげき》実地は私が勝ったし、座学は同点でした！」

さらにツンケンと返してやれば、涼は吐息《といき》だけで笑ったようだった。それが気に喰わなくてキッと涼に視線を向ければ、涼はくつろいだ様子で紅珠に笑いかける。

「で。そんな優秀な俺がどうにかこうにか頑張って皇城と後宮を守護していたわけなんだが。……まー、どう頑張っても無理なもんは無理って話でよ」

いつになく邪気《じゃき》がない素直《すなお》な笑《え》みに虚《きょ》を衝《つ》かれた紅珠は、思わず無防備に目を瞬《しばた》かせた。

その隙《すき》に涼はスルリと話を本筋に引き戻す。

同時に、涼の顔から笑みが消えた。

「お前をこの屋敷《やしき》に呼びつける十日前、後宮で一番末の公主が死んだ」

一段低くなった声に、感情らしい感情はない。その声音《こわね》があえて感情を排《はい》したものだと知っている紅珠は、一度小さく息を詰《つ》めてから、こちらもあえて感情のない声で問いかけた。

「死因は」

「絞殺《こうさつ》。首を手で直《じか》に絞《し》められて殺された。下手人は実の母親。私妃《しひ》だった。公主の喉《のど》を己《おのれ》の手で絞め上げて殺した後、私妃も帯で首を吊《つ》って死んでいる」

私妃とは、女官上がりの妾妃《しょうひ》のことだ。正式に妃《きさき》……皇帝の妻となるべく後宮に入ったわけではない女性に皇帝が手をつけ寵愛《ちょうあい》を注ぐと、その女官は私妃と呼ばれる妃に格上げとなり、舎殿《しゃでん》を賜《たまわ》る。現在の後宮には妃として後宮に輿入《こしい》れした公妃が八人、私妃がそれ以上にいるという話だ。

「……何か、凶行《きょうこう》に走るような理由があったの？」

紅珠は低い声音を保ったまま問いを重ねた。

後宮は様々な黒い感情が吹《ふ》き荒《あ》れる場所だ。紅珠には縁《えん》のない場所だが、宮廷《きゅうてい》に仕える一呪術師《じゅじゅつし》として、知識の上ではどんな世界なのかは理解している。『様々な利権の争い、皇帝《こうてい》の寵の奪《うば》い合いから、人の命が戦場並みに軽く扱《あつか》われる場所』と口にしていたのは、色恋《いろこい》などとは程遠い場所にいる明仙連の先輩《兄貴》達だった。

——それでも。

どれだけどす黒い感情が吹き荒れる世界であっても、母が我が子を殺すなど尋常《じんじょう》なことではない。ましてや殺されたのは皇帝の血を継《つ》ぐ子どもだ。

感情を噛《か》み殺しているつもりである己の声が、微《かす》かに震えているのが分かった。

「舎殿の床下《ゆかした》から、呪具が見つかった」

紅珠の声の震えに、きっと涼は気付いている。

それでも涼は淡々《たんたん》と紅珠の問いに答えた。

「私妃は送りつけられた呪詛《じゅそ》に操《あやつ》られて我が子を殺し、その後自身も殺してしまった。あの母子は、呪殺されたんだ」

「誰《だれ》がそんなことを」

「分からん。掴《つか》みきれてない」

「そんな……」

すげなく返された言葉に、紅珠は思わず眉《まゆ》をひそめる。

私妃とはいえ、皇帝の子を産んだ妃だ。そんな妃に呪詛が向けられ、妃と公主が死んだ。

いくら後宮が陰謀渦巻《いんぼううずま》く特殊《とくしゅ》な世界とはいえ、これは一大事であるはずだ。皇帝一族を呪術的なものから守護しているのが隠密呪術師であるというならば、涼はこの一件を何が何でも解決しなければならない立場に置かれている。

そんな涼が事件を前にして『成果なし』『打つ手なし』で終わるとは思えなかった。涼の腕前《うでまえ》を紅珠は嫌《いや》になるほど知っている。認めるのは癪《しゃく》だが、涼の技量は明仙連の手練《てだ》れ達と比べても遜色《そんしょく》がないはずだ。

「今の後宮には、異常な濃度《のうど》で瘴気《しょうき》が蔓延《まんえん》してる。その瘴気に阻《はば》まれて、ろくな探索《たんさく》ができてない。……というよりも、瘴気の対処で手《て》一杯《いっぱい》で、呪詛を仕《し》掛《か》けた犯人を割り出せるほどの余力がねぇっつーか」

「はぁ？」

だというのに涼は、紅珠の予想を裏切って実に情けない現状を口にした。

思わぬ言葉に紅珠は取り繕《つくろ》うことなく呆《あき》れの声を上げる。

「人が死んでるのよ？　そんなこと言ってる場合？　あんたお得意の浄祓《じょうばつ》結界はどうしたのよ？　こういう時こそ効果を発揮するものでしょうよ」

「もちろん仕込んでる。それが意味を成さないくらいに、今の後宮はヤバいんだ」

涼の言葉に紅珠は顔をしかめた。

瘴気というものは、呪術師としての才を持たない人間の目には映らない。だが映らなくてもそこにあれば、確実に万人《ばんにん》に害を与えていくものだ。

瘴気が蔓延《はびこ》った中で暮らしていれば、どんなに頑健《がんけん》な人間もやがては体調を崩《くず》す。気鬱《きうつ》、性格が凶暴《きょうぼう》になるなどはまだ序の口で、下手をすれば突然《とつぜん》乱心し、理由不明の怪死《かいし》を迎《むか》える者だって現れかねない。瘴気が濃《こ》くたゆたう場所は日中でも暗く陰《かげ》り、些細《ささい》なことから大きな争いの火種が生まれやすい。

瘴気の蔓延はあらゆる凶荒《きょうこう》の本《もと》だ。下手を打てばそこから国が沈《しず》む。浄化はその場を受け持つ呪術師の責務であり急務だ。

──これが明仙連の受け持ちだったら、なりふり構わず応援《おうえん》を呼んで、人海戦術で対処することになるんだろうけども。

後宮に渦巻く陰謀の中には、少なからず後宮外の権力抗争《こうそう》が関係している。

後宮に暮らす女達は、ただただ美しいだけの存在ではない。生家の名を負い、野心を抱《かか》えて後宮にやってくる女達の身には、宮廷を牛耳《ぎゅうじ》る貴族達と同等、あるいはそれ以上の権力が発生している。

後宮内の覇権《はけん》争いは、貴族達の権力抗争と、皇帝の寵愛、女の愛憎《あいぞう》、見栄、虚勢《きょせい》と要素が複雑に絡《から》み合っている分、宮廷のような『公《おおやけ》の場』と比べて事情はより一層複雑だ。下手に刺激《しげき》すればその深い坩堝《るつぼ》に注ぎ込まれた闇《やみ》がどう暴走するか分からない。最悪の場合、余波は後宮という狭《せま》い世界を飛び越《こ》え、国政にまで影響《えいきょう》を与《あた》えるだろう。

だからこそ皇帝側も明仙連という『公』の『組織』を介入《かいにゅう》させたくはなかったのだろう。存在を公表されておらず、ただ一人で事に当たる隠密《おんみつ》呪術師ならば、後宮の住人達を刺激することなく、皇帝が望む形でいかようにでも事件を解決することができる。『公にしたくない厄介事《やっかいごと》』を押し付ける先として、隠密呪術師はうってつけというわけだ。

──その辺りの事情は察することもできるけども。だけど、それにしたって……

一人きりに何もかもを押し付けては手が回らない。それはいくら呪術を操れないとはいえ、皇帝にだって分かるはずだ。

現に涼はこうして限界を訴《うった》えている。『瘴気の浄化が追いつかない』『呪詛の犯人を追えていない』という実害まで出てしまっているのだ。同じ訴えを涼が皇帝に奏上していなかったとは思えない。

涼ならば、後宮内の揉《も》め事の詳細《しょうさい》を伏《ふ》せた上で、上手《うま》く明仙連に助力を請《こ》う策を考えついていてもおかしくはなかったはずだ。その策を皇帝に奏上していれば、有用性は理解してもらえただろう。

──でも現状、その案は実現していない。

涼は明仙連に助力を求めていない。そんな話が内々にでも来ていたら、『八仙』の一角を占《し》める紅珠にも話は回って来ていたはずだ。むしろ紅珠を指名して依頼《いらい》を出せば、わざわざ『絶華《ぜっか》の契《ちぎ》り』をチラつかせ、嫁入《よめい》りを強制するなどという回りくどい真似《まね》をせずともすんなり話は進んだだろう。

涼が皇帝に明仙連への助力を奏上していなかったのか、あるいは奏上したものの皇帝に棄却《ききゃく》されたのかは分からない。だがとにかく『この一件を公にするわけにはいかない』という意志のようなものが話の流れから透《す》けて見えるような心地《ここち》がする。

──ここまで頑《かたく》なに外部の介入を拒絶《きょぜつ》するということは。

この一件には、もしかしたらただの『私妃母子呪詛事件』という以上の何かが潜《ひそ》んでいるのかもしれない。

「そんな崖《がけ》っぷちギリギリでも、俺一人で何とかしてみせるって、決めてた」

そんなことを考える紅珠の耳に、感情がすべて削《そ》ぎ落とされたかのような声が届いた。

改めて視線を涼に据《す》えれば、涼は紅珠ではなく天蓋《てんがい》に顔を向けている。

「何とかできるって、……何とかしなきゃなんねぇって、思ってた。でも俺がそんな風に変な意地を張っていなければ、あの母子は助かったかもしれない」

「でも」

「一人だけ、巻き込めるんだ。この務めに」

『誰にも助けを求められないからこそ、こうなっているんじゃ』という言葉は、涼の強いくその強さに、紅珠は息を詰《つ》める。だがその強さに反して、紅珠に向けられた涼の瞳《ひとみ》は酷《ひど》く虚《うつ》ろだった。

「生活をともにする伴侶《はんりょ》に、任の存在を隠《かく》し通すことは難しい。だから巻き込むことも致《いた》し方ない。……まぁ、あくまで『暗黙《あんもく》の了解《りょうかい》』ってやつなんだけどな」

──なるほどね？

涼がなぜそんなに空虚《くうきょ》な瞳をさらしたのか、その理由は分からない。だが、なぜ紅珠が『嫁入り』という形でここに呼びつけられたのか、涼がなぜこんな話をし始めたのか、その繫《つな》がりは何となく見えてきたような気がする。

紅珠はコクリと空唾《からつば》を飲み込んだ。表情の変化で紅珠が事情を吞《の》み込めたと理解できたのだろう。涼の表情が苦しそうに歪《ゆが》む。

「誰かを巻き込むことになるなら、……相手はお前以外、考えられなかった」

俺が背中を預けられる相手は、お前しかいない。

お前以外には預けたくない。

ホロリと囁《ささや》くように言葉をこぼした涼は、まるで小さい子どもが泣くのを我慢《がまん》しているかのような顔をしていた。いつでも飄々《ひょうひょう》と笑っていた涼が初めて見せた表情に、紅珠は思わず目を瞠《みは》る。

言葉に遮《さえぎ》られた。

「でも、お前がずっと、明仙連を目指して血の滲《にじ》むような努力をしてたことも、お前が実力で明仙連に居場所を作り上げたことも、俺は知ってた。そんなお前を、俺の力不足のせいで、お前の居場所から引き剝《は》がして、こんな場所に呼びつけるような真似、本当はしたくなかった。こんな狭くて冷たい場所、お前には似合わない」

「涼……」

「でももう……お前に頼《たよ》るしか、道がなくて」

紅珠が知っている『涼』からは想像もつかない弱々しさで言葉を紡《つむ》いだ涼は、疲《つか》れを吐《は》き出すかのように小さく息をついた。瞼《まぶた》が伏せられた目元をよく見れば、黒々としたクマが目の下にくっきり浮《う》いている。

紅珠は思わず考えるよりも早く、投げ出された涼の手首を取っていた。その瞬間《しゅんかん》伝わってきた冷たさと、記《き》憶《おく》にあるよりも骨ばった腕《うで》に、紅珠の体はギクリと固まる。

──なんっ……で、こんなに……

寝台《しんだい》に組み伏せた時には気付けなかった。この瞬間まで、涼は紅珠に己《おのれ》の不調を気付かせないように、絶妙《ぜつみょう》な距離感《きょりかん》とかつてと変わりがないように見せる挙措《きょそ》を己に徹底《てってい》させていたに違《ちが》いない。

──こんな薄着《うすぎ》で、こんなに近くにいるのに。どうして気付かなかったのよ、私……

紅珠が知っている『涼』は、真冬でも手が熱いくらいに体温が高くて。『体が資本』と言われる呪術師《じゅじゅつし》らしく、全身程《ほど》よく筋肉もあって。こんな見るからに不健康そうな姿はしていなかった。

——一人で、戦ってきたから。

涼のやつれ具合に気付いた瞬間、ようやく涼がどれほどの苦境に立たされていたのか、本当の意味で理解ができたような気がした。

涼は、文字通り身を削《けず》って戦ってきたのだろう。そして今この瞬間も、戦いは続いている。

そのことを、ようやく腹に落とし込めたような気がした。

「二週間後に、第五公妃《こうひ》の生誕祝賀会が後宮で執《と》り行われる」

今の後宮は、あの涼がここまで追い詰められるほどの魔境《まきょう》と化している。そんな現場が一筋縄《ひとすじなわ》でどうこうできるはずがない。

紅珠は涼に助けを求められてここに来た。紅珠が涼とともに躍《おど》り込む現場は、まさしく涼をここまで追い詰めた現場に他《ほか》ならない。

「直近で人死が出ていようが、どれだけ瘴気《しょうき》が蔓延《まんえん》していようが、……守護を担《にな》う俺の体が限界を超《こ》えていようが。祝賀会がなくなることはない。犯人も、俺の準備や回復を待ってくれるわけじゃない」

紅珠が気を引き締《し》める中、涼はユルリと瞼を上げた。ユラユラと瞳を揺《ゆ》らしながらも、涼は真っ直《す》ぐに紅珠を見上げる。その中にはまだ、紅珠が知っている『涼』の芯《しん》の強さが残っていた。

「具体的に呪詛《じゅそ》を仕込んだ犯人が、何を狙《ねら》っているかは分からねぇ。だが、後宮を挙げて行われる行事があるっつーのに、動きがないとも思えない」

涼の言葉に、紅珠は小さく頷《うなず》いた。

大きな行事が執り行われる時は、関《かか》わる人間の感情も大きく揺れる。瘴気が蔓延した中でそのうねりが起きれば、それを引き金にして瘴気が妖怪《ようかい》に化けかねない。瘴気が呪詛に化けて人を殺す可能性だってあるだろう。

良いモノであれ悪いモノであれ、大きな感情のうねりはそこにあるだけで大きな力を生む。そのうねりを用いれば、強大な呪詛を執り行うこともまた可能だ。

妃《きさき》と公主が暮らしていた舎殿《しゃでん》に呪具を仕込んで二人を呪《のろ》い殺した人間が、今の後宮には確実に存在している。その人物の目的が先の母子であったのか、他にも目的があるのかは分からない。

だが『このままで終わる』という可能性は、限りなく低いと考えた方が良いだろう。

──死と殺しは、一際濃《ひときわこ》い陰気《いんき》を呼び込むから。

より大きな呪詛を発動させる原動力を得るため。たったそれだけのために無関係の人間を殺すということも、呪詛を扱《あつか》う呪術師は平然とやってのける。そんな呪術師達を、紅珠は今まで任務で何人も目撃《もくげき》してきた。

「これ以上、人死を出すわけにはいかない」

同じ考えを涼も持っているのだろう。紅珠を見上げる涼の瞳の中には、ヒトの命を守る呪術師としての矜持《きょうじ》が垣間見《かいまみ》えた。

「紅珠。不本意だろうが、俺に力を貸してくれ」

「不本意なんかじゃないわよ」

涼の手首を取った手を滑《すべ》らせ、そっと涼の手を握《にぎ》る。反対側の手も添《そ》えて涼の右手を両手で包み込んだ紅珠は、涼の視線を真正面から受け止めて強気に笑ってみせた。

「むしろ、私を思い出してくれて、良かった」

「……忘れてなんか、ねぇよ」

そんな紅珠の反応を、涼はどう受け取ったのだろうか。

わずかに目を細めた涼は、キュッと紅珠と繋がった手に力を込めた。そのままユルユルと涼の瞼は下がっていく。

「俺は……ずっと、お前の、こ……と」

微《かす》かな声は、そのまま吐息《といき》に溶《と》けていった。紅珠が手を繋いだままじっとしていると、スゥ、スゥ、と安らかな寝息《ねいき》が聞こえてくる。どうやら伝えたいことを伝えきって気が緩《ゆる》んだのか、涼は眠《ねむ》ってしまったらしい。

――祓師塾《ふっしじゅく》にいた頃《ころ》から、寝落ちる時は一瞬、みたいな感じはあったけども。

右手で涼の手を支えたままそっと左手を離《はな》し、指先を涼の顔へ伸《の》ばす。余程深い眠りに落ちたのか、紅珠が目元に指先を下ろしても涼はピクリとも反応しなかった。そのまま拭うように目の下に指先を滑らせてみるが、いくら拭《ぬぐ》ってみても涙《なみだ》を消す要領でクマを消すことはできない。

「……涼」

触《ふ》れた目元も、腕や指先と同じく冷たかった。血の気が足りない冷たさは、涼の身に降り積もった疲労《ひろう》の濃さを窺《うかが》わせる。

そのことに、紅珠の胸の奥にモヤリとしたものが生まれたような気がした。

「……安心して、涼。私が来たからには、もうあんた一人に無茶《むちゃ》はさせないわ」

そっと囁きかけて指を引いた紅珠は、右手も涼の手から離すと掛布《かけふ》を引き寄せた。同時に体を投げ出し、バスンッと勢いよく涼の隣《となり》に転がる。

部屋の中に寝台はひとつしかなくて、その寝台には枕《まくら》がふたつ用意されていた。つまりこの寝台で二人一緒《いっしょ》に眠れということなのだろう。

幸い寝台は十分に広いし、紅珠はどこでも眠れる健康優良児だ。隣にいるのが涼で、しかも完全に寝入ってしまっている状況《じょうきょう》なら、何ら問題はない。

――明日《あした》からバリバリ戦うために、まずはきちんと寝る！

心の内で力強く宣言した紅珠は、涼の体も掛布の中に収まるように位置を調整してから、自分用の枕を引き寄せて目を閉じた。

弐

「ねぇ、涼。素直《すなお》に答えなさいよ」

「おん？」

「あんた、いつから私を巻き込む算段立ててたわけ？」

半歩先を歩く涼の横顔を見据《みす》えながら、紅珠は低く切り出した。困惑《こんわく》や猜疑心《さいぎしん》といったものが込められた紅珠の不機嫌《ふきげん》な声に、涼はニヤニヤと嫌《いや》な笑《え》みを浮かべる。

「さぁ？　いつからでしょーね？」

「ちょっと、ふざけてないで真面目《まじめ》に答えなさいよ。どう考えてもひと月やそこらで用意できるもんじゃないでしょ、これ」

『これ』と示されたのは、紅珠の身を包んでいる装束《しょうぞく》のことであり、紅珠の髪《かみ》を彩《いろど》っている簪《かんざし》のことであり、さらに言うならば紅珠の耳元で輝《かがや》いている飾《かざ》りのことである。

紅珠が今纏《まと》っているのは、普段着《ふだんぎ》でもなければ仕事着でもない。『第三皇子妃』という肩書《かたが》きに相応《ふさわ》しい煌《きら》びやかな襦裙《じゅくん》だった。

上に着た襦は柔《やわ》らかな茜色《あかねいろ》。中に合わせた衣《ころも》は鮮《あざ》やかな山吹色《やまぶきいろ》で、どちらも織りで花の模様がちりばめられている。上半身の衣の色合いは女性らしく華《はな》やかなのだが、フワリと広がる裙は深い藍色《あいいろ》で、全体の雰囲気《ふんいき》をキリリと引き締めてくれていた。決して華美《かび》な装束ではないが、襟《えり》や帯といった要所要所に施《ほどこ》されている金糸の刺繍《ししゅう》といい、絹地の美しさといい、金子を惜《お》しむことなく投じられた最高級品であることは間違《まちが》いない。

さらには結《ゆ》い上げられた髪には透《す》かし彫《ぼ》りも美しい金の簪があしらわれ、耳元には小ぶりだが色合いが美しい紅玉の耳飾りが添えられている。今の自分が一体総額おいくら程《ほど》の品で飾り立てられているのか、紅珠は怖《こわ》くなって途中《とちゅう》から考えることをやめた。

今朝、テキパキとこれらの着付けをしてくれた瑠華曰《いわ》く、本日の紅珠の装《よそお》いは装束の布地から意匠《いしょう》、小物選びに至るまで、全《すべ》て涼の指示で用意された物であるらしい。

瑠華が口を開いたことに驚《おどろ》いて思わず『え、これ、このひと月で用意したんですか？』と問いを投げたところ、『いいえ、前々から屋敷《やしき》に用意がございました』という返事ももらえた。瑠華と初めて会話が成立したことに驚きすぎて、一瞬《いっしゅん》『紅珠の輿入《こしい》れが決定するよりも前に女物の装束一式の準備がされていた』という部分をうっかり聞き流しかけた紅珠である。

――色味やら意匠の趣味《しゅみ》やら寸法から察するに、これ、いつか来る妃《きさき》のために用意された物じゃなくて、どう考えても私のために用意された物だと思うんだけども。

普段野郎《やろう》どもに交じって戦いに身を投じている紅珠は、自分には世間一般《いっぱん》で言われている『女性らしさ』というものが欠片《かけら》もないということを自覚している。今まで必要だと思ったことはなかったのだが、『第三皇子の妃』という肩書きがついてしまった以上、それらしく振《ふ》る舞《ま》わなければならないのだろうなと多少は気にしていたのだ、これでも。

だがひとまずこの装束に身を包んでいれば、見てくれだけはどうにか取り繕《つくろ》うことができるだろう。下手に甘すぎず、紅珠の少しきつい顔立ちや武人然とした雰囲気を引き出す方向で装束を揃《そろ》えてくれたおかげで、口さえ閉じていればあまり立ち居振る舞いも気にしなくて済みそうだ。

──おまけにこれ、全力で暴れることを前提にした仕様で誂《あつら》えられてるのよねぇ……

普通の襦裙は腰《こし》に剣《けん》を佩《は》く前提で帯の用意をしないし、派手に足を捌《さば》いてもいいように裙の中に共布の下衣を用意することもない。おまけに足元は足場が悪い場所での戦闘《せんとう》を前提に、見栄《みば》えと実用性を兼《か》ね備えた特注の革靴《かわぐつ》ときている。

簪が透かし彫りだけで華やかさに欠けるのは、下手に揺《ゆ》れる素材や重い素材を使うと暴れる時に邪魔《じゃま》になると分かっていたからだろう。

武器の持ち込みを禁止された場での交戦も視野に入れて、隠《かく》し武器を装備させたかったという実用的な理由もあったに違いない。現に涼は支度《したく》が終わった紅珠と顔を合わせるなり『その簪、飛刀の代用品になるから、いざとなったら値段は気にせずぶん投げろ。お前得意だったろ、暗器術』と言っていた。

耳飾りが小ぶりで控《ひか》えめなのも、装飾品《そうしょく》を身につけることに慣れていない紅珠を慮《おもんぱか》ってのことと、実戦になった時に少しでも邪魔にならないようにという配慮《はいりょ》を兼ねての選択《せんたく》であるはずだ。

──いや、ここまでされて『別にお前用じゃないし』とか言われても、逆に信じられない。

紅珠は胸の内で力強く断言する。だが次の瞬間、どこからともなくヒョッコリ姿を現した第二の紅珠が『ちょっと待って！　思い上がるには早いわよ！』と警告を発した。

──涼がいつか正式に迎《むか》え入れる妃は、必然的に『隠密呪術師《おんみつじゅじゅつし》の協力者』になる。だから妃候補に名が挙がる女性は、皆《みな》何らかの戦闘能力を有していることが前提になるって可能性もあるでしょ？

だから妃用の装束は暴れられる仕様で仕立てられていたのだと考えれば、紅珠が呼びつけられる前からまるで紅珠用に誂えられたかのような装束が用意してあっても不思議ではない。

──瑠華さんもかなりいい装束を着ていたもの。あの屋敷ではこの装束も、そこまで特別な意味はないのかもしれないじゃない？

紅珠がここにいるのはあくまで仕事の一環《いっかん》。この装束はあくまでお仕着せのようなもの。業務上の都合が優先されただけであって、そこに甘い感情は存在していない。私情はあったかもしれないが、全ては『より効率的に、確実に任務を遂行《すいこう》すること』に帰結するはずだ。

――ちょっと綺麗《きれい》な装束を用意してもらって並の女の子扱《あつか》いをされたからって、浮足立《うきあしだ》ちすぎなんじゃないの？　しっかりしなさい、黎紅珠！

普段だったら、この程度のことでこんな風に浮足立ったりしない。

こんなに紅珠がフワフワポヤポヤしているのは、昨晩、涼からあんな言葉が出たからだ。

『誰《だれ》かを巻き込むことになるなら、……相手はお前以外、考えられなかった』

またあの声が耳の奥で響《ひび》いたような気がした。だが紅珠は眉間《みけん》にシワを寄せ、襟元《えりもと》を片手で握《にぎ》りしめることで甘ったるい感情を握り潰《つぶ》す。

――勘違《かんちが》いするな。私はここに、呪術師として呼ばれたんだ。

呪術師として、ここぞという時に頼《たよ》ってもらえた。世界で誰よりも信頼《しんらい》できると、背中を預ける相手としてまず初めに思い出してもらえた。

そのことを誇《ほこ》ることはしても、それ以上の勘違いをしてはならない。

そこまで考えた瞬間、紅珠の胸にモヤリとした疑問が生まれた。

――涼って、どんな女性《ヒト》が好みなんだろう？

女扱いをされないこと。そこらの男どもと同じ扱いをされること。それは紅珠の望みでもあった。

『女である』というだけで、理由もなく最初から蔑《さげす》まれるのが宮廷《きゅうてい》社会だ。女だから特別扱い、と甘く接されることも、紅珠の中では同じくらいの『蔑み』に分類される。だから紅珠はどちらの感情も一律に拒絶《きょぜつ》してきた。

そんな中、涼はいつだって紅珠を己《おのれ》と同じ土俵に立つ好敵手として接してくれた。思い返してみても、涼は紅珠を女だからと侮《あなど》ることもなければ、女だからと甘やかすこともなかった。涼の中ではそこらの男の同期と何ら変わることなく、紅珠は『紅珠』でしかなかったはずだ。そうやって扱ってもらえることが、紅珠にはこの上もなく嬉《うれ》しかった。

だから今の二人の在り方は、紅珠が望んだ最上の関係であるはずなのだ。

だというのにそんな疑問を覚えるなんて、今の紅珠はどうかしている。

――結局瑠華さんって、涼にとってはどんな立ち位置の存在《ヒト》なんだろう？

そのモヤモヤの一端《いったん》が、自分が知らない間に涼に寄り添《そ》っていた美女の存在にあることを、紅珠は自覚していた。

瑠華がいつから涼に仕えているのか、紅珠は知らない。だが紅珠が知らないこの一年の涼を瑠華が支えていたことは間違いないだろう。もしかしたら紅珠が知らないだけで、瑠華は涼が祓師塾《ふつしじゆく》に入る前から涼に仕えているのかもしれない。

紅珠を初めて屋敷に呼びつけた時も、涼は傍《かたわ》らに瑠華を置いていた。涼が瑠華に厚い信頼を置いていることは確かだろう。侍女《じじょ》というよりも、側近と表した方が雰囲気から言って近いのかもしれない。

ただの侍女ではない。だが妃《きさき》でもなさそうに見える。正妃《せいひ》として現れたぽっと出のガサツ庶民《しょみん》女に敵対心を向けることもなく、むしろ適切な距離《きょり》感《かん》で手厚く仕えてくれようとしている。瑠華と接した時間はまだごくわずかなものだが、紅珠はそう感じていた。

――ううぅ……こんなことにモヤモヤするの、何かイヤだなぁ……

紅珠が瑠華に好印象を抱《いだ》いているからこそ、瑠華に対してこんな心境になるのは嫌《いや》だった。ならばさっさと涼に瑠華との関係を質《ただ》してしまえばいいのだろうが、何となくその問いも切り出せずにいる。

「どうかしたか？」

そんなモヤモヤが、顔にも雰囲気にも出ていたのだろう。

不意に降ってきた声に、紅珠はハッと顔を上げる。

「着《き》心地《ごこち》に違和感《いわかん》でもあったか？　着付けがキツいとか、結い上げた髪《かみ》が引き攣《つ》れて痛いとか」

紅珠を見つめる涼は、珍《めずら》しいことに素直《すなお》に心配を顔に広げていた。そんな反応をされるとは思っていなかった紅珠が思わず『え』と間抜《まぬ》けな声を上げると、涼は紅珠を案ずるような視線を向けたまま、思いもよらず真剣味《しんけんみ》が覗《のぞ》く声で言葉を続ける。

「寸法は合わせたつもりだったんだが。何か不都合があったら言えよ。直させるから」

「や、別に、不都合とかは……」

煌《きら》びやかな装《よそお》いに慣れていない紅珠をからかうこともなく、涼は心の底から紅珠を気遣《きづか》っているようだった。その心遣いを感じ取った紅珠は、思わずワタワタと意味もなく両手を彷徨《さまよ》わせる。

そんな紅珠を、涼はどう捉《とら》えたのだろうか。

歩む足を止めないまま紅珠の瞳《ひとみ》を真っ直《す》ぐに見つめた涼は、不意にフワリと無邪気《むじゃき》な笑《え》みを浮《う》かべた。

「やっぱ似合うな」

真っ直ぐな賛辞に、紅珠の呼吸が止まる。

だが紅珠の全身が驚《おどろ》きに動きを止めるよりも、笑みの種類をすり替《か》えた涼が言葉を続ける方がわずかに早い。

「やっぱ俺の目って確かだよなぁー。『馬子にも衣装《いしょう》』っつーんだっけ？　こういうの」

「はぁっ!?」

「いやぁ、俺ってばほんっと天さ……うおっ!?」

「いいっ加減一発殴《なぐ》らせろ、このバカッ!!」

確実に死角から繰《く》り出したはずである拳《こぶし》をヒラリと簡単にかわされてしまった紅珠は、悔《くや》しさに震《ふる》えながらさらに拳を構える。不本意ながらこの装束の機動力を確かめる良い機会を得てしまったようだ。

——一瞬《いっしゅん》不覚にもときめいた私が馬鹿《ばか》だった！

諸々《もろもろ》の悔しさに歯ぎしりをする紅珠の前で、涼は変わることなくニヤニヤと笑っている。その顔面の作りも、そこに浮かぶ表情も常と同じであるはずなのに、第三皇子らしく着飾《きかざ》っているというだけで常よりも見てくれがよく見えてしまうのが悔しい。

——何なのよあんた！　本っ当に！　何なのよっ!!

紅珠と対《つい》となるように意識したのか、本日の涼は紅珠の裙《くん》と揃《そろ》いの深い藍色《あいいろ》の衣《ころも》に身を包んでいた。襟元や帯周りに散らされた金糸の刺繍《ししゅう》の意匠《いしょう》は紅珠と揃いで、襟元からチラリと覗く内衣の茜色《あかねいろ》が深い藍色の装束にも、涼自身にも映《は》えている。ひとつに結《ゆ》い上げられた髪には小さな冠《かんむり》が添えられていて、髪と冠を支える淡水色《たんすいしょく》の髪紐《かみひも》とサラリと揺れる黒髪の対比が目に鮮《あざ》やかだった。

「紅珠」

腐《くさ》れ縁《えん》の見慣れない姿に一瞬たじろぎながらも、紅珠は次手を繰り出すために素早く重心を移す。

だが紅珠が体重を乗せた拳を繰り出すよりも、涼が何かを放《ほう》って寄越《よこ》す方が早かった。

「やる」

山なりに自分へ向かって放り投げられた物を、紅珠は反射的に片手で受け止める。

パシリという小気味のいい音とともに自分の手のひらに収まった物へ視線を落とせば、そこには蓮《はす》の意匠が刻まれた玉牌が握り込まれていた。色から察するに、材は恐《おそ》らく紫《むらさき》水晶《ずいしょう》だろう。

「隠密呪術師《おんみつじゅじゅつし》の身分証になる玉牌だ。失《な》くすなよ？」

『これは一体何なのか』と視線で問えば、涼は実に軽《かろ》やかに答えた。その言葉で自分の手の中にある物がとんでもない重要物品であることを知った紅珠は、思わずヒュッと息を呑《の》む。

「バッ……!?　あんた、そんな大切な物、投げて寄越さないでよっ!!　落として欠けでもしたらどうすんのよっ!?」

「お前がそんな鈍臭《どんくさ》いことするかよ」

「万が一ってことがあるでしょうがっ!!」

——紫水晶って宝玉なのよっ!?　そんな物でできた玉牌を投げて寄越すなんて信じられない！

『しばらく第三皇子しかやってなかったせいで、庶民の感覚を忘れたんじゃない!?』とブツブツ文句を呟《つぶや》きながら、紅珠はさっさと己の腰《こし》に玉牌を吊《つ》るした。こういう物は案外、懐《ふところ》にしまい込んでおくよりも、こうやって身につけておいた方が失くしにくいものだ。

「その玉牌があれば、俺が立ち入れる場所はお前も同じように出入りできる」

　紅珠の動きを眺《なが》めていた涼は、再び軽やかに歩みを進め出しながら説明を続けた。柳《やなぎ》に風とばかりに紅珠の言葉を聞き流し続ける涼に眉《まゆ》をひそめながらも、紅珠も再び涼の半歩後ろに続く。

「具体的には？」

「皇城と後宮、ほぼ全域」

「仕事に必要にならない限り、近寄りたくはない場所ね」

「お前ならそう言うと思ったよ」

　涼の言葉に紅珠は軽く肩《かた》を竦《すく》める。

　同時に、なぜこの瞬間《しゅんかん》に涼がこの玉牌を寄越してきたのか、理由も察した。

「まぁ、ひとまず、あんたの案内に従って、毒蛇《どくへび》の巣に初訪問って洒落《しゃれ》込《こ》みますかね」

　二人が進む先に、小さな門が見えた。門自体は小さいが、その左右には槍《やり》と剣《けん》で武装した門番が立っている。

　今二人が言い合いをしながら歩いていたのは、李陵が住まう屋敷《やしき》の廊下《ろうか》などではない。皇城の奥深く。数少ない、許しを得た者しか行き来できない場所。

　後宮関係者が後宮の内と外を行き来するために設けられた通用路を、二人は後宮に向かって進んでいる。

　──まずは現場をこの目で実際に見てみなければ、何も始まらない。

李陵の屋敷に入った翌日。つまり今朝のこと。

涼は紅珠へ、ともに後宮へ足を運んでほしいと請《こ》うた。紅珠も紅珠でまずは現場を見たいと思っていたから、ふたつ返事で引き受けて今に至る。

――ま、こんな装束が出てきたことと、皇城の中まで高級馬車で乗り付けたってことには驚いたけどね。

「そういえばあんた、第三皇子なのに後宮の外に住んでるのね？」

ここまでの流れを思い返しながら、紅珠はふと疑問に思ったことを口に出した。

第三皇子・李陵の屋敷は、城下の一等地に構えられている。表通りから二、三本奥まった場所で、規模もこぢんまりとしているが、手入れの行き届いた閑静《かんせい》な屋敷は存外居心地《いごこち》が良い。

――とは言っても、涼の場合は呪術師としての守護領域が皇城と後宮なわけじゃない？一人で受け持つことを考えれば、住み込みで対応した方が楽な部分もあると思うのよね。

「皇帝《こうてい》の血縁《けつえん》つっても、いつまでも後宮で暮らせるわけじゃねぇよ。ある程度成長すれば、太子を除いた人間は独立するなり結婚《けっこん》するなりして外に出る」

門番からこちらの様子が見える場所に入ったせいか、涼は紅珠に答えながらスッと姿勢と表情を正した。いかにも第三皇子らしい雰囲気《ふんいき》を醸《かも》した涼にならい、紅珠も多少淑《しと》やかに見えるように姿勢を正して涼の後ろに従う。

「それにあんな場所、出れるもんならさっさと出た方が身のためだ。通いの手間なんざ、身の安全に比べりゃ安いもんだぜ」

「あー……」

「お前も行きゃ分かる。あんな場所、一秒たりとも長くいるべきじゃねぇよ」

「そんな場所の守護を押し付けられるなんて、あんたも大変ね」

と言っても、まだまだ声が届く範囲《はんい》ではないから、取り繕《つくろ》ったのは表面上だけだ。変わることなく軽口を叩《たた》き合いながら、紅珠と涼は体面上だけ『第三皇子夫婦《ふうふ》』を装いつつ門の方へ進んでいく。

「ご苦労」

そんな涼が声まで第三皇子に化けたのは、門番との間合いが残り十歩になるかという辺りでのことだった。常よりも一段低い威厳《いげん》に満ちた声に打たれた門番が、たった一言でピシリと背筋を正す。

「皇帝陛下の勅命《ちょくめい》だ。通してもらうぞ」

「は！」

「通行許可証のご提示を願います！」

門番の言葉に、涼は腰に下げた玉牌を片手で掬《すく》い上げて門番へ示した。その仕草を横目で眺めていた紅珠も、涼を真似《まね》て玉牌を提示する。

「は！　ありがとうございます、殿下《でんか》！」

門番はきちんと玉牌の意味が理解できる者だったのだろう。立ち入りの理由を深く聞かず左右に分かれて道を譲《ゆず》った門番二人は、涼に敬意を示しながらもチラリ、チラリと紅珠に視線を向けてくる。

「しかし、あの……」

――ん？　何？

何か今の自分に不審《ふしん》な点があっただろうか、と紅珠は小首を傾《かし》げる。そんな紅珠の様子が後押しになったのか、門番の一人がおずおずと口を開いた。

「殿下、そちらの方は……？」

その問いに、紅珠はキョトリと目を瞬《またた》かせる。

それからふと、この門番は涼と顔見知りなのだろうということに思い至った。

――そうよね。毎日後宮に通っていたら、役職を伏《ふ》せていても門番と顔見知りにはなるわよね。

顔馴染《かおなじ》みが見知らぬ女を連れていれば、気にならないはずがない。通行許可証である玉牌を持っているから通すことには通すが、それは別として何者なのかは気になる、といったところだろうか。

紅珠は思わず涼を見上げる。三対の視線を集めた涼は、スッと目を細めると皇子らしい重々しい声で答えた。

「私の妃《きさき》だが、それが何か？」

「き……っ⁉」

紅珠としては『まぁ、状況《じょうきょう》的にそれしかないわよね』と言いたいところなのだが、どうやら門番にとってその答えは予想外のものであったらしい。

思わずといった体《てい》で紅珠を指差しかけた右側の門番の手を、左側にいた門番が飛びつくようにして叩き落とす。だが左側の門番も言いたいことは右側と同じであるらしく、二人の白黒とした目が紅珠と涼の間を行き来した。

「妃っ⁉　殿下のっ⁉」

「いつの間にっ⁉　あんなに女ぎら……っ⁉」

門番二人は涼を相手に素《す》っ頓狂《とんきょう》な声を上げる。

しかしそんな二人の口は、次の瞬間他《ほか》でもない門番自身の手によって塞《ふさ》がれた。

──え？

一体何が見えたというのか、門番二人はサッと血の気を失うと同時に、己《おのれ》の手で相方の口を塞いでいた。まるで間に鏡を置いたかのように同じ挙動で互《たが》いの口を塞ぎあった二人は、そのまま凍《こお》り付いたかのように涼のことを見つめている。二人ともが相手の口を塞ぐために両手を使ったせいで、支えを失った槍が倒《たお》れてカランカランッと妙《みょう》に寒々しい音が響《ひび》いた。

――何事？

「もう行く。いいな？」

なぜそんな反応をしているのかと紅珠が首を傾げる前で、涼が『李陵殿下』の声音《こわね》で言い放つ。問いかける形を取っていながら有無《うむ》を言わせぬ圧に、門番二人はガクガク頷《うなず》きながら道を譲った。一体どんな顔で二人に圧をかけたのか気になった紅珠だが、涼は紅珠に顔を覗《のぞ》き込まれるよりも早くスタスタと門の内へ歩き出してしまう。

「……あんた、ああいう物言いもできたのね？」

結局紅珠が再び口を開いたのは、門がはるか後方に遠ざかり、背景の中に埋没《まいぼつ》してからだった。『第三皇子夫婦』から『腐《くさ》れ縁《えん》の同期』の距離《きょり》感《かん》に立ち位置を戻《もど》して涼の顔を覗き込めば、すでに涼の顔はどこか気だるさが漂《ただよ》う紅珠が知る『涼』のものに戻っている。

「そりゃ、元々はあっちが素《す》なわけだし」

「じゃあこっちは素じゃないの？」

「今はどちらかと言やぁ、こっちが素だな」

軽く答えながら涼はチラリと紅珠に視線を投げた。その中にほんの少しだけ怯《おび》えのようなものが過《よ》ぎったのを見た紅珠は、見上げる視線だけで涼に問いを投げる。

その視線に一瞬だけ、涼は躊躇《ためら》いを顔に浮《う》かべた。だがその表情はすぐにふてぶてしい笑《え》みにかき消される。

「惚《ほ》れ直したか？」

「はぁ？」

「俺の皇子姿に、惚れ直したかって訊《き》いてんの」

「何バカなこと言ってんの？」

何を言い出すのやら、と紅珠は呆《あき》れを隠《かく》さずに涼を見上げた。歩む足は止めないまま、視線だけではなく顔ごと涼を振《ふ》り向いた紅珠は、思ったことをそのまま口にする。

「気の抜《ぬ》けたニヤけ顔をしてても、皇子として高圧的な空気を醸してても、あんたはあんたよ。私はそれだけの要素であんたに惚れるような安い女じゃないっての」

その言葉に涼は面喰《めんく》らったように目を丸くした。さらにその瞳《ひとみ》の奥が小さく震《ふる》える様を見た紅珠は『やっぱりか』と小さく溜《た》め息をつく。

「あんたね、私は気にしないって言ってるでしょ？　あんたが秘密を抱《かか》えてきた六年間のこと」

『いや、口に出しては言ってなかったっけ？』と紅珠は一瞬《いっしゅん》己の発言を省《かえり》みる。まああとえず、言った、言わないは今のところ本題ではないから、そこは重要ではない。

茶化《ちゃか》すようなことを口にした涼だが、涼は紅珠を茶化したいわけでもなければ、煽《あお》りたいわけでもない。ましてや本当に問いたいことは、そんなくだらないことではないはずだ。

他の人間は誤魔化《ごまか》せても、ずっと『涼』に一番近い場所にいたという自負がある紅珠は誤魔化せない。

――本当はあんた、『惚れ直したか』じゃなくて『幻滅《げんめつ》したか』って訊きたいんでしょ？

軽口に加工された言葉の奥底にあるのは、後ろめたさと恐怖《きょうふ》だ。

きっと涼は、己の事情を伏せて紅珠の同期をやっていたことに、ずっと後ろめたさを感じていたのだろう。自分は紅珠を騙《だま》し続けてきたと思っているのかもしれないし、その事実を紅珠に明かした今、紅珠に伏せてきた『李陵』を知られることで紅珠に幻滅されるとも思っているのかもしれない。

――私をその程度の存在って思ってることこそ、私に対して失礼なんじゃない？

「騙されたとか、思ってないから」

これ以上ツベコベウダウダ言うつもりなら、シメる。

その一念を込めて涼を見上げると、涼は紅珠の視線に射すくめられたかのように足を止めた。一歩追い越《こ》し、クルリと踊《おど》るように涼の前に回り込んだ紅珠は、ふてぶてしく腕《うで》を組んだまま涼の瞳を見据《みす》える。

「お前……」

呆然《ぼうぜん》と紅珠を見つめ返す涼は、複雑な表情をしていた。驚《おどろ》きから始まった表情は泣き出しそうに歪《ゆが》み、さらには驚きも涙《なみだ》の気配も残したまま、わずかな笑みが混ざり込む。

最終的に完成したのは、かなり不格好だが嫌《いや》な感じはしない、苦笑《くしよう》のような笑い顔だった。

「お前さ、カッコ良すぎ」

「惚れてもいいのよ？」

「ぬかせ」

ようやく毒気が抜けた涼に不敵な笑みを残し、紅珠はヒラリと身を翻《ひるがえ》す。クイッと指先で涼を呼びつけてやると、涼はやれやれと言わんばかりに肩《かた》を竦《すく》めて紅珠の隣《となり》に並んだ。

「で？　まだ中というほど中まで進んだわけでもないのに、この瘴気《しようき》の濃《こ》さは何なの？」

場を仕切り直すべく、紅珠は先程《さきほど》から気になっていたことを口にした。声に出した瞬間、我慢《がまん》できずに表情が歪んでしまったが、涼しかいない今は取り繕《つくろ》う必要もないだろう。

「あんた、浄祓《じようばつ》結界仕込んでるんじゃなかったの？　下手な妖怪屋敷《ようかいやしき》よりもマズいじゃない、これ」

通常、瘴気というモノは人の目には映らない。呪術師《じゆじゆつし》は徒人《ただびと》よりも瘴気に敏感《びんかん》だが、どれくらいの濃さから視認《しにん》できるかは生まれ持った才と修行《しゆぎよう》の練度による。

実を言うと紅珠は、視覚的に瘴気を視《み》ることに関してはあまり得意ではない。感覚的な感知は並よりも上だから呪術師として困ることはないが、余程瘴気が淀《よど》んだ現場にでも派《は》遣《けん》されない限り、視覚に優《すぐ》れた呪術師達が言う『瘴気に阻《はば》まれて先が見通せない』という状況には遭遇《そうぐう》しない。

だというのに今、紅珠の視界には幾筋《いくすじ》もの黒雲が低くたなびいている様がはっきりと視えていた。後宮の奥から滲《にじ》み出すように流れるこの雲は、後宮内に蔓延《まんえん》している瘴気の具現に他ならない。

——こんな酷《ひど》い現場、そう滅多《めった》にお目にかかれるものじゃない。

下手をすればこの瘴気だけで死人が出る。それくらいの濃度《のうど》だ。

だというのに涼は、いつものようにヒョイッと肩を竦めて軽い口調で紅珠に答えた。

「だから言っただろ? 『あんな場所、出れるもんならさっさと出た方が身のためだ』って」

「まぁ、……確かにそうね」

その部分では同意できる。こんな場所、短時間でも滞在《たいざい》すれば体調を崩《くず》しそうだ。外に出られる機会が巡《めぐ》ってきたならば、さっさと出るに越したことはない。

いや、今はその部分を議論しているわけではなく。

「ねぇ、涼。その場しのぎにしかならないけども」

『一度本腰《ほんごし》入れて修祓《しゅうばつ》をかけてみた方がいいんじゃないの?』と続けられる予定だった言葉は、途中《とちゅう》で不自然に途切《とぎ》れた。

紅珠の視線の先で涼の表情が強張《こわば》り、足が止まる。その変化に驚いた紅珠が思わず涼の視線の先を追った瞬間、涼は不自然なくらい完璧《かんぺき》な笑みを顔に広げていた。

——どうやら、会いたくない相手と鉢合《はちあ》わせしちゃったみたいね。

これは涼が苦手な相手と鉢合わせした時の反応だ。祓師塾《ふつしじゅく》でも気が合わない講師と遭遇してしまった時、涼はいつもこんな笑みを顔に貼《は》り付けてその場をやり過ごしていた。

涼の視線の先を追った紅珠は、そこに女官と思わしき年嵩《としかさ》の女を見つけた。位が高い妃《きさき》に仕えているのか、身を包む装束《しょうぞく》は華《はな》やかで、質も良いのが遠目にも分かる。

ただ残念なことに表情がよろしくない。意地悪な内心が顔に滲み出てしまえば、美人であろうが着飾《きかざ》っていようが全《すべ》て台無しだ。

「李陵殿下、ご機嫌麗《きげんうるわ》しゅう」

涼と紅珠の行く先を遮《さえぎ》るように現れた女官は、顎《あご》をツンと上げたまま居丈高《いたけだか》に声を張り上げた。妙に甲高《かんだか》い声はキンッと不愉快《ふゆかい》に紅珠の耳を叩《たた》く。

——あ、私、多分この人と気が合わない。

思わず顔をしかめかけた紅珠だったが、視界の端《はし》に映る涼の顔には相変わらず気持ち悪いくらい爽《さわ》やかな笑みが広がっていた。横目でその鉄壁《てっぺき》の笑みを確かめた紅珠は、全ての気力を総動員して何とか淑《しと》やかな笑みを顔に貼り付ける。口元や目元がピクピクと引き攣《つ》れているような気がするが、恐《おそ》らく先方はそんなことを気にも留めていないだろう。

何せこの女官、初手からこちらへの敵意と侮蔑《ぶべつ》がダダ漏《も》れしている。

——一体何事？　私達、まだ何もしていないはずなんだけど。

こんな通用門の間近で声をかけてくるということは、わざわざここで涼と紅珠の訪《おとず》れを待ち構えていたということなのだろうか。いくら後宮の住人達が暇《ひま》を持て余しているとは言っても、さすがに意味もなくこんなことをするほどの暇人《ひまじん》はいないだろう。

ならば一体、この女官は紅珠達に何の用があるというのだろうか。

「芳明殿《ほうめいどの》も、ご健勝のようで。第五公妃殿下《こうひでんか》は、お変わりございませんか？」

考えを巡らせる紅珠をさりげなく背に庇《かば》うように前へ出ながら、涼は穏《おだ》やかに挨拶《あいさつ》を返す。涼の気遣《きづか》いを察した紅珠は、大人しく涼の陰《かげ》に匿《かくま》われながらそっと女官を観察した。

——なるほど？　第五公妃付きの女官なのね。

不自然に思われないようにさりげなく情報を渡《わた》してくれた涼に感謝しつつ、紅珠は気を引き締《し》める。

感情がそのまま表情に出てしまう紅珠は、場に応じて猫《ねこ》を被《かぶ》るというのがとことん苦手だ。対する涼は、普段《ふだん》は傲岸不遜《ごうがんふそん》で誰《だれ》が相手であっても飄々《ひょうひょう》とした態度を崩さないが、猫を被ると決めた時はどんな相手であろうとも完璧に猫を被って覚《さと》らせない。祓師塾時代、明らかに自分よりも涼の方が性格に難があるはずなのに、蓋《ふた》を開けてみると自分の方が抱えている揉《も》め事が多くて、紅珠はいつも納得《なっとく》できなかったものだ。

そんな涼が、突如《とつじょ》姿を現した芳明に対して、明らかに警戒《けいかい》を滲ませている。

つまりあの女官は、人あしらいが上手《うま》い涼をしてでも面倒《めんどう》な難敵であるということだ。

「ただいま春瑶《しゅんよう》様の舎殿にて、公妃様方がお茶会を楽しんでおられます」

涼の言葉を丸ごと無視した芳明は、居丈高な響《ひび》きをさらに強めながら声を張り上げた。

「第三皇子妃様もぜひと、春瑶様の仰《おお》せです。ご案内いたします」

——第三皇子妃……って、え？　私？

一瞬誰《いっしゅんだれ》のことを言っているのか分からなかった紅珠は、パチパチと瞬《まばた》きしてから目をすがめる。対して涼は穏やかな雰囲気《ふんいき》を崩していないが、微《かす》かに肩が跳《は》ねたのを紅珠は見逃《みのが》さなかった。

——そもそも、私の輿入《こしい》れも、今日私達が揃《そろ》って後宮に来ることも、周知はされていなかったはず。だというのにどうしてこんな待ち伏《ぶ》せができたわけ？

「涼、私、無理よ」

涼の背中に庇われているお陰で、芳明から紅珠の姿は見えない。それをいいことに紅珠はヒソリと涼に告げた。

今の時点で不審《ふしん》な点がいくつもある上に、芳明の言を信じても良いならば、呼び出し先で待ち構えているのはこの後宮を取り仕切る公妃達だ。

名目上、第三皇子に輿入れしているとはいえ、紅珠はしがない庶民《しょみん》でしかない。おまけについ数日前まで明仙連で呪剣《じゅけん》を振《ふ》り回していたような人間だ。妃教育云々《うんぬん》の前に、そもそも女性が集《つど》う場での立ち居振る舞《ま》いからして何も分かっていないという情けない自覚が紅珠にはある。

そんな自分がほいほい呼び出しに応じても、『李陵殿下《でんか》』の足を引っ張るばかりで得など何もないだろう。おまけに相手は『第三皇子夫婦《ふうふ》』ではなく『第三皇子妃』だけを指名した。涼がその場にいてくれるならばまだしも、紅珠単独での行動などどんな問題を引き起こしてくるか分かったものではない。

「あの言い方は、断れない」

『上手く断ってちょうだい』と紅珠は言葉短く訴《うった》えるが、涼からヒソリと返された言葉は否《いな》だった。思わず芳明から見えないように涼の背中をつねって抗議《こうぎ》をするも、涼はヒクリとこめかみを引き攣らせるだけで表情ひとつ崩さない。

「お前がそっちを引き付けといてくれるなら、俺の調査がはかどる」

唇《くちびる》を動かさないまま、涼はヒソリと紅珠に告げた。その返答に紅珠は無言のまま眉《まゆ》を跳ね上げる。少し顔を振り向かせた涼には、その表情だけで『それ以上に私が問題を起こしてきたらマズいと思わない？』という紅珠の内心が伝わっているはずだ。

「それでもいい。何か掴《つか》めるかも」

その証拠《しょうこ》に、涼は短く言葉を落とした。そのまま顔を前へ戻《もど》した涼の態度から『聞く耳なし』と判断した紅珠は小さく溜《た》め息をこぼす。

──まぁ、確かに？　毒蛇《どくへび》の巣穴の中心に真正面から殴《なぐ》り込めば、何かが摑めるかもってのは正論よね。

紅珠の『仕方がないわね』という渋々《しぶしぶ》の肯定《こうてい》を受け取った涼は、芳明に見咎《みとが》められないように左手を背中へ回すとそっと紅珠の手に触《ふ》れた。

「早くなされませ。公妃様方をお待たせしております」

紅珠と涼のやり取りが聞こえていない芳明には、二人が黙《だま》り込んだまま硬直《こうちょく》しているようにでも見えたのだろう。こちらが行くとも行かないとも言っていないうちからこちらを引っ立てていく気満々な芳明の物言いに、紅珠はさらに眉を跳ね上げる。

それでも紅珠は涼と繫《つな》がった手にキュッと力を込めると、自分からスルリとその手を離《はな》した。楚々《そそ》とした表情を取り繕《つくろ》い、自らの足で涼の前へ進み出る。

「申し訳ありません。今、参ります」

──これもまた、『協力者』の仕事の内、よね？

チラリと涼を見上げると、涼は気遣わしげな目で紅珠を見つめていた。だが紅珠と視線が交わった瞬間、涼は唇の端に淡《あわ》く笑《え》みを浮《う》かべてみせる。

さらに芳明には気付かれないように、微かに唇が動いた。

『気ぃつけてな』

──まったく。気軽に言ってくれるわね。

私はできれば行きたくないんですけども、という内心を持て余しながらも、紅珠は袖《そで》の中で小さく手を振ってみせる。

『そっちは任せたわよ』という合図を涼に残した紅珠は、なるべくお淑やかに見えるように気を付けながら、芳明との間合いを己《おのれ》から詰《つ》めていった。

後宮というのは、外界から隔絶《かくぜつ》された特殊《とくしゅ》な世界だ。

皇帝《こうてい》のためだけに何千人という女が詰めるこの小さな箱庭は、皇帝の正妻である第一公妃を筆頭とした八人の公妃達によって取り仕切られている。

と言っても、八人の公妃に平等に権力があるわけではない。実家の家格や財政状況《じょうきょう》、皇帝の寵愛《ちょうあい》の深さなどにより、公妃達の影響《えいきょう》力は日々変動していく。

その中でも不動の権力を握《にぎ》るのは、やはり第一公妃だ。第一公妃は麗華国と友好関係にある隣国《りんごく》の王族出身で、さらには皇太子である第一皇子を産んでいる。もはやその地位は不動とされて久しい。

しかし寵愛の深さという点では、以前より第三公妃に分があるのではと言われていた。

皇帝と第一公妃の仲は親密ではあるが、第一公妃へ注がれている皇帝からの情は『政《まつりごと》を執《と》り行う上での盟友』としての色合いが強く、男女の仲というよりも朋友《ほうゆう》や戦友といった方が近い雰囲気があるらしい。皇帝と第一公妃は『仲の良い国主夫妻』ではあるが、

『皇帝と寵妃』という形となると筆頭に名が挙がるのは第三公妃なのだそうだ。

ならば後宮の覇権《はけん》は第一公妃と第三公妃が二分しているのかという話になるが、実はそうでもない。後宮にはもう一人、覇権を分割する人物がいる。

それが第五公妃……麗華国一の富豪《ふごう》の家から輿入れしてきた、金と大声で後宮を取り仕切る妃《きさき》だ。

──涼からその話を聞いた時は『何その品のなさそうな喩《たと》え』って思ったんだけども。

紅珠は目の前で繰《く》り広げられる光景に改めて視線を巡《めぐ》らせると、相対した人物達には気付かれないようにそっと内心だけで溜め息をついた。

──まさかその言葉通りの人物が鎮座《ちんざ》しているとはねぇ……。

「第三皇子に輿入れして『妃』を名乗れるようになっても、所詮《しょせん》ガサツな庶民の女はガサツな庶民の女のままね」

あまりにも捻《ひね》りのない悪口を真正面から紅珠に浴びせかけたおばさん……もとい第五公妃の春瑶は、跪《ひざまず》かせた紅珠を上から見下ろすとフンッと勝ち誇《ほこ》るように荒《あら》く鼻息をついた。

「輿入れ前は明仙連で剣を振り回していたのですって？」

「明仙連って、あの妖怪《ようかい》と戦う？」

「まぁ！　女の身でそんな場所にいたなんて」

「何だか怖《こわ》いわぁ」

さらに左右を固めるおばさん達こと他《ほか》の公妃《こうひ》達も、春瑶に同調してクスクスと笑い声を上げる。

——完全に私の身元が割れてるって、一体どういうことなのかしら？

『私の輿入れって、内密な話じゃなかったの？』という疑問が胸中を転がっていったが、今はそこを考えている場合ではない。限られた時間の中で優先して考えなければならないこと、探《さぐ》らなければならないことが山積みだ。

面白味《おもしろみ》も目新しさもない悪口を華麗《かれい》に聞き流した紅珠は、失礼にならない程度に視線を巡らせて己が置かれた状況を観察する。

——えーっと？　右側にいるのが第二公妃で、左側にいるのが第七公妃……なのかしら？

芳明によって連れてこられた舎殿《しやでん》の一室でのことだった。

一般的《いつぱん》な屋敷《やしき》の間取りに当てはめて言うと、客間に相当する部屋だろう。壁際《かべぎわ》には煌《きら》びやかな衝立《ついたて》が、高級そうな家具の上にはいかにもお高そうな壺《つぼ》や皿が飾《かざ》られている。ゴテゴテギラギラした、中々に趣味《しゆみ》が悪い部屋だ。さらに壁際にはズラリと女官や宦官《かんがん》達が居並んでいるのだから圧がすごい。

そんな部屋の中心よりも奥側には大きな円卓《えんたく》が置かれていて、部屋の入口に面する三席分ほどの空間を残して奥側に五人の女性が座していた。ここまで紅珠を引っ立ててきた芳明の発言を信じて良いならば、恐《おそ》らく彼女達が『お茶会』を楽しんでいる公妃達だろう。

大体の年齢《ねんれい》と纏《まと》う衣《ころも》の色や模様、さりげなく入れられた紋章《もんしょう》などから、紅珠は相手の素《す》性《じょう》を割り出していく。どうやら今この場には、第一、第三、第四公妃を除いた公妃達が集まっているらしい。

——まぁ、私が覚え間違《まちが》いをしていなければ、だけども。

相手の素性を見極《みきわ》めるために情報を叩《たた》き込んでくれたのは涼と瑠華だ。

瑠華は紅珠の身支度《みじたく》をしながらさりげなく、涼は『後宮に乗り込む以上、これくらいは基本情報として押さえとけ』と真正面から、それぞれとても覚えやすく必要最低限に絞《しぼ》って情報を与《あた》えてくれた。

その時の紅珠は『別に公妃達を相手に仕事をするわけじゃないんだから、そこまでの情報は必要ないんじゃない？』と呑気《のんき》に考えていたのだが、結果として今、紅珠は二人から授《さず》けられた知識に助けられている。後宮と関《かか》わりが深い二人は、もしかしたらこういう展開を予想していたのかもしれない。

——新参者イビリって、ほんっとどこでもあるもんなのね。

あるいは涼と瑠華は『喧嘩《けんか》を売られても買ってはいけない相手を紅珠に判別させるため』という考えの下《もと》に紅珠を教育したのかもしれない。紅珠としてはそこまで喧嘩っ早いと思われているのは何だか嫌《いや》なので、あくまで『調査に役立てるため』という線を推《お》したいところではあるのだが。

――そこまで心配されなくても、私だって誰彼構《だれかれかま》わず喧嘩を買うわけじゃないんだけども。

お茶会と銘打《めいう》たれた集まりではあったが、妃達の手元に茶杯《ちゃはい》の姿はなかった。ちなみに紅珠には茶杯どころか椅子《いす》さえ出されていない。

この部屋に通された瞬間《しゅんかん》、場を満たした空気と妃達の表情だけで紅珠は理解した。

この場は、紅珠を見世物《みせもの》にするためだけに用意されたものなのだと。

――さすがに二度目の洗礼ともなれば、私だってあしらい方くらい学ぶわよ。

この空気を、紅珠はすでに知っている。

明仙連入省当初。『女』の『新入り』へ向けられた感情は、こんなに分かりやすくてあしらいやすいものではなかった。

規模と渦巻《うずま》く感情の違いはあれども、今の雰囲気《ふんいき》はあの頃《ころ》の紅珠を取り巻いていたものとよく似ている。

――適当に受け流していても無害な分、こっちの方が面倒《めんどう》がないってのはあるけども。

公妃達が囲む円卓から離れた場所に膝《ひざ》をつくよう命じられ、両肘《りょうひじ》を上げたまま胸の前で両手を重ね合わせて礼を取る体勢を延々強《し》いられていても、公妃達が言う通り数日前まで明仙連で呪剣《じゅけん》を振《ふ》り回していた紅珠にとっては大した苦痛ではない。

これが皇子妃となるに相応《ふさわ》しい家柄《いえがら》のお嬢《じょう》さんであったら、そろそろ全身を支えきれなくなってくずおれているところだろう。この場に居並んだ妃達は、その様子をさらに嘲笑《あざわら》うために、あえて紅珠にこんなことを強いているのかもしれない。

だが生憎《あいにく》、退魔《たいま》の現場で戦うために体幹から体を鍛《きた》えている紅珠は、この体勢のままあと数刻放置されても問題なく耐《た》えていられる自信がある。だから紅珠は表情を覚《さと》られないように顔を伏《ふ》せたまま、これ幸いとばかりに周囲の観察を続けた。

――問題があるとしたら、どうやって私達の来訪を知ったのかという部分と、この部屋に充満《じゅうまん》している瘴気《しょうき》の方ね。

この場は明らかに紅珠を見世物にするために設けられた場だ。つまりこの場に集《つど》った公妃達は、紅珠が今日後宮に来ることを知っていて、あらかじめ示し合わせて集まっていたということになる。

――第三皇子が妃を娶《めと》るという情報自体は、出回っていても不思議じゃない。

何せ紅珠と涼が派手にやり合ってからひと月の期間があったのだ。皇帝一族の人間として手続き的な問題もあっただろうから、完全に極秘《ごくひ》で事を進めることなどできなかっただろう。

後宮の人間は娯楽《ごらく》に飢《う》えている上に耳聡《みみざと》い。ひとたび誰《だれ》かが情報を漏《も》らせば、全体に伝播《でんぱ》するまでに時間はかからないはずだ。紅珠が明仙連の呪術師であったという情報も、関係者が口を滑《すべ》らせていれば公妃達に知られていてもおかしくはない。まさに『人の口に戸は立てられない』というやつだ。

だから問題はそこではなく、なぜ今日この時間に第三皇子夫妻が後宮にやってくると分かったか、だ。

──呪詛《じゅそ》を仕込んだ黒幕が、ここにも絡《から》んでるってことかしら。

仮に李陵の屋敷に鼠《ねずみ》が入り込んでいるとしても、昨日の今日で情報がここまで詳細《しょうさい》に伝わっているとは考えにくい。そもそも規模に対して極端《きょくたん》に使用人の数が絞られた屋敷だ。鼠が入り込んでいれば情報の漏れ方であっという間に足がつくだろうし、そもそも涼がそんな隙《すき》を見せるとも思えない。

ならば考えられるのは、黒幕が何らかの呪術を使ってこちらの動きを監視《かんし》していた、という線だ。

──この線が濃厚《のうこう》だとは思うけども。……それだと黒幕に涼の素性がある程度知られているってことにならないかしら？

李陵の屋敷から後宮までの道中に何らかの術を仕掛《しか》けておけば、涼に覚られることなくこちらの動きを監視することはできる。

こちらが動いたことを察知し、公妃の誰かに『李陵殿下《でんか》が妃をともなってこちらにやってくるようです』と囁《ささや》けば、暇《ひま》を持て余した公妃達は必ず喰《く》い付くだろう。ついでに紅珠に関する情報も囁いておけば、公妃達の喰い付きはさらに良くなるはずだ。あとは出迎《でむか》え役の女官を配備しておけば、あの状況《じょうきょう》ができあがる。

——涼は『お前がそっちを引き付けといてくれるなら、俺の調査がはかどる』って言ってた。

そういう発言が出るということは、涼は自分の正体が黒幕に割れていて、行動を監視されているという自覚があるのだろう。そして紅珠がこのお茶会に出向くことで相手を引き付けられるということは、黒幕がこの後宮の中に潜《ひそ》んでいるということを示唆《しさ》している。

——やっぱり、どうにも一筋縄《ひとすじなわ》では行かなさそうね。

隠密《おんみつ》呪術師という存在に勘付《かんづ》かれているだけならばまだしも、素性まで相手に割れているとなると涼の命が危ない。対処が追いつかない勢いで増殖《ぞうしょく》する瘴気に、黒幕に追いつけない呪詛、さらに涼個人に向けられた害意にまで対処をしていたのだとすれば、涼のあのやつれ具合にも納得《なっとく》ができる。

——己《おのれ》が仕掛けた術の阻害《そがい》具合で、後宮を守護する呪術師の存在に気付くことはできるかもしれないけれども。……でも、それが涼であることにまで行き着けるって、一体どういうことなのかしら？

涼がたやすく己の正体を摑《つか》まれるようなヘマをしでかすとは思えない。一体どういう経緯《けいい》で涼の存在を摑まれてしまったのか、その部分も紅珠は気になる。もしかしたらその辺りも、涼が紅珠を呼び寄せた事情に繫《つな》がってくるのかもしれない。

——涼の正体を摑めて、こちら側には正体を摑ませない。後宮に長期間潜んでいても周囲に疑問に思われず、ある程度自由に後宮内を行き来できる人物。公妃に簡単に情報を流すことができる立場にあるか、あるいはその立場にある人間に直《じか》に耳打ちができるような立場にあるとなお良し。

さて、一体どんな人物だろう、と紅珠は思考を巡《めぐ》らせる。

まさか公妃《こうひ》自身が黒幕で、私妃母娘《おやこ》に呪詛を仕込んだ、ということはないだろう。それだけの技量を持つ呪術師が妃《きさき》として後宮入りしていれば、涼はもちろんのこと、明仙連だってその情報を把握《はあく》していたはずだ。だが紅珠はそんな話を聞いたことはない。

順当に考えるならば、女官か宦官《かんがん》の中に潜んでいる、という線が濃厚だ。後宮のどこにでもいる人間の中に交ざってしまえば、背景に埋没《まいぼつ》するがごとく後宮の中を自由に動き回ることができる。さらに言えば『たくさんいる誰か』という没個性《ぼっこせい》の集団の中に属していれば、ある日いきなり現れ、いつか唐突《とうとつ》に姿を消しても、誰もその存在に頓着《とんちゃく》などしない。

——状況的にこのお茶会を主催《しゅさい》しているのは春瑶様みたいだし、春瑶様の手勢に潜んでいる可能性が高い。

紅珠は顔を上げないまま、そっと視線を巡らせて部屋の中に控《ひか》えた人間達を観察する。

どうやらこの場には、このお茶会の世話をするために控える春瑶付きの女官や宦官達だけではなく、それぞれの公妃達が連れてきているお付きの者も交ざっているらしい。装束《しょうぞく》も髪型《かみがた》もまちまちな色とりどりの女官に、その後ろに控えた宦官と、顔を伏せた状態でも視界は随分《ずいぶん》と姦《かしま》しい。この場に集った人間に的を絞ってみても、素性《すじょう》を洗っていくのは骨が折れそうだ。

――ここが後宮の外だったら、この状況でも意識を集中させて探《さぐ》れば、怪《あや》しい人間のあぶり出しくらいはできたのかもしれないけれど……

今の状況では、それも難しい。

「そんな色気も教養もない人間が、どうやってあの女嫌《おんなぎら》いで有名な皇子のところに輿入《こしい》れできたのかしら？」

「あぁ！　色気がないからできたのね！」

相変わらず好き放題に言い合っている公妃達を盗《ぬす》み見ながら、紅珠はそっと目をすがめた。

恐《おそ》らく、彼女達は誰一人として気付いていない。

自分達が口にする言葉が黒い雲のように周囲を漂《ただよ》い、この場の空気をどす黒く染めているということに。

――言葉は祝いにも呪《のろ》いにも化ける。

『気』という言葉がある。

ざっくり簡単に言ってしまえば『何だかいい空気』『何かいい感じに活気付いた空気』が陽気で、『何かイヤな空気』『何か重たくて暗くて陰鬱《いんうつ》な空気』が陰気だ。

本来自然界の気はどちらにも傾《かたむ》いていない中性のものだが、ヒトやモノの影響《えいきょう》を受けて気は陰にも陽にも簡単に傾いてしまう。そして厄介《やっかい》なことに、強い陰気や陽気はその場にいるヒトやモノに多大な影響を与《あた》えるという性質を持っている。

呪術師が負う領分を突《つ》き詰めて考えると、この陽気と陰気を適度に整えて気を滞《とどこお》りなく巡らせることが全《すべ》てなのではないかと紅珠は思っている。

何せ陰気が溜《た》まれば瘴気となり、瘴気は妖怪《ようかい》を生む。ヒトが陰気にあたれば体調を崩《くず》し、心を壊《こわ》す。極論を言ってしまえば、修祓《しゅうばつ》も退魔《たいま》も最初に陰気が溜まらなければ起こり得ない。だから己の守護領域を持つ呪術師達は、まず陰気を溜めないことを第一に心がける。

——ここに集った公妃達《バケモノ》は、みんな自分から陰気を生み出し続けていることに気付いていない。

強い陰気は、死や病から生じるとされている。だがそれよりもずっと身近に陰気を生むモノがあると、人々は気付いていない。

妬《ねた》みや嫉《そね》み。陰口《かげぐち》に悪口。他人の不幸を喜ぶ心。

ヒトを呪う言葉を吐《は》けばその呪いは我が身に返り、悪意を込めて紡《つむ》がれた言葉は巡り巡って我が身を毒する。

そんな基礎《きそ》基本を、ヒトは分かっていない。自分達が気軽に口にする言葉が、どれほど凶悪《きょうあく》な代物《しろもの》に化けるかを、誰も理解できていない。

今この場における唯一《ゆいいつ》の救いは、陰気を生み出しているのが呪術をかじったこともない公妃達であった、という点だろう。毒の向け先は紅珠ではあるが、素人《しろうと》が見当違《けんとうちが》いな感情から吐き出したものだ。放置しておいても紅珠自身に害はない。

とはいえ、この濃度《のうど》は厄介だ。

──なるほどね。涼が常に浄祓《じょうばつ》結界を展開していても、浄化が追いつかないわけだわ。後宮に異常なほど蔓延《まんえん》しているこの瘴気《しょうき》を生み出しているのは、この後宮の住人達だ。瘴気を生み出している原因を断《た》てない上に、その原因達が無自覚にこの勢いと濃度で瘴気を量産しているときている。確かに後宮が魔境《まきょう》と化していても致《いた》し方ないと言えば致し方ない。呪詛を仕込んだ黒幕も敵だが、涼にとっては彼女達も十分『敵』であると言える。これは仮に黒幕の妨害《ぼうがい》がなかったとしても、中々に手を焼かされる案件だろう。

──でも、前々からこの人達はここで暮らしているわけでしょ？　涼が隠密呪術師に就任するまで、後宮の安寧《あんねい》はどうやって保たれていたわけ？

もしかして、この陰気の加速にも黒幕の思惑《おもわく》が関与《かんよ》しているのだろうか。

呪術を用いずとも、言葉の扱《あつか》いに長《た》けた者ならば、人の心や思考を一定方向に傾けることができる。公妃達の身近に潜み、日々言葉を吹《ふ》き込み続ければ、呪術を用いずともこの陰気を作り出すこともまたできただろう。

——呪術だけじゃなくて、そういう方向にも長けているんだとしたら。……厄介どころの話じゃないわね。最悪、後宮全体が私達の敵ってことだもの。

呪術師《じゅじゅつし》として謗《そし》られるならばまだしも、庶民《しょみん》であることやら女らしさがないことやら無教養であることやらを謗られても、紅珠は痛くも痒《かゆ》くもない。紅珠の矜持《きょうじ》はそこにはないし、いちいち言われずともそれくらいのことは自覚している。

ひたすら一方的に浴びせかけられる言葉を綺麗《きれい》に右から左へ流しながら、紅珠は試しに周囲の気の流れを探ってみた。

だがやはり周囲に濃《こ》い瘴気が蔓延しているせいか、気を張り詰めてみても手応《てごた》えはほとんど感じない。喩《たと》えるならば『香《こう》の煙《けむり》が充満《じゅうまん》している部屋の中で香《かお》りを頼《たよ》りに匂《にお》い袋《ぶくろ》を探してみろ』と言われても探しようがない状態に近いだろうか。

——とりあえず、何か変ってことしか分からない……

不審《ふしん》点はないのかと問われれば、答えは確実に否《いな》だ。この舎殿《しゃでん》を中心にして、妙《みょう》に陰気ばかりが巡っている。まるでこの舎殿を壺《つぼ》に見立てて陰気を醸造《じょうぞう》しているかのような気の巡り方だ。通常、瘴気が濃く停滞《ていたい》していても、こんな風に気が巡ることはない。

これは確実に何かがここにある。何か良からぬ呪具に陰気を溜めているとこういう気の巡り方をする場合もあるが、何せここの主《あるじ》は目の前にいるこの一際《ひときわ》毒気が強いおばさんだ。

案外これが通常なのだと言われても納得《なっとく》できないことはない。

——こうなっている原因が、日常的に吹き込まれた言葉によるものじゃなくて、意図的に仕《し》掛《か》けられた呪具にあるのだとしたら。その結果、ここに集《つど》った人間がここまで陰気を吐き出してばかりいるっていうならば。

それはそれでかなり深刻な状況《じょうきょう》だ。こんな後宮の奥深く、権力者の懐深《ふところふか》くまで良からぬ輩《やから》が潜《もぐ》り込んでいて、すでに実害が出ているという証拠《しょうこ》に他《ほか》ならないのだから。

——状況から考えると、手っ取り早い浄祓は難しそうね。

本来ならば、状況を春瑶に説明し、春瑶公認《こうにん》の下《もと》、すみやかに舎殿と使用人の調査をするべきだ。だが紅珠がそんなことを願っても、春瑶がそれを受け入れることは絶対にないだろう。そもそも話が通じる、通じない以前に、発言すること自体を許される気がしない。たとえ紅珠に明仙連の権威《けんい》が使えたとしても無理なものは無理だろう。

この舎殿に仕掛けられているかもしれない呪具を探しに行くことは、現状では不可能。ならばこんなことをしている黒幕の目的を推察し、正体に目星をつける。そこから回り込んで黒幕の身柄《みがら》を確保。さらに気の巡りをおかしくしている呪具を取り除き、このわだかまった瘴気も修祓する、という方向で動くしかないだろう。

——元々後宮は黒い感情が渦巻《うずま》く場所。その中に呪詛《じゅそ》の種を落とせば、あっという間に生長してしまう。

だがその種と種を育てようとする者さえ取り除けば、後宮は元の黒い感情が渦巻くだけの世界に戻《もど》る。完全浄化は無理でも、この場所なりの秩序《ちつじょ》がある、今よりはマシな世界に戻すことができるはずだ。

「あんな穀潰《ごくつぶ》しの皇子では、所詮《しょせん》この程度の女しか迎《むか》えられなかったのね」

おおよその方針を固めた紅珠は、さらに手がかりを摑《つか》もうと気を張り巡らせる。

だが研《と》ぎ澄《す》まされた神経に触《ふ》れたのは、手がかりではなく耳障《みみざわ》りな言葉だった。

「ねぇ、御存知《ごぞんじ》？　あの皇子、夜な夜な死霊《しりょう》と戯《たわむ》れているそうよ？」

「やだわぁ、そんな皇子に後宮への立ち入りを許可するなんて。陛下も何をお考えなのかしら？」

紅珠が反応を示さないことに飽《あ》きてしまったのか、あるいは謗る言葉が尽《つ》きたのか、紅珠が話を完全に聞き流している間に公妃《こうひ》達の会話の矛先《ほこさき》は紅珠から李陵……涼の方へ移っていた。相変わらずどす黒い霧《きり》で覆《おお》われた言葉達が、今度は涼を嘲《あざわら》い始める。

「女嫌いという話だったし、実際に女を傍《そば》には寄せ付けない人間だから、今までは見て見ぬふりをしてやっていたけれども」

「でもここ数ヶ月、本当にウロチョロと目障りで」

「うちの宦官《かんがん》達も、度々《たびたび》仕事を邪魔《じゃま》されていると言うのよ」

「まぁ、第五公妃様の宦官達と言いますと……」

「祝賀会の準備に当たっている者達ですか？」

「もしかして第三皇子は、第五公妃様の祝賀会を邪魔したいのでは……」

「まったく、腹立たしいったらないわ！」

――女嫌い？

自分への嘲笑《ちょうしょう》はいくらでも聞き流せた紅珠だが、涼への嘲笑は上手《うま》く聞き流せなかった。

公妃達の言葉にピクリと眉《まゆ》を跳《は》ね上げた紅珠は、表情を覚《さと》られないようにさらに頭を下げながらも気になる言葉に首を傾《かし》げる。

――そんな話は聞いたことがないけども……

というよりも、ガセだと思う。祓師塾《ふつしじゅく》時代の相棒が女の紅珠であったから、というわけではなく、涼の傍《かたわ》らには瑠華がいるから、という理由の方が強い。

だが思い返せば門番達も、紅珠を妃と紹介《しょうかい》された時にとても驚《おどろ》いていた。中途半端《ちゅうとはんぱ》に途切れた言葉は『女嫌《おんなぎら》い』と続けられたのかもしれない。

――後宮に出入りする上で、そういう設定をつけておいた方が厄介事《やっかいごと》に巻き込まれにくいから、とか？

何せここでの涼の身分は『当代皇帝《こうてい》第三皇子』だ。玉の輿《こし》を狙《ねら》う女性達にしても、権力争いに身を投じている輩にしても、その肩書《かたが》きにはこの上ない旨《うま》みを感じることだろう。

――というよりも、そうよ。私はともかく、涼は第三皇子。皇帝の実の息子《むすこ》なのに、その物言いは何なのよ？

李陵が春瑶の祝賀会を邪魔したいなど、邪推《じゃすい》をするにも程《ほど》がある。李陵……涼は春瑶の祝賀会を奇禍《きか》なく乗り切るために、『隠密《おんみつ》呪術師の妃』という切り札まで使って紅珠という協力者を呼び寄せたのだ。

そんな事情を知っているのは涼の関係者だけだろうが、それにしてもそんな邪推を『皇子』に対して抱《いだ》けるとはいったいどういう了見《りょうけん》なのだろうか。

「まぁでも、そんなつま弾《はじ》きの皇子に元呪術師の妃なんて、お似合いじゃない」

「卑《いや》しい血筋の皇子には、それくらいの妃がお似合いよね」

皇帝公妃《こうひ》と第三皇子妃であれば、確実に皇帝公妃の方が立場は上だ。だが皇帝公妃と皇子であれば、立場は皇子の方が圧倒《あっとう》的に強いはずである。公妃はあくまで『皇帝の妻』であって『皇帝一族《こうべ》』ではない。公《おおやけ》の場に出れば、目の前にいる彼女達は残らず『李陵』に膝《ひざ》をつき、頭を垂れなければならない立場にいる。

だというのにここに集った公妃達は、隠《かく》すことも捻《ひね》ることもなく真っ直《す》ぐに涼への侮蔑《ぶべつ》を口にしている。この発言を涼が直《じか》に聞き、然《しか》るべき場所で然るべき対応を取れば、皇帝公妃といえども無事では済まないはずだ。最悪の場合、不敬罪で首を飛ばされる可能性だってある。

それが分からない公妃達ではない。そうでありながら第三皇子妃である紅珠を前にして平然と言いたい放題ができるのは、彼女達の中に『当人に聞かれたところで痛手はない』

という確信が……仮にこの話が当人の耳に入ったところで李陵《涼》は動かない、という確信があるからだ。

——ちょっと涼、あんたなんでこんなに軽《かろ》んじられてるの？

そのことに思い至った瞬間《しゅんかん》、紅珠の背筋がスッと冷えたような気がした。自分のことを好き勝手に言われていた時にはコトリとも動かなかった心が、今は不穏《ふおん》にざわついているのが分かる。

——あんたは今まで、後宮《ここ》でどう振《ふ》る舞《ま》ってきたの？

改めて場にあふれる言葉に耳を傾《かたむ》けてみれば、どうやらそもそも紅珠がここまで見世物《みせもの》にされているのも涼に原因があるらしい。

常日頃《つねひごろ》、公妃達が軽んじている第三皇子が、生意気にも妃を娶《めと》ったらしい。どんな女がやってきたのか、見物して嘲《わら》笑ってやろうではないか。笑い者の第三皇子の妃ならば、第三皇子ともども笑い者にしても良いだろう。

この場に呼びつけるなり、紅珠には挨拶《あいさつ》をする暇《いとま》さえ与《あた》えず失礼千万《せんばん》な言葉を吐《は》き続けた彼女達は、紅珠が『庶民《しょみん》出身のガサツ女』であるから嘲笑していたわけではなく、紅珠が『第三皇子妃』であるから嘲笑していたらしい。

——……これは初手でやり返すことを考えず、全部聞き流していた私の失策だったかしら？

彼女達の根底にあるのが紅珠への嘲罵《ちょうば》ではなく涼への侮蔑であると分かった瞬間、紅珠の背を撫《な》でたのは想像していなかった状況への困惑《こんわく》だった。次に抱いたのはこんな状況に置かれていた涼に対する心配と不安で、今はジリジリと怒《いか》りが膨《ふく》らんでいくのが分かる。

自分の顔に冷ややかな笑《え》みが貼《は》り付いていることを確かめてから、紅珠はゆっくりと顔を上げた。

目の前に居並んだ公妃達は、もはや紅珠のことを見てはいない。否《いな》、視界には入っているが、同じ人間だとは思っていない。置物か何かと同じように、紅珠の姿は背景に埋没《まいぼっ》している。

そのことをたっぷり数秒かけて確かめた紅珠は、腕《うで》を動かさないまま指先の微《かす》かな動きだけで手の中に符《ふ》を滑《すべ》り込ませた。いざという時のために袖《そで》の中に仕込んでおいた幻術符《げんじゅつ》だ。

──これは喧嘩《けんか》を買ったわけじゃない。あくまでこいつらの口から出てくる瘴気《しょうき》の浄祓《じょうばっ》をするためよ。

要するにこいつらがしばらく陰気《いんき》を吐き出せないように脅《おど》してやれば、状況《じょうきょう》は少しマシになるということだ。そうすればこの舎殿《しゃでん》から醸造《じょうぞう》される瘴気が減り、引いては後宮内の空気も多少はマシになる。つまり涼への負担が軽くなるということだ。

紅珠は軽んじて良い存在ではなかったとこの場で思い知れば、その夫である涼も軽んじるべきではないと彼女達も認識《にんしき》を改めるだろう。上手《うま》く事を運ぶことができれば、今ここで舎殿の調査くらいはさせてもらえるかもしれない。

言葉で理解できないやつらには、他《ほか》の分からせ方をするしかない。紅珠が明仙連でナメ腐《くさ》ってきた輩《やから》を絞《し》め落として回ったのと理屈《りくつ》は同じだ。

──大人しくしている時間は、もうおしまい。ここからは私の流儀《りゅうぎ》で行かせてもらうわ。

多少のオイタならば上手く誤魔化《ごまか》せる。彼女達を分からせたら、次は涼の番だ。さっさとここを片付けて涼に合流し、襟首《えりくび》を締《し》め上げてなぜこんな状況に甘んじていたのかキッチリ説明してもらおうではないか。紅珠が抱いている怒りは、涼のことを悪《あ》しざまに言う彼女達にも、こんな状況を放置している涼自身にも向いているのだから。

心がしんと冷えていくのを感じながら、紅珠は術を発動させるべく呼吸をはかる。

だが結局、紅珠が幻術符を行使することはなかった。

「皆様方《みなさま》、そろそろお茶でもいかがですか？」

紅珠が符に力を通わせるよりも先に、パンッと鋭《するど》い音が響《ひび》く。反射的に紅珠が視線を飛ばすと、円卓《えんたく》を囲む公妃達の一番端《はし》……紅珠を見物するためにあえて開けられた空間の傍らに座していた公妃が、両手を重ね合わせてニッコリと笑みを浮《う》かべていた。

「お喋《しゃべ》りが弾《はず》んで、喉《のど》も渇《かわ》いたでしょう？　とっておきをお持ちしましたの」

――あれは……第八公妃？

柔《やわ》らかな桃色《ももいろ》の装束《しょうぞく》に身を包んだ、一番若い公妃だった。後ろ襟にさりげなくあしらわれている紋章《もんしょう》は恐《おそ》らく鷹《たか》だろう。後宮で鷹を紋章に使っているのは第八公妃しかいないはずだ。紅珠より数歳年上という年恰好《としかっこう》も教えてもらった情報と一致《いっち》している。

――えっと、名前は確か……桃燕《とうえん》様、だっけ？

公妃達に視線を巡《めぐ》らせた桃燕は、最後に紅珠を見やると小さく微笑《ほほえ》んだ。その笑みの中に他の公妃達のような嘲《あざけ》りの色がないことに気付いた紅珠は、思わずパチパチと目を瞬《またた》かせる。

――そういえば、この人。

紅珠を試すような笑みを見せた桃燕の周りは、不思議と瘴気が薄《うす》い。それもそのはずで、思い返してみれば桃燕は、この場にありながら紅珠の悪口も涼の陰口《かげぐち》も口にしていなかった。上手く周囲に相槌《あいづち》を打つことで場に馴染《なじ》んでいるが、自分からは毒気がある言葉を一切《いっ》《さい》発していないのだ。

――じゃあ、どうしてこの場に？

紅珠はじっと桃燕に視線を注ぐ。だが桃燕は楽しそうに目を細めるとすぐに紅珠から視線を逸《そ》らしてしまった。

思わず紅珠は桃燕の視線の先を追う。桃燕が見つめる先には芳明がいた。茶杯《ちゃはい》が載《の》った盆《ぼん》を運んできた芳明は、優雅《ゆうが》な所作で公妃《こうひ》達に茶杯を配り歩いていく。

──ま、私の分はないわよね、当然。

むしろ差し出されても飲みたくない、と紅珠は内心だけで顔をしかめる。

「まぁ、白桃茶《はくとう》？」

「甘くていい香《かお》りね」

「さすが桃燕様。良い茶葉をお持ちね」

内心で切って捨てる紅珠だが、公妃達の手元の茶杯から立ち上る茶の香気《こうき》は紅珠の鼻もくすぐっていく。紅珠は無意識のうちにスンッとその香りを吸い込んでいた。

そして次の瞬間、考えるよりも早く袖の中から呪符を抜《ぬ》く。

「飲まないでっ!!」

間髪《かんはつ》を容《い》れずに呪力《じゅりょく》を流し込まれた符は、紅珠の意思に従い風の刃《やいば》を生み出した。瞬《まばた》きひとつの間に吹《ふ》き荒《あ》れた暴風は、公妃達を傷つけることなく、公妃達の手の中にある茶器だけを叩《たた》き割っていく。多少手にかかって軽い火傷《やけど》くらいは負っているだろうが、その程度で済むならば御《おん》の字だ。

「そのお茶、毒入りよっ!!」

呪詛《じゅそ》によって人が殺された時、後処理のために現場には呪術師が呼ばれる。

そのせいで、時々行き合ってしまうのだ。

呪詛に偽装《ぎそう》された、ただの殺人現場に。

今、公妃達の茶杯から立ち上る香気の中には、呪詛を騙《かた》って人を殺す際によく用いられる毒特有の、妙《みょう》に甘ったるい香りが混じっている。確かに白桃茶そのものも甘い香りがするお茶ではあるが、こんなに粘《ねば》つくような不快な甘い香り方はしない。

──悶《もだ》え苦しんで死ぬ様が、呪詛にあたって死ぬ様によく似てるとか何とかって話だったわね……！

茶杯を払《はら》った風はすぐに掻《か》き消えた。暴風に煽《あお》られた公妃達の口からはけたたましい悲鳴が上がったが、茶を口に含《ふく》んだ公妃はいないようだった。部屋の調度は散々なことになっているが、ざっと見た感じでは皆《みな》、多少髪《かみ》や着付けが乱れただけで、毒にあたった人間も怪我《けが》をした人間もいない。

「口元にお茶がかかった方はおられませんか？　経口摂取《せっしゅ》でなければ効果が薄い毒なので、口に含まなければ問題はないはずですが。万が一口元に飛沫《ひまつ》が飛んでいたら、なるべく早く拭《ぬぐ》ってください」

どれだけ相手の所業に腹が立とうとも、目の前で毒殺されそうになった相手を見捨てるのは人の道にもとる。とっさに『第三皇子妃』から『武侠仙女《ぶきょうせんにょ》』へ意識を切り替《か》えた紅珠は、グルリと部屋の中を見回して怪我人がいないことを改めて確かめると、居並ぶ公妃達へ意識を向け直した。

対する公妃達は、いまだに驚《おどろ》きのさなかにいるようだった。大半の公妃達は何が起きたのか理解できていない表情のまま、紅珠の声に反応も見せずに固まっている。唯一《ゆいいつ》、桃燕だけは状況把握《はあく》が追いついているのか、血の気が引いた顔で細い肩《かた》を震《ふる》わせていた。

――茶葉を用意したのは桃燕様って話だったわよね。

だがあの反応からして毒を仕込んだのは桃燕ではないだろう。直感ではあるが、こういう時の紅珠の直感は外れない。

「このお茶の支度《したく》をしたのはどなたですか？　茶葉を受け取ってからここに茶器が並ぶまで、関《かか》わった方を調査……」

こういう時は初動が大切だ。時を逸せば犯人を取り逃《に》がし、証拠《しょうこ》も隠滅《いんめつ》される。紅珠は部屋に詰《つ》めた使用人達に視線を巡らせながら冷静に声を上げる。

その瞬間《しゅんかん》、ガタンッと大きな音とともに椅子《いす》が床《ゆか》を叩いた。さらにバンッと荒々《あらあら》しい音が響くのを聞いた紅珠は、反射的に音の出処《でどころ》を振《ふ》り向く。

「第五公妃殿下《こうひでんか》？」

椅子を蹴《け》って立ち上がっていたのは、春瑶だった。卓《たく》に両手を叩き付けた春瑶は顔を真っ赤に茹《ゆ》で上がらせながら紅珠を睨《にら》み付け、ブルブルと体を震わせている。

「こっ、この……っ」

その尋常《じんじょう》ではない様子に、紅珠はとっさに何と言うべきか対処に迷う。

そんな紅珠を睨み付けたまま一度言葉を切った春瑶は、次の瞬間部屋中の空気を震わせるような大音声《だいおんじょう》を上げた。

「このっ、無礼者っ!!」

鐘《かね》が割れるような大声に、紅珠のみならず同じ卓についた公妃達までもがビクリと肩を跳《は》ね上げる。常に居丈高《いたけだか》な大声を張り上げていた春瑶であっても今の様子は尋常なものではないのか、使用人達までもが凍《こお》り付いたように春瑶を注視していた。

そんな空気を切り裂《さ》くように、春瑶は紅珠に指を突《つ》きつけながら金切り声を上げ続ける。

「意趣返《しゅがえ》しにしても程《ほど》があるでしょうっ!? な、何なのよっ、これはっ!!」

「は?」

「不思議な術が使えるからっていきなり襲《おそ》いかかるなんてっ!! 恥《はじ》を知りなさいっ!!」

とっさに何を怒《おこ》られているのか理解ができなかった。

だがすぐに茶器を手放させるために行使した風術のことを言われているのだと理解が追いついた紅珠は、説明のために慌《あわ》てて口を開く。

「お待ちください。さっきのお茶には……」

「うるさいうるさいうるさいっ!! 庶民《しょみん》があたくしに口答えをするなっ!!」

──混乱して言葉が通じなくなってる……!

春瑶の中で、今の紅珠の行動は『自分への反抗《はんこう》』と解釈《かいしゃく》されてしまったらしい。散々嘲り笑った紅珠がいきなり暴力に訴《うった》えたと捉《とら》え、身の危険を感じて過剰《かじょう》に紅珠を攻撃《こうげき》しようとしているのかもしれない。

紅珠は思わずなだめるように胸の前で両手を広げた。だが顔を真っ赤に染め上げ、血走った目を剝《む》いている春瑶に声が届く気配はない。

「お待ちください、私は決して……！」

「第三皇子妃は、第五公妃様を呪殺しようとしたに違《ちが》いない！」

その瞬間、部屋の隅《すみ》から誰《だれ》かが叫《さけ》んだ。ハッと紅珠は声の方を振り返るが、元より室内には多くの人間が詰めている上に、今は混乱が場を支配している。声質的に女ではなく男、つまり女官ではなく宦官《かんがん》だったということは分かったが、誰が叫んだのかまでは特定できなかった。

それ以上に、今は目の前で怒《いか》りくるう春瑶の対応が先決だ。もはや紅珠には聞き取れない金切り声を上げ続ける春瑶と、敵意を煽るように投げ込まれた言葉に引きずられているのか、他《ほか》の公妃達も顔を歪《ゆが》めると次々に紅珠を罵《ののし》る声を上げている。この公妃達をどうにかなだめないことには場の収拾《しゅうしゅう》も付けられない。

「お待ちください、皆様《みなさま》！　私は決してそのようなことはいたしませんっ!!」

「そんなの信じられないわっ!!」

「殺せっ!!　こいつを殺せっ!!」

「この無礼者の首を刎《は》ねておしまいっ‼」

「誰かっ‼　兵を呼んできなさいっ‼　こいつを引っ立ててっ‼」

口々に叫ぶ公妃達は、錯乱《さくらん》していると取るには妙に凶暴《きょうぼう》な物言いをしていた。耳を澄《す》ませばいつの間にか公妃達に交ざって女官や宦官達までもが罵声《ばせい》を上げている。

この怒りの伝播《でんぱ》の仕方は、明らかに異常だ。先程投げ込まれた言葉といい、この場には怒りと恐怖《きょうふ》を煽り、その感情のうねりを以《もっ》て紅珠を排斥《はいせき》しようと操《あやつ》っている人間が確実に潜《ひそ》んでいる。

──誰なの？　一体誰が……っ⁉

このままではこの部屋にいる全員に取り囲まれて、物理的な危害を加えられてしまう。恐慌《きょうこう》状態に陥《おちい》った集団というのは、正常な判断能力を失っている上に数の暴力も備えている。このままでは何をしでかすか分からない。最悪の場合は双方《そうほう》の命の危機に直結する。

紅珠はとっさに桃燕の動向を確かめた。この場で唯一正気を保っているように見える桃燕は、紅珠の視線を受けるとサッと部屋の隅へ退避《たいひ》する。それを確かめてから紅珠は袖《そで》の中から浄祓符《じょうばつふ》を抜《ぬ》いた。

──これは緊急《きんきゅう》事態であって、喧嘩《けんか》を買ったわけじゃない……っ！

「『災禍浄祓《さいかじょうばつ》　斎斎《さいさい》……』」

言い訳を胸中で叫んだのを最後に、紅珠は意識を切り替えた。右手の人差し指と中指に挟《はさ》んだ符を顔の前で構え、呪力《じゅりょく》を符に集中させる。

「何事ですか？」

だが結局、今回も紅珠の符が発動することはなかった。

「随分《ずいぶん》、荒れているようですが」

カツリ、と革靴《かわぐつ》の踵《かかと》が石床に打ち付けられる。同時に柔《やわ》らかな声が響《ひび》いた瞬間、紅珠はパンッという軽い音とともにその場の空気が弾《はじ》けたのを感じた。体中にのしかかっていた空気がフッと軽くなり、視界が一気に明瞭《めいりょう》になる。

室内であるはずなのに、どこからか迷い込んできた風が心地《ここち》よく装束《しょうぞく》を揺《ゆ》らした。その空気の変化に影響《えいきょう》を受けたのか、場に詰めていた者達の体からフッと力が抜けていく。

「りょ、う……」

符も、呪歌もない。足音と、ただの言葉を響かせただけ。

たったそれだけでこの部屋に渦巻《うずま》いていた瘴気《しょうき》と恐慌を綺麗《きれい》サッパリ浄祓してみせた涼は、ヘラリとした笑《え》みを浮《う》かべながら室内に踏《ふ》み込んできた。

そんな涼が符を手にした紅珠を認めた瞬間、一瞬だけ体を強張《こわば》らせる。だがそんな反応は本当に一瞬だけで、涼は紅珠達の方へ歩み寄りながら、公妃《こうひ》達には分からないように小さく指先で紅珠に合図を出した。『符をしまえ』『合わせろ』という合図を受け取った紅珠は、公妃達の注目が涼に集まっている間にそっと符を袖の中に戻《もど》す。

「李陵、殿下《でんか》……」

文字通り憑《つ》き物が落ちたような呆《ほう》けた顔で、公妃の一人が呟《つぶや》いた。その声に呼ばれるかのように視線を巡《めぐ》らせた涼は、粉々に砕《くだ》け散ったいくつもの茶杯《ちゃはい》を見つけるとスンッと鼻を鳴らす。相変わらず涼の顔には穏《おだ》やかな笑みが貼《は》り付けられているが、ピクリと眉《まゆ》が跳ねたところから察するに涼も毒が漂《ただよ》わせる香《かお》りに気付いたのだろう。

そんな涼の様子で紅珠もハッと我《われ》に返る。

――そうだ、涼に伝えなきゃ！

この部屋に渦巻いていた瘴気のこと。饗《きょう》された茶に毒が仕込まれていたこと。投げ込まれた悪意のある言葉。紅珠は公妃達が毒を呷《あお》ることを防ぎたくてやむを得ず風術を繰《く》り出したこと。

伝えれば、きっと涼は紅珠が置かれた状況《じょうきょう》を理解してくれる。いや、もう今の時点でおおよそのことは理解してくれているに違いない。

その確信とともに、紅珠は口を開く。

「りょ……」

「李陵殿下！　あなたの妃《きさき》はなんて無礼な人間なのっ⁉」

だが紅珠が口を開くよりも、大音量の金切り声が場の空気を切り裂く方が早かった。

「桃燕様のお茶を毒入りだなんて難癖《なんくせ》をつけて、あたくし達を攻撃してきたのよっ⁉　なんて不躾《ぶしつけ》で凶暴でガサツで品がない女なのっ‼」

あまりの煩《うるさ》さに紅珠は思わず考えるよりも早く涼の陰《かげ》に逃《に》げ込んでいた。防波堤《ぼうはてい》として使われたことが不服だったのか、あるいは春瑶の言葉が引っかかったのか、猫《ねこ》を被《かぶ》った涼にしては珍《めずら》しいことにハッキリと眉尻《まゆじり》が跳ね上がる。

──涼、ごめんなさい。私、やっぱり上手《うま》くやれなかったわ。

上手く場を収められなかったのは紅珠の力不足だ。だが紅珠は何も悪いことはしていない。そりゃあ途中《とちゅう》で多少腹が黒いことも考えたが、人の道に背《そむ》くことも、呪術師としての矜持《きょうじ》にもとる行動もしていないと胸を張って言える。

涼ならばそこは当然理解してくれるはずだ。上手くこの場を収めることも、きっと涼ならできるはず。

「やはり卑《いや》しい者のところには卑しい者しか集まらないのねっ‼　この女も碌《ろく》でもない人間だったわっ‼　あたくしの舎殿《しゃでん》の敷居《しきい》を跨《また》がせるべきじゃなかった‼　跨がせるべきじゃないと言えば、そもそもお前、なぜあたくしの舎殿にいるのっ⁉　一体誰の許可を得て……っ！」

──でもこのおばさんは、やっぱり一度黙《だま》らせた方がいいんじゃないかしら？

涼の浄祓呪のおかげで、部屋の中に充満《じゅうまん》していた瘴気は一度一掃《いっそう》された。だというのに涼を口汚《くちぎたな》く罵る春瑶の言葉は止まらない。ならば春瑶の一連の発言は瘴気によって心が陰《いん》に傾《かたむ》いた結果紡《つむ》がれたものではなく、常日頃《つねひごろ》心底本心から思っていたことなのだろう。こういう性格の人間である、ということだ。

ひたすら投げつけられる蔑《さげす》みの言葉に、紅珠は思わず涼の装束の背中を摘《つ》まむ。涼に何かを訴えたいわけではない。いや、訴えたいことはあるが、今ここで何かをしろと言いたいわけではなかった。

ただ、ひたすら内に溜《た》まっていく怒りを、平然としたまま受け流すことができなかっただけだ。装束を摘まんだ指先に力が入りすぎて、指先と言わず腕《うで》全体が細かく震《ふる》えてしまっている。

きっと涼には、その震えが伝わっていたのだろう。

不意にスルリと、紅珠の指に涼の手が重ねられた。思わず紅珠が顔を跳《は》ね上げた瞬間《しゅんかん》、涼の手は柔らかく、だが有無《うむ》を言わせず紅珠の指を己《おのれ》から引き剝《は》がす。

その上で涼は、その場に優雅《ゆうが》に膝《ひざ》をついた。理解が追いつかない紅珠が呆然《ぼうぜん》と視線を注ぐ先で両の袖口《そでぐち》を合わせるように構えた涼は、重ね合わせた袖の中に顔を埋《うず》めるかのように深々と頭を下げる。

まるで臣下が皇帝《こうてい》に拝謁《はいえつ》する際に向ける一礼のような。

涼が春瑶に向けた礼は、地位の低い者が己よりも高位の相手へ捧《ささ》げるものだった。

「大変申し訳ございませんでした」

その上で涼は、言葉でも己の否を認める。

「我が妃の無礼、妃に代わってお詫《わ》び申し上げます」

涼が一切《いっさい》の弁明をすることなくそう切り出した瞬間、紅珠は己が言葉を理解できなくなったのかと思った。

「妃には私からきつく言い聞かせておきますので、どうかご容赦《ようしゃ》を」

——なん、でよ？

紅珠は、間違《まちが》ったことなど何ひとつしていない。

自分に降り注ぐ悪意ある言葉を、全《すべ》て聞かなかったふりをして。問題を起こさないようにずっとずっと大人しくやり過ごして。公妃達が毒を呷りそうになったから、自分が使える手を尽《つ》くして彼女達を助けた。そう、紅珠は自分と涼を散々馬鹿《ばか》にしてきた相手の命をわざわざ助けたのだ。褒《ほ》められこそすれ、謝らなければならないことなど何ひとつとしてない。

——あんた、何があったのか、分かってくれたんじゃないの？

だというのに今、涼は春瑶に謝っている。紅珠の言い分を聞かないまま『全面的に紅珠が悪い』と認めてしまっている。

紅珠よりも、春瑶の八つ当たりのような言葉を、涼は優先したのだ。

——あんたは、私を一番信じてくれていたから、あんたの隣《となり》に私を呼び寄せてくれたたんじゃなかったの？

ひたすら頭を下げ続ける涼の頭を見下ろしながら、紅珠は己の胸がスッと冷え切っていくのを、どこか他人事《ひとごと》のように感じていた。

参

今ほど走って帰りたいと思ったことは、過去にないかもしれない。

こうなると煌《きら》びやかな装束《しょうぞく》も高価な馬車も、ただの枷《かせ》や檻《おり》でしかなかった。

◆◆◆◆◆

「……紅珠」

涼が口を開いたのは、後宮を辞した二人が屋敷《やしき》に戻り、夫婦《ふうふ》の寝室《しんしつ》に足を踏み入れてからだった。無言のままズンズンと先へ進む紅珠の様子にオロオロと戸惑《とまど》う瑠華を下がらせた涼は、言葉を選ぶように唇《くちびる》を躊躇《ためら》わせてから静かに紅珠の名前を呼ぶ。

「不快な思いをさせて、悪かった」

その言葉にも、紅珠は口を開かなかった。

ただ、ひたすら部屋の奥へ向かって進んでいた足がピタリと止まる。

涼は部屋に踏み入って数歩のところで足を止めたまま、紅珠との距離《きょり》を詰《つ》めようとはしない。ならば言葉が続くのかと思って耳を澄《す》ましてみても、涼は口を閉《と》ざしたまま紅珠に視線を注ぐばかりだ。

こういう時の涼は、紅珠からの言葉を待っている。

それが分かってしまうから、紅珠は口を開かざるを得ない。

「私、悪くない」

涼と同じように唇を躊躇わせた後に絞《しぼ》り出した言葉は、思っていた以上に幼稚《ようち》で、拗《す》ねた響《ひび》きを帯びていた。これではまるで駄々《だだ》をこねる幼子のようだが、ならば何と言えば正しかったのか、今の紅珠には分からない。

「分かってる。でもあの場ではああ言うしかなかった」

さらに返された言葉がザラリと心を逆撫《さかな》でる。

その感触《かんしょく》が良くないものだと知っている紅珠は、止めていた足を再び動かすと奥にある寝台《しんだい》を目指した。

「紅珠」

「出ていって」

とにかく今は、涼と言葉を交《か》わしたくない。

その心情をいかんなく込めて、紅珠は声を放る。

「着替《きが》える。出ていって」

「お前が正しいことをしたって、分かってる」

そんな紅珠の内心が読めない涼ではない。だというのに涼が部屋から立ち去る気配はなかった。それどころか涼は紅珠の怒《いか》りに油を注ぐと分かっているはずなのに、言葉を紡ぐことをやめようとはしない。

「だが、あの場ではああするしかなかった。真正面からやり合っても、こっちが叩《たた》き潰《つぶ》されるだけだ」

その言葉に、自分の中でプチッと何かが切れたのが分かった。

「……っ、どうして」

自分が猪突猛進《ちょとつもうしん》な性格をしていて、涼を相手にしている時は理屈《りくつ》よりも感情を優先して物を言ってしまうことを、これでも紅珠は自覚している。

だからこそ今は必死に飲み込もうとしていた言葉が、他《ほか》でもない涼のせいで喉《のど》からせり上がって抑《おさ》えきれない。

「どうしてあんたがそんな状況《じょうきょう》に置かれてんのよっ⁉」

一言目が飛び出してしまえば、体を抑えることもできなかった。衝動《しょうどう》のままに振《ふ》り返った紅珠は、怒りのままに涼を睨《にら》み付ける。

「あんた、普段《ふだん》の良く回る口はどうしたのっ⁉　あんたの弁舌を以《もっ》てすれば、あんな輩黙《やからだま》らせることなんて簡単じゃないっ‼」

「紅珠」

「そもそもなんで公妃《こうひ》に対してあんたがへりくだらなきゃならないのっ⁉　あんたは皇子なんでしょっ⁉　あいつらの方があんたに膝をつくべきじゃないっ‼　そんな輩にあんな

に簡単に膝をつくなんて、あんたに矜持《きょうじ》ってもんはないのっ⁉」

頭の中はグチャグチャで、胸の中はカッカと燃えている。怒りを言葉に出したら、余計にそれが悪化した。もはやこの感情を丸ごと言葉で表すことは不可能だ。どんな言葉を並べてみても、言葉の方が感情の熱に耐《た》えきれずにグチャグチャに溶《と》けて落ちていく。

「後宮ってのは特殊《とくしゅ》な世界だ。あそこにはあそこ独自のしきたりがある。こっちがそれに合わせて動かなきゃ、どんな手段で消されるか分からない。お前だって分からないわけじゃないだろ？」

対する涼はどこまでも冷静だった。まるで間に氷の壁《かべ》でもあるのかと疑ってしまうくらい、涼はいつにも増して冷静な顔をしている。

──分かってるわよ私だってっ‼

分かっている。きっと涼の対応は正しかった。

だけどその『正しさ』だけでは測れないところで紅珠の怒りは燃えている。

「それでも……っ！」

その熱を吐《は》き出すかのように、紅珠は腹の底から吠《ほ》えた。

「なんであの場で一言、『私の妃《きさき》は正しいことを為《な》したはずだ』って言ってくれなかったのよっ⁉」

自分の怒りが正しくないとは思わない。ただこの怒りを涼にぶつけるのは正しくないと思う。

それでも紅珠は叫《さけ》ばずにはいられない。

だって。だって紅珠は。

「あんたは私のことを『絶対の味方』だと思ってここに呼びつけたんでしょっ⁉　だったらなんであんたは『黎紅珠《私》の絶対の味方』でいてくれなかったのよっ⁉」

涼の味方であるために、ここに来たのだ。涼とともに戦うために、涼の隣に並んだのだ。

涼のためならば、……自分が一目置いていた好敵手のためならば、自分が何よりも固執《こしつ》した物を手放してでも、その戦列に馳《は》せ参じても良いと思ったからここに来たのだ。

だというのに当の涼にあんな態度を取られてしまったら、紅珠はどうすればいいのか分からない。

「お前が正しいって、俺は知ってる。だけどあの場でそれを主張するわけにはいかなかったんだ」

「だからなんでよっ⁉　なんでそんな状況を許してんのよっ⁉」

「だから……っ！」

涼の顔が苛立《いらだ》ちに歪《ゆが》む。

それが分かった瞬間《しゅんかん》、紅珠は考えるよりも早く髪《かみ》から簪《かんざし》を引き抜《ぬ》いて涼へ擲《なげう》っていた。

「私は、戦ったわ。私が私でいられるように。私の言葉が理不尽《りふじん》にへし折られることがない世界を、私は私の力で作り上げた」

『いざとなったら飛刀の代わりに使え』と言われていた簪は、涼の顔の横をかすめるように飛んだ。鋭《するど》く涼の背後の壁に突《つ》き刺《さ》さった簪は涼の髪を切り裂《さ》いていったのか、切断された髪が幾筋《いくすじ》か音もなく宙を舞《ま》う。

「私にできたことが、あんたにできないとは言わせない」

紅珠は怒気《どき》を緩《ゆる》めないまま静かに涼を睨み付ける。そんな紅珠に気圧《けお》されたのか、クッと涼の喉が微《かす》かに揺《ゆ》れた。

――なんでよ。なんであんたが、……私よりも有能なあんたが、あんな風に馬鹿《ばか》にされなきゃいけない状況に甘んじてんのよ……っ!?

宮廷《きゅうてい》は、男社会だ。どれだけ腕《うで》が立とうとも、才があろうとも、『女』というだけで煙《けむ》たがられる。どれだけ綺麗事《きれいごと》を並べようとも、それが現実だ。

そんな世界の中で己《おのれ》を認めさせるために、紅珠はずっと戦ってきた。

『同期よりも腕が立つ』では認めてもらえなかったら、『年次が近い先輩《せんぱい》達よりも腕が立つ』と評してもらえるくらいに戦果を挙げ続けた。

紅珠が規定違反《いはん》の命令であると知っていながら単騎出撃《たんきしゅつげき》の命令をこなし続けたのは、単身であれば手柄《てがら》を相方に奪《うば》われずに済んだからだ。

相方に男を置けば、どれだけ紅珠が手柄を立ててきても、上は戦果を相方の男のものとして扱《あつか》った。その状況に、誰《だれ》も疑問なんて抱《いだ》かなかった。そんな男が何人もいたから、紅珠はむしろ喜んで単騎出撃の命令を受け続けた。

優《すぐ》れているのは腕っぷしだけではないということを知らしめるために、意見を口にできる場があれば積極的に口を突っ込んだ。『生意気だ』『出しゃばってくるな』と謗《そし》られたこともあったが、それでも紅珠が大人しく引き下がることはなかった。

どんな嫌《いや》がらせを受けようとも、どんな陰口《かげぐち》を叩かれようとも、絶対に泣かなかった。うつむくことさえしなかった。

そうなった時点で自分の負けだと思ったから。だからいつだって真っ直《す》ぐに顔を上げたまま、降りかかる悪意は全《すべ》て真正面から打ち払《はら》って逃《に》げなかった。

『武侠仙女《ぶきょうせんにょ》』という称号《しょうごう》は、紅珠が己の存在を明仙連に認めさせたという証《あかし》だ。本来ならばなかった『紅珠』としての居場所を、紅珠は立派に己の実力で作り上げてみせた。

全ては己の矜持を守るため。女であろうが何であろうが関係ない。己は簡単に踏《ふ》み潰されて良い人間ではないと証明するためだった。

涼のあの場の対応は、そんな紅珠の矜持を傷つけるものに他ならない。

──一言だけで、良かった。

すぐに叩き潰されても、誰に聞いてもらえなくても良かった。

どんな形でも良かったから。

『お前の為したことは正しかった』と、他でもない涼の声で、言ってほしかった。

だが紅珠が一番怒《おこ》っているのは、その部分ではない。

──私が一番納得《なっとく》できないのは……っ!!

それ以上に、その一言さえ発言することを許されない涼の境遇《きょうぐう》が、紅珠には許せなかった。公妃達が涼をそんな風に扱うことも、涼自身がそんな境遇を甘んじて受け入れていることも、紅珠は許容できなかった。

紅珠にとって涼は、誰よりも大切な『好敵手』だから。

己の矜持の象徴《しょうちょう》である明仙連の呪術師《じゅじゅつし》としての座と天秤《てんびん》に乗せてもいいくらい、大切な存在だから。

「お前……」

紅珠の怒《いか》りがどこにあるのか、紅珠自身が言葉にできなくても涼は汲《く》み取ることができたのだろう。紅珠を見つめた涼の瞳《ひとみ》が小さく震《ふる》える。

だというのに涼は、紅珠の言葉に答えないまま紅珠から視線を逸《そ》らした。いつだって紅珠を言い負かしてきた涼が、今だけは碌《ろく》な反論も説明もしないまま紅珠から顔を背《そむ》ける。

それは涼が紅珠との口論に、自ら負けたことに他ならない。

「ちょっと……っ!!」

「お前をここに呼ぶべきじゃなかった」

その事実に紅珠はさらに気色ばむ。

だが涼が一瞬だけ紅珠に視線を流した瞬間、そこにあった表情に紅珠は息を呑《の》んだ。

「どれだけ苦しくても、頼《たよ》るべきじゃなかった」

涼の顔に表情らしい表情があったわけではない。だが紅珠は涼が確かに傷ついた顔をしていたことに気付いてしまった。涼の裏切りとも言える所業に傷ついているのは紅珠の方であるはずなのに、それを何倍にもして返されたかのような痛ましさが、涼の横顔には確かにあった。

――なんで、あんたがそんな顔するのよ……

「お前は、ここにいるには眩《まぶ》しすぎる」

紅珠は思わず息を詰《つ》めたまま涼へ指を伸《の》ばす。だが涼が紅珠を視界から締《し》め出すかのように身を翻《ひるがえ》す方が早い。

「あ……」

紅珠がその場から動けずにいる間に、涼は部屋を出ていってしまった。出ていけと言ったのは紅珠であるはずなのに、いざ本当に出ていかれてしまうと静寂《せいじゃく》がヒタヒタと迫《せま》ってくるような居心地《いごこち》の悪さを感じる。

紅珠は伸ばした指を引き戻《もど》せないまま、その場に立ち尽《つ》くした。

その指で何を掴《つか》みたかったのかも、分からないままで。

二人用の寝台《しんだい》は、一人で使うと存外寝心地《ねごこち》が悪いことを知った。

部屋が広すぎると不安になるということも。どれだけ美味《おい》しい食事を出されても、一人で食べるのは味気ないということも。

——よって私がこんな行動に出るのは、全面的に涼が悪い。

内心で開き直りの口上を述べながら、紅珠はひっそりと屋敷《やしき》の廊下《ろうか》を進んでいた。

本日の紅珠は、女官に見えなくもない、比較的《ひかくてき》簡素な女物の衣服に身を包んでいる。足元は万が一の場合を想定して涼が用意してくれた革靴《かわぐつ》のままだし、全身呪符《じゅふ》と呪具で完全武装状態だが、パッと見た限りでは女官らしい装《よそお》いになっているはずだ。

——そもそもね。いつまで私のところに顔見せないつもりなのよ、あんた。

紅珠と涼が口論を繰《く》り広げて早三日。

あの日、あんな別れ方をして以降、二人はまったく顔を合わせていない。涼が屋敷に戻ってきている気配はあるのだが、寝室に顔を出すこともなければ、同じ席で食事を取ることもなかった。というよりも、朝は紅珠が起き出すよりも早く屋敷を出発し、夜は紅珠が寝台に入ってから帰宅しているらしい。それらのことを教えてくれたのは瑠華だ。

それだけすれ違《ちが》いの生活をしているのに紅珠が大人しくしていたのは、ひとえに今回の喧嘩《けんか》は自分にも非があったと反省しているからだ。『ひとまず先日の件は置いといて、事件解決のためにも自分達は冷静に話し合うべきだ』と考えたから、瑠華伝いに聞いた『お前は屋敷で待機』という涼の指示を大人しく守っていたわけである。

だというのに涼の方が紅珠を避《さ》け続けるとは何事か。大人しくしていなければならない紅珠は涼を捕《つか》まえには行けないというのに。

──今回の一件は、第五公妃《こうひ》生誕祝賀会までに何とかしないといけない。つまり期限は決まってるってことでしょ？

時間は有限だ。期限が決まっている案件こそ、さっさと片付けるに限る。

──そういえばあいつ、祓師塾《ふつしじゆく》での課題の提出も、いつもギリギリのギリだったわよね。

というわけで、痺《しび》れを切らした紅珠は行動に出ることにした。

幸い涼から渡《わた》された玉牌があれば、紅珠単身でも後宮に潜入《せんにゆう》することはできる。できれば春瑶の舎殿《しやでん》を改めて調べたいところだが、先日の一件で紅珠は顔が割れてしまった。潜入捜査《そうさ》は難しいだろうし、真正面から協力を仰《あお》いだところで天地がひっくり返っても春瑶が受け入れてくれることはないだろう。春瑶の舎殿の周囲には極力近付かない方がいい。

──場の混乱を煽《あお》るような言葉が投げ込まれたという事実からして、あの場に黒幕が潜《ひそ》んでいたことはほぼ確定。黒幕は第五公妃のところに身を潜ませていると考えるのが妥当《だとう》だけども、宦官《かんがん》や女官に身をやつしていれば紛《まぎ》れ込むことは簡単だったはず。断言するのは危険だわ。

本来ならば手がかりにできる春瑶の周辺から調べるべきだろうが、黒幕側にこちらの動きが割れていて、こちらに黒幕の動きが一切《いっさい》分からないという状況《じょうきょう》はあまりに分がなさすぎる。危険を避けるという意味でも、ひとまず春瑶の周囲にはむやみに近付かない方がいいだろう。

呪具を仕《し》掛《か》けられているのが、春瑶の舎殿だけとは限らない。あれだけの瘴気《しょうき》が蔓延《まんえん》しているのだ。恐《おそ》らく他《ほか》にもどこかに仕掛けられた呪具がある。その在り処《か》を探《さぐ》り当て、片っ端《ぱし》から浄化《じょうか》しつつ設置場所を確認《かくにん》していけば、あるいは黒幕の最終目的がどこにあるか推測することができるかもしれない。

紅珠が黒幕の陣形《じんけい》を乱せば、こそこそと暗躍《あんやく》する黒幕がたまりかねて姿を現すという可能性もある。そうなれば願ったり叶《かな》ったりだ。ついでに涼も暴れ回る紅珠を回収しに来るだろうから、合流するのにちょうどいい。

──そういえば、私の素性《すじょう》が筒《つつ》抜《ぬ》けになっていたこと、結局涼に伝えられていないわね。

別の問題に思い至った紅珠は、思わず顔をしかめた。

黒幕にこちらの状況が筒抜けになっているという実情について、涼がどれだけのことを把《は》握《あく》できているのか確認が取れていない。

涼の言動からするに、そっち方面に関してまで『打つ手なし』という状況ではないはずだ。涼は自分の行動を相手に把握されているということも、紅珠にも監視《かんし》の目が及《およ》ぶということも、すべて織り込み済みで行動しているように思える。

——探るのはあんたの担当でしょ。私、苦手なのよ、そういうの。

紅珠を協力者……相棒として呼び込んだならば、どういう状況に置かれていようが持っている情報は共有すべきではないだろうか。どうやらこの一件にはまだまだ紅珠に伏《ふ》せられている部分もあるようだし、報連相は徹底《てってい》してほしい。

己《おのれ》は猪突猛進《ちょとつもうしん》な性格をしているという自覚がある紅珠だが、あらかじめ注意を受けていればそこに突撃《とつげき》することを避けるだけの知性はあるつもりだ。そういう意味でも情報共有は大切であると、長年紅珠の相棒を務めてきた涼は分かっているはずなのだが。

——まあ、いいわ。私は私のやりたいようにするから、都合が悪くなったらさっさと止めに来なさいよね。

『そこをふん縛《じば》って捕獲《ほかく》してやるから』と物騒《ぶっそう》なことを思いながら、紅珠はひとまず目の前のことに意識を集中させる。

何がしたいか、という部分はひとまず明確になった。しかしそれらを実行に移すためには、まずこの屋敷を抜《ぬ》け出し、後宮に辿《たど》り着かなければならない。紅珠にとっては、この部分が最初にして最大の壁《かべ》だ。

なぜならば。

「紅珠様」

紅珠が『最初にして最大の壁』の存在を脳内に思い描《えが》いた瞬間《しゅんかん》、まるでその考えを読んだかのように背後から声が飛んできた。一番鉢合《はちあ》わせたくなかった人物のご登場に、紅珠はビクリと肩《かた》を跳《は》ね上げてから振《ふ》り返る。

「どちらにお出かけになるおつもりですか？」

振り返った先にいたのは瑠華だった。今日も寒色の装束《しょうぞく》を楚々《そそ》と着こなした瑠華は、感情が見えない美麗《びれい》な顔でヒタと紅珠を見据《みす》えている。

問いかける形で声は飛んできたが、恐らく瑠華はすでに紅珠が何をやろうとしているのか察しているのだろう。ヒヤリとした視線には『誤魔化《ごまか》されはしない』という覚悟《かくご》が滲《にじ》んでいる。

だから紅珠は、体ごと瑠華を振り返ると真正面から瑠華の問いに答えた。

「後宮に調査に行く。このまま涼を待っていても、埒《らち》が明かないもの」

一切包み隠《かく》すことのない紅珠の正直な返答に、瑠華はスッと目をすがめた。それだけで瑠華の内心を察した紅珠は、瑠華に先手を打って口を開く。

「止めないで、瑠華さん。私、もう決めたから」

「止めはいたしません」

「止められたって行くから……って、え？」

「代わりに、わたくしもお連れください」

——はい？

思いがけない言葉に、紅珠は思わずパチクリと目を瞬《またた》かせる。

そんな紅珠の様子をどう捉《とら》えたのか、瑠華は決意が滲む眼差《まなざ》しを紅珠に据《す》えたままスッと足を前へ進めた。

「李陵殿下《でんか》より、紅珠様のお役に立つようにと、強く命じられております」

思いも寄らない言葉に、紅珠は言葉を失ったまま目を丸くする。そんな紅珠の隙《すき》を逃《のが》してなるものかとばかりに、瑠華は紅珠との間合いを詰《つ》めながら言葉を続けた。

「わたくし個人としても、紅珠様のお力になれるならば、どんなことでもする所存でございます」

「で、でも」

「わたくし、お役に立てます。紅珠様、どうかわたくしもお連れください」

——な、なんか妙《みょう》に熱烈《ねつれつ》ね!?

迫《せま》りくる美貌《びぼう》に、紅珠は思わず両手を立てて防波堤《ぼうはてい》を作る。だがそんな紅珠にお構いなく、瑠華はグイグイと紅珠に迫った。

遠くから見ても近くから見ても、やはり美人は美人だ。その冴《さ》え冴《ざ》えとした美貌で熱心に迫られると、考えることなく首を縦に振りたくなってしまう。

「あのっ、でも、危ないから！」

「危険な場所に紅珠様を一人で送り出すことなど、ますますできません」

「いやでも私、戦闘職《せんとう》で鳴らした人間なんですけどもっ⁉」

「わたくしも武術の心得はございます」

——いやでも呪術《じゅじゅつ》は使えないでしょ⁉

紅珠が今から後宮でやろうとしていることは、簡単に言ってしまうと『黒幕の支配領域を土足で荒《あ》らして正面から喧嘩《けんか》を売ろう』ということである。向こうが怒《おこ》って何かを仕掛けてくれれば、繰《く》り広げられるのは呪術を用いた殴《なぐ》り合いだ。

そこに徒人《ただびと》……しかもこんな見るからに儚《はかな》げな美人を巻き込んでしまうのは、どう考えてもよろしくない。そもそも瑠華の身に何かあれば、紅珠は涼に顔向けができない。

「それを言うならば、わたくしこそ。紅珠様の身に何かあれば、わたくしの命で贖《あがな》っても贖いきれません」

そのことを懇切丁寧《こんせつていねい》に説明してみたが、瑠華が折れてくれることはなかった。それどころか瑠華は紅珠の両手を己の両手で包み込むようにして握《にぎ》ると、間近から紅珠の瞳《ひとみ》を覗《のぞ》き込んで必死に懇願《こんがん》する。

「お願いいたします。どうかわたくしを従者としてお連れくださいませ」

――瑠華さんって、こんなに儚げで均整の取れた容姿をしているのに、何気に私より背が高いのよね……！

そんなことを思った時には、紅珠は渋々《しぶしぶ》首を縦に振っていたのだった。

本日も後宮は、変わることなく濃《こ》く瘴気を蔓延させていた。

「いい？　瑠華さん。私の『お願い』、忘れてないわよね？」

「もちろんでございます」

玉牌を使って難なく後宮に潜《もぐ》り込んだ紅珠は、一歩後ろを歩く瑠華を肩越《かたご》しに振り返った。紅珠と同じく女官風の衣《ころも》に身を包んだ瑠華は、紅珠の視線を受けると神妙《しんみょう》に頷《うなず》く。

「ひとつ、紅珠様からいただいた守り呪具を決して手放さないこと。ふたつ、呪術師同士の争いが勃発《ぼっぱつ》したら、すみやかに退避《たいひ》すること。みっつ、なるべく周囲に顔を見られないように振る舞《ま》うこと」

「うん。絶対に守ってね」

「ただ、みっつ目は本当に必要なことなのでしょうか？」

「……むしろそこが一番重要かと思ってるんだけども」

紅珠は思わずボソリと呟《つぶや》く。そんな紅珠に対して瑠華は小首を傾《かし》げた。

――いやはや、本当に美人は何を着ても美人よね。

瑠華が女官風の衣に着替《きが》えた時、『揃《そろ》いの衣装の方が、ともに行動する上で悪目立ちしませんから』という意見を瑠華から受け、紅珠も瑠華と揃いの衣に改めて着替えた。淡《あわ》い紅色と生成《きな》り地を組み合わせたこの衣は、各舎殿《しゃでん》に配属され雑用をこなす下級女官の装束に似ているのだという。『この姿ならば、後宮のどこをうろついていても不審《ふしん》がられませんよ』とは瑠華の言だ。

――できれば瑠華さんには、衣を被《かず》くか面紗《めんしゃ》を着けるかしてもらいたいんだけども。

同じ装束に身を包んでみて、つくづく紅珠は思い知った。美人というのは、やはり何を着ていても美しいのだと。

何せ同じ衣に身を包み、髪《かみ》も似たように結《ゆ》い上げているというのに、並んでみれば二人は完全に女官と妃嬪《ひひん》だ。ちなみに女官が紅珠で、妃嬪が瑠華である。こんなド美人が顔をさらしたまま後宮をウロウロしていたら、どんな不埒《ふらち》な輩《やから》に絡《から》まれるか分かったものではない。

――いや、後宮に男はいないはずだけども。でもこんなド美人が歩いてたら、女であっても宦官《かんがん》であっても堕《お》ちるに決まってる……！

そういう意味でも自分がしっかり瑠華を守らなければ、と紅珠は気を引き締《し》めた。呪術的な守りは、紅珠が呪力を込めた護身刀を渡《わた》した他《ほか》にも、元から涼に持たされている守り呪具もあると瑠華は言っていた。『守』に関しては紅珠よりも涼の方が上手《うわて》だ。きっとこの瘴気《しょうき》の渦《うず》の中でもしっかり瑠華を守ってくれることだろう。

——それにしても、涼ってなんで瑠華さんを妃《きさき》にしなかったんだろう？

瑠華の美しさに改めて感服しながらも、紅珠は首を傾げた。いや、改めて感服したからこそ首を傾げている。

結局紅珠は涼にも瑠華にも二人の関係性について質《ただ》せていない。だがここ数日の瑠華の発言から妃ではないということだけは分かっている。

今や瑠華の立ち位置は紅珠の侍女《じじょ》だ。瑠華が望んで紅珠に仕えてくれているということは、瑠華の言動を見ていれば紅珠にも察することができた。

口数は少なく、表情も薄《うす》い瑠華だが、そっと紅珠に寄り添《そ》ってくれるその姿勢や、嬉々《きき》として世話を焼きつつも紅珠が踏《ふ》み込んでほしくない一線は絶対に守ってくれる気遣《きづか》いは、こちらに好意を抱《いだ》いてくれていなければできないものだと紅珠は感じている。

やはり出会った当初の印象の通りに、瑠華は不必要な愛嬌《あいきょう》を振りまかないだけで、大変に仕事ができる有能な美女だ。外見だけではなく、内面も美しくたおやかな女性だと紅珠は思っている。こんな美人を傍《そば》に置いていながら妃に取らなかったとは、涼の目は節穴なのではないだろうか。

——もしくは、瑠華さんが目に入らないくらい、心に強く想《おも》う相手がいるとか？

いや、まさか。あの涼に限って、そんな物語に出てくるような純愛なんて……

「紅珠様」

そんな物思いを巡《めぐ》らせていたら、そっと美声に囁《ささや》かれた。

「ふぁいっ⁉」

「具体的に、目的としている場所はおありですか？」

女性にしては低めな声に耳朶《じだ》をくすぐられた紅珠は、思わず囁かれた耳元を押さえながらビクリと肩《かた》を跳《は》ね上げた。慌《あわ》てて振《ふ》り返れば、少し紅珠の方へ身を乗り出した瑠華が常と変わらない無表情で紅珠を見つめている。

「目的地がおありならば、ご案内いたします」

「るっ、瑠華さんって、後宮内の地理まで押さえてるの？」

「ある程度は」

さすがは有能美女。本来ならば部外秘とされている情報だろうに、しっかりと押さえているらしい。

そんな瑠華を頼《たの》もしく思いながら、紅珠は顔の位置を戻《もど》した。

「目的地って程《ほど》の目的地はないの。ひとまず瘴気が濃いところを目指して進んで、呪具を見つけたら適宜《てきぎ》排除《はいじょ》。さらに場の浄化《じょうか》もしていこうと思ってて」

「さようですか」

「相手の素性《すじょう》も、目的も、手癖《てくせ》も分からないから。浄祓《じょうばつ》と、何か仕掛《しか》けに行き合ったら解呪していく中で、相手の手癖と目的も読めてくるかなって」

呪具の配置が明らかに意図を持った陣形《じんけい》になっていれば、そこから相手の目的を読むことができる。仮にそこまでのことができなかったとしても、配列を崩《くず》せば必ず相手が行使する術には支障が出る。妨害《ぼうがい》という意味では十分に効果が出るはずだ。

「呪詛《じゅそ》まで用いて、限界まで瘴気を溜《た》めて、練り上げて、醸造《じょうぞう》して、……それを利用して何かをしたいっていうことは分かるのよ。だけどそれが具体的に何であるのか、誰《だれ》にそれを向けたいのか、まだその辺りが絞《しぼ》れないのよね」

悪意を以《もっ》て術を振るう呪術師達は、瘴気を術の原動力として用いる場合がある。瘴気を原動力とする大術は、大抵《たいてい》が呪詛の類《たぐい》だ。恐《おそ》らく今後宮に入り込んでいる黒幕達は、小さな呪詛を重ねてより濃い瘴気を醸造し、大きな呪詛を発動させようとしている。

──勘《かん》でしかないけども。……呪詛で死んだ私妃母子は、より濃い瘴気を得るための贄《にえ》として呪《のろ》い殺されたんじゃないかしら。

生物の死は、一際《ひときわ》濃い陰気《いんき》を呼び込む。呪詛を受けた果ての自死ともなれば、その濃さは並大抵《なみたいてい》のものではない。さらにそれが幼い子どもと母親の無理心中ともなれば、考え得る限り最悪の瘴気がその場で爆発《ばくはつ》したはずだ。

黒幕はこの後宮という閉じられた煌《きら》びやかな世界に、限界まで瘴気を溜め込みたいのではないだろうか。その果てに、何かとてつもなく陰惨《いんさん》なことをしでかそうとしているのではないだろうか。

今の後宮を直《じか》に見た紅珠は、そんな直感を抱いている。

「私が気の流れを読んであたりをつけるから、瑠華さんは私が踏み込んだらマズい場所に行きかけたら止めてくれる？　厄介《やっかい》そうな公妃《こうひ》の舎殿の近くとか、立入禁止区域とか……」

紅珠の説明に、瑠華は納得《なっとく》を雰囲気《ふんいき》に滲《にじ》ませた。それを感じながら、紅珠は足も指示も止めることなく進み続ける。

だが自分達が進む先に人の気配を察した瞬間《しゅんかん》、紅珠はピタリと足を止めた。サッと片手を上げて瑠華を制すると、瑠華も遅《おく》れることなく足を止める。そのまま紅珠の陰《かげ》に隠《かく》れるように移動した辺り、瑠華も紅珠が察した気配に気付いたのだろう。

──武術の心得があるっていうのは、本当みたいね。

その動きから瑠華の練度の高さを推察しつつも、紅珠は自分の足を止めさせた気配に意識を向ける。

その瞬間、紅珠が誰何《すいか》の声を上げるよりも早く、フワリと視線の先に桃色《ももいろ》の装束《しょうぞく》が翻《ひるがえ》った。

「気付いてしまわれたのね。さすがは『武侠仙女《ぶきょうせんにょ》』」

「あなたは……」

見覚えのある人物の登場に、紅珠は思わず目を見開いた。無意識のうちに構えていた体をどうしたらいいのか分からず、紅珠は中途半端《ちゅうとはんぱ》に身構えたままその人の名前を呼ぶ。

「桃燕様？」

あのお茶会で唯一《ゆいいつ》瘴気に巻かれていなかった第八公妃は、紅珠の呼びかけにニコリと微笑《ほほえ》みで応《こた》えた。

「ご機嫌《きげん》よう、黎紅珠様。先日は危難をお助けいただき、ありがとうございました」

「あ、いえ。あれは、別に」

「第八公妃《こうひ》殿下《でんか》が、一体何の御用《ごよう》です？」

思いがけず向けられた友好的な言葉に、紅珠は何と答えれば良いのか分からず口ごもる。

そんな紅珠の視界が、不意に淡紅色《たんこうしょく》の背中に遮《さえぎ》られた。それが背後に庇《かば》っていたはずである瑠華の背中だと分かった紅珠は思わず瑠華の背中に手を添える。

「ちょっと、瑠華さん！」

「瑠華？」

紅珠が瑠華を引き戻そうと装束の背中を摘《つ》まんでみても、瑠華は頑《がん》として紅珠の前から引こうとはしない。むしろ逆に紅珠の姿を己《おのれ》の陰に隠そうとしている気配さえある。

そんな瑠華の姿を見た桃燕は、不思議そうに瑠華の名前を呼んだ。呼びかけた、というよりも、紅珠が口にしたその名前を舌でなぞって確かめるかのような呼び方だ。

「瑠華って、あなた……第三皇子殿下の」

「紅珠様への御用件ならば、わたくしが承《うけたまわ》ります」

桃燕に答える瑠華の言葉は氷柱《つらら》のように鋭《するど》い。紅珠から瑠華の表情は見えないが、瑠華から発される空気は氷のように凍《い》て付いている。どうやら瑠華は桃燕のことを明確に『敵』と認識《にんしき》しているらしい。

――ちょっとちょっと、瑠華さんっ⁉

「それだけ敵視されてしまうのも、仕方がないことですわよね。紅珠様をあんなにご不快な目に遭《あ》わせてしまったのだもの」

『さっそく私との約束を破ってるんだけども⁉』という内心を込めて、紅珠はグイグイと瑠華の袖《そで》を引く。

そんな紅珠達の様子がどこまで見えているのか、桃燕は溜め息をこぼしながら言葉を続けた。

「単刀直入に申し上げますわ。紅珠様、わたくし、貴女様《あなた》に協力を申し入れたいの」

告げた瞬間、桃燕が纏《まと》う空気を変える。

その変化を察した紅珠は、ピタリと動きを止めると桃燕の気配に意識を向けた。

「紅珠様、わたくしが商家出身であることは御存知かしら？」

瑠華に立ち塞《ふさ》がられていながらも、桃燕が言葉を向けている相手はあくまで紅珠だった。

それを声の響《ひび》きで感じ取りながら、紅珠は桃燕の言葉に耳を澄《す》ます。

「飛天《ひてん》商会です」

そんな紅珠の様子を気配で察しているのだろう。瑠華は桃燕から視線を逸《そ》らさないまま
そっと紅珠に告げる。『覚えているわ』と伝えるために、紅珠は瑠華へ小さく頷《うなず》いた。

――私でも名前を知ってる、かなりやり手な商会よね。

第八公妃《こうひ》桃燕は、飛天商会を率いる鄭《てい》家の出身だ。噂《うわさ》では養子であるとか外腹の生まれであるとかいう話だが、市井《しせい》では誰もそんなことは気にしていない。

市井にあった頃《ころ》、桃燕に冠《かん》されていた二つ名は『飛天の燕《つばめ》』。

曰《いわ》く、桃燕は公妃として輿入《こしい》れするまで、商人達の間では名の知れた女商人であったらしい。年若い女でありながら商会の幹部を務めた辣腕《らつわん》っぷりはそこらの男商人を震《ふる》え上がらせ、彼女を侮《あなど》った者達は例外なく取引で素寒貧《すかんぴん》にされたという話だ。その痛快な活躍《かつやく》は市井の人々をも魅了《みりょう》し、桃燕を題材にした歌劇まで作られたという。

燕のように美しい姿に惑《まど》わされるな。飛天の燕は誰よりも鋭く、速く、空を行く。

第八公妃の紋章《もんしょう》として使われている鷹《たか》の紋章は、桃燕が商人であった時代から使ってきた意匠《いしょう》なのだそうだ。今でも巷《ちまた》の商人達は、第八公妃の鷹紋を見ると震え上がるらしい。

――まぁ、そういう詳《くわ》しい話は、この三日間に瑠華さんが教えてくれたんだけどね。

「紅珠様が御存知の通り、あのお茶を都合したのはわたくしですわ。でもわたくし、あれを毒茶として用意したつもりはもちろんありませんの」

自分の中にある知識をさらいながら、紅珠は桃燕の話に耳を傾《かたむ》ける。対する桃燕は瑠華から向けられる敵意に反応を見せないまま、あくまで穏《おだ》やかに説明を続けた。

「わたくし、こうして後宮で公妃をしておりますけれど、それも全《すべ》ては飛天商会の発展のためですの。別に皇帝《こうてい》の寵愛《ちょうあい》が欲しいだとか、権力が欲しいだとか、御子《みこ》を産みたいとか、そんなことは微塵《みじん》も思っておりませんわ」

「えっ」

その中から飛び出してきた言葉に、紅珠は思わず声を上げてしまった。強張《こわば》った瑠華の背中を見た紅珠は慌《あわ》てて口を閉じるが、商人として辣腕を振《ふ》るった桃燕は紅珠の小さな反応を見逃《みのが》してはくれない。

「意外でしたか？　後宮には存外、多種多様な欲望が渦巻《うずま》いておりましてよ？」

紅珠は思わずそっと瑠華の背中から顔を覗《のぞ》かせた。それが桃燕の策であったとしても、もはや声音《こわね》と言葉だけでは桃燕の真意を読みきれないし、紅珠の好奇心《こうきしん》も抑《おさ》えきれない。

「欲望からは商いが生まれますわ。その芽をいち早く見つけ、育てることも、また商才の内ですの」

瑠華の陰《かげ》からピョコリと顔を出した紅珠に、桃燕はニコリと笑《え》みかける。

ただしその笑みは、公妃としてのたおやかなものではない。商機と見れば即座《そくざ》に喰《く》い付いて決して逃《に》がさない、辣腕商人としての凄《すご》みが滲む笑みだ。

「紅珠様、わたくしはね？　商会が後宮と宮廷《きゅうてい》で独占《どくせん》的に商いができるように、ここで第八公妃をしておりますの」

『つまりわたくし、正確に言うと後宮《ここ》で公妃ではなく商人をやっておりますの』と、桃燕は事も無げに言い放った。

「商人はね、何よりも信頼《しんらい》を大切にしますわ。一度信頼を失ってしまえば、わたくし達は何もできませんもの」

何となく桃燕の意図が読めてきた紅珠は、瑠華の陰から抜《ぬ》け出すと改めて桃燕に向き直った。紅珠の張り詰《つ》めた空気が伝わったのか、瑠華は大人しく紅珠の後ろへ下がる。だが桃燕に向けられた視線の鋭さは緩《ゆる》まない。

「紅珠様、わたくしはあの場で損《そこ》なったわたくしへの……わたくしの後ろにある飛天商会への信頼を取り戻《もど》さなければなりませんの。あんな真似《まね》をしくさった犯人を吊《つる》し上げ、真実を明るみに引きずり出すとともに、我が商会へ仇《あだ》を為《な》したことに、相応の報《むく》いを受けてもらわなければ」

——つまり、利害の一致《いっち》、ということね。

ついでに言えば、紅珠は後宮内のどの派閥《はばつ》にも属していない。むしろあの一件からどの派閥とも敵対関係にあると言える。桃燕としては後宮としがらみのない紅珠は協力相手として信頼できるということなのだろう。

紅珠としても、後宮内に協力者ができる利点は大きい。だがそれ以上に紅珠には『桃燕は黒幕ではない』と断じられるだけの情報もなかった。

——毒殺未遂《みすい》の犯人役をなすりつけられた被害者《ひがいしゃ》ぶってて、実は本当に桃燕様が仕込んだことだったって可能性も、まだあるんだし……

あのお茶に毒を仕込んだ犯人として真っ先に候補に挙がるのは、茶葉を手配した桃燕と、茶の支度《したく》をした女官だろう。春瑶の舎殿《しゃでん》で行われたお茶会であることを踏《ふ》まえて考えれば、普段《ふだん》から春瑶に仕えている女官よりも桃燕に疑惑《ぎわく》の目を向けたいという思惑《おもわく》も働く。このまま黙《だま》っていれば、桃燕は真っ先に下手人として名指しされるはずだ。

だが春瑶と敵対する人間達は『第八公妃《こうひ》がそんな分かりやすく愚《おろ》かな真似をするはずがない』と桃燕の援護《えんご》に回るだろう。そうやって後宮内に揉《も》め事の嵐《あらし》を巻き起こすことこそが目的だったとしたら、あの場面で桃燕自身が毒を盛る可能性だって完全にないわけではない。

——後宮で呪詛《じゅそ》を為している誰《だれ》かさんは、公妃達をこの一件に巻き込もうとしている。

この後宮には、呪詛を為している黒幕がいる。その黒幕の思惑を摑《つか》むことはできていないが、後宮という場所でそれが行われている以上、後宮の重要人物である公妃と皇帝一族は無関係ではいられないだろう。

呪詛というものは、誰かを恨《うら》む心から生まれる。

妃《きさき》を恨むのは、同じ妃だ。女官という線もあるが、それだと少し路線がズレる気がする。

そういう意味でも、紅珠にとって桃燕は疑いを向ける対象だ。紅珠が桃燕に比較的《ひかくてき》好印象を抱《いだ》いていたとしても、その部分は変わらない。

「それにね、紅珠様。わたくし、個人的に紅珠様と仲良くなれたらとも思っておりますの」

やはりこの申し出はそれとなく断るべきか、と紅珠は目を細める。

そんな紅珠の内心が、どこまで読めているのだろうか。

不意に桃燕は纏う空気と笑みの種類を変えた。

「貴女は、誇《ほこ》り高い御方《おかた》。でもそれ以上に、自分の周囲にいる人間の誇りを守ろうとする御方」

どう種類が変わったのかは、うまく言葉にはできない。

だが今の桃燕は『第八公妃』ではなく『飛天の燕』と呼ばれた商人の顔をしていると、紅珠は思う。たくさんの部下の行く末と商会の命運を背負って最前線で戦ってきた人独特の風格と強さが、今の桃燕の佇《たたず》まいには滲《にじ》んでいる。

「商売人として、そういう方とは良好な信頼関係を築いておきたいの。誠意ある方との信頼関係は、万金を積んでも手に入れられるものではないから」

その強さに親近感を覚えるのは、きっと紅珠も同じように戦ってきたからだ。桃燕も紅珠と同じく、己《おのれ》が己でいられる場所を作り上げるために、誰よりも努力をしてきたのだろうと感じるものがあるからだ。

多分自分達は、根っこの部分がよく似ている。『こんな目に遭《あ》わされたんだもの。そりゃあ面白《おもしろ》いわけがないわよね』と、全ての理屈《りくつ》を放《ほう》り出して共感してしまえるくらいには。

「信頼を得るためには、まずはこちらから利を供さなければ」

桃燕は強気に笑んだまま、ヒラリと紅珠へ手を差し伸《の》べた。

「『信じて』なんて、気軽には言えないけれども。私の全てを投じて調査に協力させてちょうだい、紅珠様」

「……そうね」

紅珠は一瞬《いっしゅん》だけ瑠華に視線を投げた。その視線を受けて紅珠へ顔を向けた瑠華の顔には『紅珠様の御随意《ごずいい》に』という返答が浮《う》かんでいる。

紅珠が桃燕に心動かされたことを分かっているのか、あるいは瑠華自身が桃燕の言葉に心動かされたのかまでは分からない。だが瑠華は紅珠の決断に異を唱えることはないようだ。

「すぐに信用することはできない。でもあなたのことは、信じてみたいと思ってる」

桃燕の言葉にあえて素のままの口調で答えながら、紅珠は自ら桃燕との間合いを詰めた。対する桃燕は紅珠の言葉が意外だったのか、パチパチと目を瞬《またた》かせている。

その存外無防備な表情が、何だか可愛《かわい》らしかった。

「だって貴女《あなた》はあの場所で、一人だけ私と涼のことを悪く言わずにいてくれたから」

それが嬉《うれ》しかったのだと、紅珠は笑ってみせた。そんな紅珠に、桃燕は目を丸くする。

「だから、よろしくね、桃燕様」

差し出された手を自ら握《にぎ》って、紅珠は笑みの種類を変えた。『第三皇子妃の黎紅珠』から『武侠仙女《ぶきようせんによ》の黎紅珠』へ。強気でも淑《しと》やかさを忘れきれずにいた笑みから、猛々《たけだけ》しさを前面に押し出した笑みへ。

その凄みが、『飛天の燕《つばめ》』には分かったのだろう。コクリと喉《のど》を鳴らした桃燕は、力強く紅珠の手を握り返しながら同じ温度の笑みを浮かべる。

「ええ、こちらこそ、紅珠様」

直《じか》に触《ふ》れた手は、紅珠よりもたおやかではあったが、柔《やわ》らかくはなかった。

その『戦う人』の手に触れられたことが何だか嬉しくて、紅珠はさらに笑みを深めたのだった。


──潜入《せんにゆう》を始めて今日で五日。ということは。

頭で他事を考えていても、印を切る己の腕《うで》は止まらない。紅珠が巡《めぐ》らせる呪力に呼応し、展開された術はわだかまった瘴気《しようき》を蹴散《けち》らしていく。

──第五公妃生誕祝賀会まで、あと五日ってことか。

『災禍浄祓《さいかじょうばつ》　斎斎清風《さいさいせいふう》』！」

紅珠が結びの呪歌を口にすると、巡る風に乗って瘴気は吹《ふ》き祓《はら》われていった。場の空気が軽くなったことを確かめてから、紅珠は体の緊張《きんちょう》を解く。

「紅珠様」

そんな紅珠の許《もと》に離《はな》れた場所で待機していた瑠華が歩み寄る。一見表情がなさそうに見える瑠華の顔に気遣《きづか》わしげな色を見て取った紅珠は、瑠華に笑みかけながら両腕を掲《かか》げて力こぶを作ってみせた。

「心配しないで、瑠華さん。これくらいチョロいチョロい」

「しかし、本日だけでもすでに五件目です」

『桃燕様のところに戻って、情報共有がてら、少し休憩《きゅうけい》なされては』という言葉に、紅珠はそっと苦笑《くしょう》を浮かべた。

──本当に大丈夫《だいじょうぶ》なんだけどな。

明仙連で『武侠仙女』の称号《しょうごう》を得るまで、紅珠はこんな生ぬるい現場とは比較《ひかく》にならない激戦地を渡《わた》り歩いていた。『お前の無茶《むちゃ》苦茶《くちゃ》な活躍《かつやく》のおかげで都の気の巡りがかなり良くなった』と上官達に冗談《じょうだん》半分で言われているくらいなのだ。他事を考えていても命の危険がない現場の修祓《しゅうばつ》程度、紅珠にとっては案件の数には入らない。

とはいえ、瑠華の気遣いそのものは嬉しかった。

「そうね。そろそろお茶時だもの。一度戻《もど》りましょうか」

紅珠がそう口にすると、瑠華はあからさまにホッと安堵《あんど》の息をついた。そんな瑠華の様子に紅珠は少しだけ申し訳なさを覚える。

桃燕と協力を約束して今日で五日。紅珠は瑠華とともに後宮に日参し、第八公妃付きの女官に扮《ふん》して後宮内を調査して回っていた。

もっとも、瘴気のわだかまりが酷《ひど》い現場を見繕《みつくろ》っては、片っ端《ぱし》から浄祓を続けている紅珠の行動を『調査』と呼んでも良いかどうかは微妙《びみょう》なところだが。

——でも一応、気の流れ方やら傾向《けいこう》やら、見つけた呪具の解呪やらで、何となく分かってきたことはある。

桃燕の舎殿に向かって歩みを進めながら、紅珠はここ数日のことを思い返した。

——多分、後宮の中に渦巻《うずま》く負の念をぶつけ合わせて、共食いをさせているっていうのが今の状況《じょうきょう》だと思うのよね。

閉《と》ざされた空間の中には、流れというものが存在しない。水でも空気でも、流れがなければ淀《よど》んでしまう。

後宮はそんな閉鎖《へいさ》空間の中に、毒気の強い女ばかりが囲われている状況だ。数多《あまた》の女がたった一人の寵愛《ちょうあい》を奪《うば》い合い、権力や富を争い、他人を蹴落《けお》とすことに躊躇《ちゅうちょ》しない。そんな『毒』が充満《じゅうまん》し、瘴気を蔓延《まんえん》させる。さらに今はそこに呪詛が加わり、その勢いが激化している状態だ。

その構図は、蠱毒《こどく》に似ている。

壺《つぼ》の中に毒を持つ生物を入れて共食いをさせ、最後に残った一匹《ぴき》を式として呪詛《じゅそ》に使うのが蠱毒という呪法だ。恐《おそ》らく後宮に入り込んでいる黒幕は、同じように後宮の女達の念を喰《く》い合わせ、最も毒気が強い一人を選《え》りすぐろうとしている。

それは、何のためか。

——まぁ、そこまでして落としたい標的《マト》なんて。

後宮の主《あるじ》。この国の頂。

腕のある呪術師であろうとも、腕の立つ兵士であろうとも、そうおいそれと刃《やいば》を突き立てられない相手。

皇帝《こうてい》陛下その人。

——妃ならば、簡単に近付けるもの。毒気の強さを除いても、中々に適任なんじゃないかしら。

元々後宮は陰気《いんき》が溜《た》まりやすい場所ではある。陰謀《いんぼう》もそこら中で飛び交《か》っている。

だが最近はその陰気や陰謀があえてぶつかり合っている雰囲気《ふんいき》があるという。『まるで誰《だれ》かが裏で糸を引いているみたい』と教えてくれたのは桃燕だ。

――どうやら黒幕さんは、呪術師としての腕だけじゃなくて、情報操作とか心理操作とかもお上手みたいね。

桃燕と情報を共有することが決まった時、紅珠は真っ先に春瑶が開いていたお茶会がどのように開催《かいさい》されたものであったのかを桃燕に訊《たず》ねた。

曰《いわ》く、あのお茶会は事前に予定されていたものではなく、急遽《きゅうきょ》決まったものであったらしい。春瑶付きの女官が桃燕の舎殿《しゃでん》を訪《おとず》れ、『今からお茶会を開くので、桃燕様もいかがでしょうか？　他《ほか》の公妃《こうひ》様方の許にも、我々《われわれ》がお伺《うかが》いを立てております』と急《せ》かすように桃燕を誘《さそ》いに来たのだという。

だから都合がつかなかった第一、第三、第四公妃は欠席となった。その『お茶会』の真の目的が『第三皇子の妃《きさき》の目通り』だと知らされたのは、春瑶の舎殿で一同が顔を合わせてからだという。『あんなことが目的だったと知っていたら、上手《うま》く誘いは断っていたし、とっておきの白桃《はくとう》茶を持参することもなかったわ』と言葉を締《し》めた桃燕は、笑顔《えがお》の奥に底冷えする怒《いか》りを滲《にじ》ませていた。

――黒幕が第五公妃に私達の来訪を囁《ささや》いて、あのお茶会を用意させたってことよね？　それって、瘴気を醸造《じょうぞう》することに役立てるため？　それとも、後宮に乗り込もうとしていた私達への牽制《けんせい》？

あるいは、黒幕が紅珠と涼の性格と関係性まで調べ上げていたのだとしたら。涼が皇子でありながら、後宮内で公妃達を相手に強く出られないということまで知り尽《つ》くしていたのだとしたら。

あの場は、対《つい》として動き出そうとしていた紅珠と涼の関係性を断《た》ち切るために用意された場所だったのかもしれない。

──まあ、その部分に関して、今更《いまさら》考えを巡らせても仕方がないわよね。

一度深く息を吐《は》き切り、そのまま深く息を吸う。

その息を腹まで落とし込むことで意識を切り替《か》えた紅珠は、この五日間で己《おのれ》が為《な》したことに意識を向け直した。

──私がお節介《せっかい》を焼きまくったことが、多少なりともいい方向に出ているといいんだけども。

陰気がわだかまる場所は、諍《いさか》いや病も増える。精神が追い詰《つ》められれば、それもまた陰気を生む。

後宮に潜入してからというもの、紅珠は直接瘴気を浄祓する以外にも、喧嘩《けんか》の仲裁やら病の平癒祈禱《へいゆきとう》といった『人々の浄化』も積極的にこなしていた。感謝をされることもあれば『余計な口出しをするな』と煙《けむ》たがられることもあるが、紅珠としては呪術師として正しいことを為せていると思っている。

そんな細《ささ》やかな後宮の住人との交流の中で、紅珠も桃燕からの情報は正しいと度々《たびたび》感じていた。

——あえてみんなが諍うように、煽《あお》ってる人物がいるのよね。相変わらず姿は綺麗《きれい》に隠《かく》しているみたいだけども。

恐らくそれが黒幕だ。この後宮を蠱毒の壺として利用し、皇帝に呪詛を送りつけようとしている犯人。

すなわち、そいつが涼の敵である。

「……」

そこまで考えが至った紅珠は、歩みを止めないまま空を見上げた。暑さが増してくる今の時季は、何もかもの輪郭《りんかく》がくっきりとしている。寝不足《ねぶそく》のまま忙《いそが》しく立ち回っている人間に、この日差しは応《こた》えることだろう。

——あいつ、大丈夫なのかしら？

屋敷《やしき》に入ったあの日、寝台《しんだい》で見た涼のやつれた顔が脳裏《のうり》にこびりついて離れてくれない。

相変わらず涼とは顔を合わせていないが、頭も体も休めていないことだけは分かっている。

呪術師は基本的に心身ともに頑健《がんけん》なものだが、それにしたって限度はある。いい加減、互《たが》いに意地を張り続ければ命が危ない。いや、紅珠の方は特に意地を張っているつもりはないのだが。

——どうせ私が後宮で好き勝手に暴れてることは、涼にも伝わっているはずだし。

待機命令を守っていないことなど今更だ。ならば紅珠から涼を捕《つか》まえに行ったところで状況に大差はない。

『今日は寝ないで涼の帰宅を張る』と紅珠は心に決める。

その瞬間《しゅんかん》、微《かす》かに空気が揺《ゆ》れたような気がした。その不穏《ふおん》な揺れ方に紅珠は思わず顔を巡《めぐ》らせる。そんな紅珠の様子から事態を察知したのか、瑠華の纏《まと》う空気がサッと緊張《きんちょう》を帯びた。

「瑠華さん」

機先を制する意味を込めて、紅珠は鋭《するど》く瑠華の名前を呼んだ。一瞬だけ息を詰めた瑠華は、『仕方がありません』と『くれぐれも無茶《むちゃ》をしないでください』という二重の意味を込めて溜め息をつく。

それを分かっていながらも、あえて『瑠華の同意を得た』という解釈《かいしゃく》をした紅珠は、ヒラリと身を翻《ひるがえ》すと不穏な気配の先へ向かって駆《か》け始めた。その後ろに遅《おく》れることなく瑠華が続く。

──こっちで間違《まちが》いなさそうね。

回廊《かいろう》から外れ、本来ならば人が通る場所ではない舎殿の裏や隙間《すきま》を抜《ぬ》けて紅珠は駆ける。争いごとが起きている現場との距離《きょり》が詰まってくると、不穏な揺れが徐々《じょじょ》に言葉として聞き取れるようになってきた。同時に、響《ひび》き渡《わた》る怒声《どせい》に対して反論する声がひとつも上がっていないことにも気付いてしまう。

——随分穏《ずいぶんおだ》やかじゃないじゃない。

あまりに規模が大きすぎる諍いだと、自分一人ではどうにもできない。

いざとなったら強硬《きょうこう》手段も考えなければ、と思いながら、紅珠は建物の角に身を潜《ひそ》める。

恐らく揉《も》め事の現場はこのすぐ先だろうとあたりをつけて覗《のぞ》き込めば、案の定角を曲がった先の広場に人垣《ひとがき》ができていた。

——揉めているのは宦官《かんがん》達みたいね。

宦官同士の諍いだろうか、と紅珠はそっと首を伸《の》ばす。

だが次の瞬間、人垣の隙間から見えた姿に、紅珠はヒュッと息を呑《の》んだ。

——涼？

宦官達が纏う灰色の装束《しょうぞく》の向こうで、深い藍色《あいいろ》が揺れていた。こちらからは背中しか見えないが、紅珠がその後ろ姿を見間違えるはずがない。

「……っ！」

考えるよりも早く体が動く。

だが飛び出そうとした紅珠の体は、紅珠の意思に反して動きを止めた。

「!?　瑠華さんっ!?」

紅珠の動きを止めたのは、背後から伸びた瑠華の腕《うで》だった。見た目の楚々《そそ》とした印象よりもずっと強い力で紅珠の腕を引いた瑠華は、そのまま紅珠を建物の陰《かげ》へ引きずり戻《もど》す。

「ちょっと瑠華さん、何を……っ！」

「紅珠様、どうか見逃《みのが》していただけませんか」

『あそこにいるの、どう見ても涼よっ⁉』と続けるつもりだった紅珠は、瑠華の顔を見て息を呑んだ。

「李陵殿下《でんか》は、紅珠様が争い事に巻き込まれることを、何よりも望んでおられません」

紅珠だけを見つめた瑠華は、苦しそうに眉根《まゆね》を寄せていた。

その表情を見れば分かる。瑠華はあそこで囲われているのが涼だと確信していて、その上で見なかったふりをしようとしているのだ。

他でもない、紅珠を守るために。

「李陵殿下のことを思っていただけるならば、どうか見なかったふり、聞かなかったふりでやり過ごしてくださいませ」

──瑠華さんだって、本当は涼を助けたいんだ。

瑠華は涼に心から仕えている。だからこそ紅珠にだってここまで心を砕《くだ》いてくれる。そんな大切な主《あるじ》が明らかに危難に立たされていて、平然としていられるはずがない。口では見なかったふりをと言いながらも、瑠華だって本当は助けに飛び出していきたいはずだ。

それが分かったからこそ、紅珠は声を荒《あら》らげる。

「でも……っ！」

「この後宮という場所では、どれだけ努力をしても、変えられない現状がございます」

だが瑠華はそんな紅珠に対しても怯《ひる》まなかった。紅珠の腕を押さえつける手はこんなにも震《ふる》えているというのに、紅珠を諭《さと》す言葉は迷いなく強い語気で紡《つむ》がれる。

「何、それ……」

瑠華らしくない声の強さに、紅珠の気勢が削《そ》がれる。

その瞬間、まるで紅珠の耳を抉《えぐ》るかのように宦官特有の甲高《かんだか》い声が響いた。

「名ばかりの第三皇子がウロチョロウロチョロと」

「目障《めざわ》りなんですよ！　ただでさえ今は忙しいっていうのにっ！」

紅珠は反射的に声の方を振《ふ》り返る。そんな紅珠が再び飛び出していかないように、紅珠の腕を押さえつける瑠華の手に力がこもった。

「そんなにお暇《ひま》ならば、下働きにでも交じって雑用でもなさったらいかがです？」

「そうそう、あなたの御母上《おははうえ》もちょうどそのような仕事をなさっておいででしたからねぇ」

「穀潰《ごくつぶ》しのあなた様でも、それくらいの仕事ならば、ええ、できるでしょうよ」

宦官達に囲まれた涼は、またあのヘラリとした笑《え》みを浮《う》かべていた。そんな涼の表情が気に入らないのか、顔を歪《ゆが》めた宦官達は口々に罵声《ばせい》を上げながら何かを涼の足元へ叩《たた》き付ける。

――え、あれって……

目を凝《こ》らした紅珠は、それが小さな鏡であることに気付いた。高貴な女性が持つような高価な鏡ではないが、それでも安いものではない。それを宦官達はゴミでも投げつけるかのように地面へ叩き付ける。

――待って。その鏡は……っ！

次々と割られていく鏡は、どれも涼の呪力《じゆりよく》を纏っている。恐《おそ》らく今割られている鏡達は、涼が用意した呪具だ。そういえば涼は鏡を用いた防御《ぼうぎよ》結界も得意にしていたはずである。

「少なくとも、生誕祝賀会の用意をする私達の邪魔《じやま》をしている暇はなくなるはずだ」

欠片《かけら》となって飛び散っていく鏡に、涼は一瞬苦しそうな表情を見せた。だがその変化はほんの一瞬で、次に宦官達を見やった涼は変わらずヘラリと軽薄《けいはく》に笑っている。

「邪魔などは……」

「黙《だま》れっ！　フラフラと後宮に現れては怪《あや》しげな物を置いていきおって！」

「それらの撤去《てつきよ》にだって、我々《われわれ》の貴重な時間が割《さ》かれているのだぞっ!!」

――ちょっと、……ちょっと待ってよ。

信じられない言葉に紅珠は目を剝《む》いた。

――あんた達、涼が設置した呪具をわざわざ撤去してるの？　それが何に使われる物なのかも分かっていないのに？

涼が設置している『怪しげな物』は、十中八九後宮を守護する結界を展開するための呪具だ。

涼は確かに結界術の名手ではあるが、大規模な結界を複数展開し続けるためには呪具を用いて陣《じん》を敷《し》く必要性がある。その陣を敷くための呪具を勝手に撤去されてしまっては、展開できる結界も展開できない。

——あんた達を守るための結界なのに、あんた達はそれを自分で壊《こわ》して回ってるっていうの？

同時に、紅珠は数日前の自分が抱《いだ》いた疑問に答えを得た。

浄祓《じょうばつ》結界の名手である涼が守護を司《つかさど》っていながら、なぜこんなにも後宮に瘴気《しょうき》が蔓延《まんえん》しているのか。

——『住人達が絶えず瘴気を生み出しているから』っていう理由だけじゃなかったんだ。守るべき対象である住人達が、自らの手で浄祓結界を壊して回っているから。発生源を断《た》つことができず、浄化手段も奪《うば》われてしまえば、腕が立つ呪術師であっても打つ手はない。

——そうよ。それくらいの理由がなければ、辻褄《つじつま》が合わないじゃない。

春瑶のお茶会に現れた涼は、踵《かかと》のひと鳴らしであの瘴気を完璧《かんぺき》に浄化してみせた。呪術師としての涼の腕前《うでまえ》は、祓師塾在籍当時《ふつしじゆくざいせき》よりも確実に上がっている。

そもそも、腕を振るわせてもらえないから。

守護を司る人間が、よりにもよって守らなければならない相手に立ち塞《ふさ》がられている。

だからこんな状況《じようきよう》になっている。

その理由も、ここまでの周囲の発言から、紅珠は何となく察してしまっていた。

「端女《はしため》の息子《むすこ》風情《ふぜい》がっ!!」

「洗濯《せんたく》女の子どもなど、本当に陛下の子どもであるかも怪しいというのに」

「お前が皇帝《こうてい》一族に名を連ねるなど、血筋を冒瀆《ぼうとく》することに他《ほか》ならん！」

「そんな身の上でありながら、のうのうと暮らしていられるとはな。いい御身分《ごみぶん》なことで」

「せめて誰《だれ》の邪魔をすることもなく、人目につくこともなく、誰にも顧《かえり》みられずに死んでいけ」

卑《いや》しい皇子。

後宮の住人達は、皆《みな》、涼をそう呼称《こしよう》する。

——そうか、涼は。

後宮は、身分が物を言う世界だ。妃《きさき》も、皇帝の血を引く御子《みこ》達も、妃の実家の家格で、財産で、地位や権力で測られる。だから隣国《りんごく》王族出身である第一公妃《こうひ》や国内屈指《くつし》の豪商《ごうしよう》の娘《むすめ》である第五公妃が権力を持ち、第一公妃が産んだ皇子は皇太子の地位にいる。

つまりその逆だって、成立するのだ。

——自分が自分として認められるための努力をしていなかったんじゃない。そもそも努力させてもらえない場所に、ずっと置かれてきたんだ。

涼の家族の話を、紅珠は一度たりとも聞いたことがない。父親が当代皇帝であることは確かなのだろうが、母親の話は今の今まで耳にしたことがなかった。血族だという人間の存在も聞かない。あの屋敷《やしき》はいつだってひっそりとしていて、置かれているのは数が絞《しぼ》られたごくごく少数の使用人だけだ。

その静けさを思い出した瞬間《しゅんかん》、紅珠は自分の涙腺《るいせん》が緩《ゆる》んだのが分かってしまった。

——あんた、どんな気持ちで……

今まで生きてきたのか。祓師塾に通っていたのか。あの屋敷で暮らしてきたのか。

あの日、どんな気持ちで、なじる紅珠の言葉を聞いたというのか。

——私にくらい、反論してきなさいよ。

不意に、あの瞬間に見た涼の横顔が脳裏《のうり》を過《よ》ぎった。いつだって紅珠を舌先三寸で転がしてきた涼が、自ら紅珠との口論に負けた、あの時の横顔が。

——反論してきてくれたら、私は……っ！

一度口にした言葉を消すことはできない。紅珠はきっと、涼が反論してきても変わらず涼を傷つけた。

それでも紅珠は、聞くことだけはできる。後宮の住人達が聞こうともせず叩き潰《つぶ》す言葉を、紅珠はきちんと受け止めることができる。

きっとそんな紅珠の気性《きしょう》は涼も理解している。理解していても言葉に出して言えないくらいに、この一件は涼の心の奥深くに巣食っている事柄《ことがら》なのだ。

そのことが。

そんな状況に涼が置かれていることが。涼がその現実を黙って受け入れるしかない現状が。そんなことになっていると、現場を目の前にしていたのに気付けなかった自分が。

——悔《くや》しい。

ボロボロとあふれる涙《なみだ》が止まらないくらい、たまらなく悔しかった。

——涼は、そんな風に扱《あつか》われていい存在じゃないの。あいつは、すごくて。強くて。私の大切な……

隠密《おんみつ》呪術師は、後宮はおろか、皇帝一族にさえ秘された存在であるという。存在を知っているのは皇帝と皇太子だけだという話は、隠密呪術師の説明を受けた時に涼から聞かされた。

だからこそ後宮で暮らす人間は、散々蔑《さげす》んでいる涼によって自分達が守られていることを知らない。だからこそ涼の仕事をあそこまで邪魔できるし、涼は自分が何をしているのか説明することも許されない。

——この現状を、変えなきゃ。

今、この場で、紅珠が怒《いか》りに身を任せてあの輪の中に飛び込んでいくのは簡単なことだ。紅珠が各所で暴れ回れば、今回だけは他所《よそ》からの邪魔立てを阻止《そし》することもできるかもしれない。そもそも今回の必要以上にしつこい周囲の介入《かいにゅう》は、黒幕の扇動《せんどう》が入っているという可能性だってある。

だがそれでは、根本的な解決にはならない。涼が置かれた環境《かんきょう》は、何も変わらない。紅珠の大切な人が虐《しいた》げられている世界を壊すことはできない。

「……紅珠様」

黙り込んだままボロボロと涙をこぼす紅珠に、瑠華が痛ましげに顔を歪《ゆが》めた。己《おのれ》の袖《そで》で必死に紅珠の涙を拭《ぬぐ》う瑠華は、まるで自分が傷つけられたかのように悲痛な顔をしている。

——そうよね。瑠華さんだって、涼が虐げられてる世界なんて、見ていたくないわよね。

紅珠は優《やさ》しく瑠華の手を退《ど》けると、自分の手の甲《こう》でグイグイと涙を拭った。

チラリと角の先へ視線を投げれば、すでに騒動《そうどう》は収まっていた。後には不穏《ふおん》な空気の揺《ゆ》らぎと砕《くだ》かれた鏡の残骸《ざんがい》があるばかりで、宦官《かんがん》の姿も涼の姿もすでにそこにはない。

「……瑠華さん」

現状を変えたい。ならばどこへ、何を訴《うった》えるべきか。

そんなの、決まっている。

「私、もうちょっと頑張《がんば》ってもいいかしら？」

隠密呪術師《じゅじゅつし》を使っているのも、存在を知っているのも、皇帝だけなのだ。涼をこんな状況に置いている張本人に訴えかけなければ、涼が置かれた環境は何も変わらない。

だが今の紅珠では、訴え先の御尊顔《ごそんがん》を拝することさえ難しい。関係上では嫁《よめ》と舅《しゅうと》といえども、世間一般《いっぱん》の関係性を当てはめていい相手ではないことは分かっている。

ならば、どう動くべきか。

――ひとまず、どデカい手柄《てがら》があれば、足がかりくらいは摑《つか》めないかしら？

親族としての接触《せっしょく》が難しいならば、臣下として。

皇帝秘蔵の懐《ふところ》刀《がたな》の、協力者として。

戦果を挙げることができれば、あるいは拝謁《はいえつ》くらいは叶《かな》うかもしれない。

涙を払《はら》った紅珠は、その決意とともに強く瑠華を見据《みす》えた。紅珠の表情の変化に一瞬目を丸くした瑠華は、次いで花がほころぶかのように笑《え》みを広げる。

「……ええ」

静かに答えた瑠華は、紅珠を見つめて何度も何度も頷《うなず》いた。

「わたくしもお供いたします、紅珠様」

そんな瑠華の目にうっすらと涙が滲《にじ》んでいたことを、紅珠はあえて指摘《してき》しなかった。

――待ってなさいよ。

涼も、皇帝も、黒幕も。

様々な意味がこもった『待ってなさいよ』を胸中で嚙《か》み締《し》めながら、紅珠は『武侠仙女《ぶきょうせんにょ》』としての顔つきでその場を後にした。


そもそも、自分が大人しく受け身に徹《てっ》するという考え方からして、性に合っていなかったのだ。

軽快に地面に白墨《はくぼく》を走らせながら、紅珠は己の考えに頷いた。

「最初からこっちの動きは筒抜《つつぬ》け同然だったんだろうし。だったらチマチマ動き回ろうが、派手に暴れようが、同じことよね」

場所は後宮の人気《ひとけ》がない広場。時間は覚悟《かくご》を決めてから約一日後。

片膝《かたひざ》をついて地面に白墨を走らせていた紅珠は、膝を上げて腰《こし》を伸《の》ばすと己が描《か》き上げた陣《じん》を眺《なが》めた。

「ま、こんなもんでしょう」

硬《かた》い地面が露出《ろしゅつ》した広場には今、縦横無尽《じゅうおうむじん》に白墨の線が飛び交《か》っていた。全体的に円が重ねられたように見える陣の中心には、濃《こ》く陰気《いんき》を纏《まと》った小さな香炉《こうろ》が置かれている。

パンパンッと手を払いながら、紅珠は自分が描き上げた陣に自分で及第点《きゅうだい》を付けた。そんな紅珠の背には愛用の呪剣《じゅけん》・紅晶《こうしょう》が斜《なな》めに背負われている。

「紅珠様、大丈夫《だいじょうぶ》なのですか？」

紅晶を背中から腰に差し直す紅珠へ、瑠華が心配そうに声をかける。そんな瑠華の手に白墨を押し付けながら、紅珠はカラリと笑った。

「大丈夫よ。呪詛返《じゅそがえ》しって言っても、この香炉に術式を仕込んだ人間に、この香炉に溜《た》まっている陰気を返すことで相手がどこの誰《だれ》かを知ろうってだけだから。本式の呪詛返しとはちょっと違《ちが》うのよ」

そう、今から紅珠が為《な》そうとしているのは、世間一般で言われている『呪詛返し』というものだった。

『私、もうちょっと頑張ってもいいかしら？』

そう宣言した紅珠は、攻撃《こうげき》に打って出ることを決意した。

具体的に言うと、今まで瘴気《しょうき》の浄化《じょうか》や仕掛《しか》けられた呪具の破壊《はかい》といった『守』に徹していたところから一歩踏《ふ》み出し、こちらから黒幕の正体を直接暴《あば》きに行くことにしたのだ。

――向こうはこっちを知ってて、こっちは向こうを知らない。その状態で叩《たた》きに行くのはこっちに不利だと思って大人しくしていたけれど、そういう考え方からして私らしくなかったわ。

今の状態を喩《たと》えると、紅珠達は目隠《めかく》しをされたまま黒幕の箱庭に押し込められていて、黒幕はそれを上から悠々《ゆうゆう》と観察している、といった感じだろう。紅珠達は黒幕が用意した舞台《ぶたい》の上に、黒幕の正体を一切《いっさい》知らないまま立たされているが、相手は紅珠達の一挙手一投足までもが見えている。

そんな状況《じょうきょう》で攻撃に打って出ても、どう考えてもこちらが不利だ。だから決定的な衝突《しょうとつ》を避《さ》けるために、そしてあわよくば黒幕本人が尻尾《しっぽ》を出してくれることを期待して、紅珠はチマチマと仕掛けられた呪具を取り除いたり、瘴気を浄祓《じょうばつ》したりして事態を好転させようとしてきた。

だがそれだけでは甘いと、紅珠はどこかで理解もしていた。

紅珠達はすでにかなり後手に回ってしまっている。もっと積極的な策を取らなければ、開いた差を埋《う》めて黒幕に直接摑みかかることはできない。

――まあ、そんな踏ん切りを付けれたのは、昨日のあの一件でプッツリいっちゃったせいなんだけども。

そこで思いついたのが、黒幕が仕込んだ呪具を用いた呪詛返しだった。

呪術師は呪詛を防ぐことも砕くこともできるが、実は返すこともできる。呪詛の核《かく》を成している呪具が手元にあれば、比較的《ひかくてき》儀式《ぎしき》も簡単だ。もっとも、儀式は簡単でも術者の腕《うで》は必要だが。

当初の紅珠には呪詛を『返す』という発想はなかった。だから呪具を見つけるたびに躊躇《ためら》いなく壊《こわ》して回っていたのだが、実は呪詛返しをすると『呪詛から身を守れる』ということ以外にもうひとつ利点がある。そのことを思い出した紅珠は、今日発見した呪具には封印《ふういん》のみを施《ほどこ》し、壊さずに手元に保管していた。

呪詛を返せば、術は使役者《しえきしゃ》に返る。つまりこの場合は、黒幕の許《もと》へ返る可能性が高い。その術の軌跡《きせき》を辿《たど》れば、黒幕の居場所や素性《すじょう》を摑むことができる。

──呪詛返しをする理由の本命としては、そこなのよね。

現状、黒幕が『皇帝《こうてい》への呪詛』を狙《ねら》って後宮に瘴気を凝《こご》らせようとしているということは読めている。場をかき乱す声の主が男であろうということも、ならば宦官に身をやつしているのだろうということも予測ができた。

──思い返せば、昨日涼をなじっていた声の中に、お茶会の時のあの『声』も交じっていた。つまりあの場にいた宦官の中に、黒幕もいたはず。ああやってずっと、後宮の住人達を言葉《ことば》巧《たく》みに扇動して、自分の手は汚《よご》さずに涼の邪魔《じゃま》をし続けてたんだ。

この五日間の内に壊して回った呪具の配置からして、恐《おそ》らく黒幕は春瑶の舎殿《しゃでん》を中心に陣を敷《し》いている。紅珠の勘《かん》が正しければ、あのお茶会の時に紅珠が感じ取った呪具が要《かなめ》だ。後宮の中を渦巻《うずま》き、ぶつかり合いを起こしている瘴気は、春瑶の舎殿を中心に蠢《うごめ》いているということになる。

要が壊れれば、陣は正しく起動しない。黒幕はなるべく己の手元に、そして後宮中で最も瘴気が濃く凝る場所に、その要を置いておきたいはずだ。

——その点から考えても、やっぱり黒幕は第五公妃《こうひ》の手勢の中にいる。

この一年で後宮に新たに出仕してきた宦官《かんがん》達の情報は、桃燕がさらってくれているところだ。身元がはっきりしない者、後見がきな臭《くさ》い者、後宮に流れ着いた理由がはっきりしない者と絞《しぼ》り込んでいけば、いずれは黒幕らしき人物に目星がつけられるだろう。

だが如何《いかん》せん、数が多すぎる。かけていられる時間はそこまで多くはない。

だから紅珠はこの呪詛返しを決行することにした。上手《うま》く事が運べば、一足飛びに黒幕の正体に辿り着ける。多少の危険は承知の上だ。

——本当はこういうの、涼の得意分野なんだけども。

紅珠が得意なのは、直接的な切った張ったが必要な妖怪《ようかい》退治だ。根が大雑把《おおざっぱ》な紅珠はこういった繊細《せんさい》な作業に向いていていない。

恐らく黒幕も呪具を見つけられれば利用されるということは予想してきているだろう。対策が施されている場合、上手く術を返すことはできない。涼があえて呪詛返しを決行しなかったのは、黒幕を直接刺激《しげき》したくなかったからというよりも、己《おのれ》が負う危険に対して得られる成果が乏《とぼ》しいと分かっていたからだろう。

それでも一応、下手であっても返すことさえできれば、手がかりは掴める。うまくいかなかった時にこちらに被害《ひがい》が出ないようにできる限りの対策もした。人目につかない場所でやりたかったにもかかわらず桃燕の舎殿の中に場所を借りなかったのは、その万が一の時のことを考えた結果だ。紅珠が立てた策に、今のところ問題はない。

「それじゃ瑠華さん、ちょっと離《はな》れていてね」

紅珠は紅晶の鞘《さや》を払《はら》いながら陣に向き直る。その様子を見た瑠華は、コクリと頷《うなず》くと柱の陰《かげ》まで走り寄って身を隠《かく》した。

瑠華がきちんと安全圏《けん》に退避《たいひ》したのを見届けてから、紅珠はスッと息を吸い込んだ。緩《ゆる》く、深く、吸い込んだ息を同じ速度で吐《は》き出していけば、しんと凪《な》いだ心は目の前の陣に意識を集中させる。

紅珠は紅晶の切っ先でトンッと陣の一番外周にあたる円に触《ふ》れた。その合図と紅珠の呪力を受け、陣は円に沿って光の壁《かべ》を立ち上げる。

その様子を確認《かくにん》してから、紅珠は結印した左手を顔の前にかざして低く命じた。

「『開封《かいふう》』」

紅珠の命を受け、呪具の封じが外れる。

その瞬間《しゅんかん》、香炉からはブワリと漆黒《しっこく》の煙《けむり》が飛び出した。光の壁に阻《はば》まれた煙は広がることができずにわだかまり、まるで意思があるかのように結界の中を暴れ回る。その様が視《み》えているのか、柱の陰で瑠華が息を呑《の》んだのが分かった。

「『天が命ず　地が命ず　お前の牙《きば》は逆《さか》に生え　お前の毒はお前を焼く』」

紅珠は意識を集中させたまま、左手の印を組み替《か》えていく。瘴気が暴れる振動《しんどう》が紅晶を介《かい》して紅珠に伝わってくるが、その強さは想定の範囲《はんい》内だ。紅珠に御《ぎょ》せないものではない。

『鏡身転影《きょうしんてんえい》　砕破《さいは》……』

だが紅珠の詠唱《えいしょう》は不意に途絶《とだ》えた。

ヒュッという風切り音を聞いた紅珠は、結印を崩《くず》さないいままその場から飛び退《すさ》る。そんな紅珠の足元に突《つ》き刺《さ》さったのは、軸《じく》も矢羽も黒く塗《ぬ》られた矢だった。

「紅珠様っ！」

緊迫《きんぱく》した瑠華の叫《さけ》び声が響《ひび》く。だがその声は同時にこだました足音によってかき消された。

「……ようやくお出ましになったわね」

どこからともなく現れたのは、漆黒の装束《しょうぞく》を纏《まと》い、頭からすっぽりと被《かぶ》った頭巾《ずきん》で顔を隠した人影《ひとかげ》だった。

その数、八人。体格からして恐らく全員男だ。気配を探《さぐ》ってみたが、物陰に潜《ひそ》んでいる人間はいないらしい。あまり広くもない空間にそれだけの人数が密集すると、少し圧迫感《あっぱくかん》がある。

「この瞬間に現れたんだもの。あんた達、今回の一件に無関係なわけじゃないでしょう？」

傍《はた》から見れば絶体絶命を絵に描《か》いたような構図だ。だが紅珠は怯《ひる》むどころか艶《あで》やかに微笑《ほほえ》むと紅晶を構える。

「来なさい。全員叩《たた》きのめして、あんた達の正体を突き止めてやるわ」

元からこういう展開を期待していたのだ。何せ単純でいい。黒幕側から手勢を送り込まれてきたら、返り討《う》ちにして情報を搾《しぼ》り取ってやろうと常々思っていた。

その内心を隠さないまま、紅珠は好戦的に微笑んだ。そんな紅珠の気性《きしょう》を、敵側は事前に把握《はあく》していたのだろう。剣《けん》を抜《ぬ》いた黒子《くろこ》達は綺麗《きれい》に散開するとジリジリと紅珠を包囲する態勢を整える。

呼吸数回分、互《たが》いの手を探り合うような沈黙《ちんもく》が落ちた。

「……っ！」

それを先に破ったのは、敵側だった。紅珠の背後を取った者が、無音の気合いとともに紅珠に斬《き》りかかる。

紅珠はそれをヒラリとかわすと、すれ違《ちが》い様に紅晶を振《ふ》るった。脇《わき》を抜かれた相手は一撃《いちげき》で地面に膝《ひざ》をつく。さらに打ちかかってきた二人目も打撃《だげき》を弾《はじ》いて小手を取れば、ヨロヨロと力なく後ろへ下がっていった。

あっという間に二人を落とした紅珠の腕前《うでまえ》に、敵側にザワリと動揺《どうよう》が走る。その空気さえ楽しむかのようにクスリと笑《え》みを浮《う》かべた紅珠は、改めて紅晶を構え直した。優美とさえ言える紅珠の今の姿は、まさしく『武侠仙女《ぶきょうせんにょ》』の呼び名に相応《ふさわ》しいものだろう。

——武術的に強いとは言えないわね。

だがあまり長引かせたくはない。何せ紅珠は呪詛返《じゅそがえ》しの術式を起動させたまま放置してしまっている。術への集中が切れてしまえば、この場で瘴気《しょうき》を暴走させてしまうことになりかねない。

——こいつらもきっと呪術師であるはず。陣《じん》を乗っ取られる可能性だってあるし、油断は……。

そう考えを転がしながら、三人目に斬りかかった瞬間。

ゾクリと悪寒《おかん》が紅珠の背筋を撫《な》でた。

「っ⁉」

殺意を向けられた時とは種類が違う悪寒に、紅珠は反射的に陣を見やる。

視線の先で展開されている陣は、一見すると先程《さきほど》から何も変わっていないように見えた。

だが直感に従って目を凝《こ》らした紅珠は、陣を描《えが》く白墨《はくぼく》の一部が黒く染まっていることに気付く。そこに気付けば、初手で打ち込まれた矢から滲《にじ》むように広がった黒が、ジワジワと陣を染め替えようとしていることにも気付けた。

「……っ！」

——しまった、あの矢に仕掛《しか》けがしてあったんだ……！

敵の狙《ねら》いは最初から紅珠ではなく、あの呪詛返しの陣だった。

今更《いまさら》そのことに気付いた紅珠は、陣の制御《せいぎょ》を取り戻《もど》そうと意識を集中させる。そんな紅珠の様子に気付いたのか、黒子達は一斉《いっせい》に紅珠に襲《おそ》いかかった。

「っ……!」

敵から繰《く》り出される刃《やいば》を避《よ》け、紅晶で応戦しながらも、紅珠はさっさと陣を起動させようと力を送り込む。

術は中途半端《ちゅうとはんぱ》なまま放置するのが一番危険だ。乗っ取られる前に送り返しさえ済んでしまえば、あとは目の前の敵に集中できる。

だが敵もそんな隙《すき》を紅珠に許しはしない。初手は明らかに手を抜いていたのだと分かる動きで連係を繰り広げた敵は、一気に紅珠へ肉薄《にくはく》する。

——マズい、このままじゃ……!

陣が崩れる、と思った、その瞬間だった。

陣と繋《つな》がった手応《てごた》えが変わり、紅珠の視線の先で陣に書き込まれた文字がグニャリと歪《ゆが》む。

「え……っ」

今まで紅珠が流し込む力に反発するような動きを見せていた陣が、急に紅珠の呪力を吸い込み始める。その理由が新たに加えられた文字列にあることを見抜《みぬ》いた紅珠は、敵の刃が体をかすめることも厭《いと》わず前へ出た。

矢が滲ませる黒によって書き換《か》えられた文字列。あれは敷《し》かれた陣の性質を変えるものだ。

今のあの陣は、呪詛返しの陣としての効能を失っている。いや、正確に言うならば、呪詛を返す先を新たに設定してしまっている。さながら呪詛の転送陣だ。

その転送先として設定された座標は、紅珠の読み間違いでなければ桃燕の舎殿《しゃでん》を示していた。

「ダメ……っ!!」

紅珠の呪力を存分に吸い上げた転送陣はすでに起動し始めている。今更動きを止めることなどできはしない。

──だったらっ!!

紅珠は陣に突き立てられた矢に飛びつくと、渾身《こんしん》の力を込めて引き抜いた。さらにその矢尻《やじり》で指先を突いて紅珠の血を纏《まと》わせると、迷うことなく陣に己《おのれ》の名を刻み込む。

「『来《ライ》』っ!!」

正しい手順を踏《ふ》んでいる猶予《ゆうよ》はなかった。だが紅珠の血と呪力を以《もっ》て呼び戻された呪詛は、嬉々《きき》として矛先《ほこさき》を紅珠へ向け直す。

──来なさいっ!!　私が全部受け止めて相殺《そうさい》してやるっ!!

敵も紅珠がこんな捨て身の荒業《あらわざ》に出るとは思っていなかったのだろう。一瞬戸《と》惑《まど》った黒子達は自分達の頭上から迫《せま》りくる呪詛を見た瞬間《しゅんかん》に体を引く。今度は紅珠に干渉《かんしょう》してくるつもりはないようだ。

――耐《た》え切れ……っ!!

迫りくる呪詛の波に、紅珠はグッと奥歯を噛《か》み締《し》めて覚悟《かくご》を決める。

「紅珠っ!!」

その瞬間、聞き慣れた声が聞いたことがないくらいの大音声《だいおんじょう》を響かせたのを、紅珠は耳にしたような気がした。


昔から、痛みはどこか遠くにあった。

感情というものも。衝動《しょうどう》も、憧憬《しょうけい》も。自分は全《すべ》てを母の腹の中に置いてきたのだろうと思っていた。

鮮《あざ》やかな紅が誰《だれ》よりも似合う、まさに『鮮烈《せんれつ》』という言葉を体現するかのような彼女に出会うまでは。

「紅珠っ!!」

その光景が目に飛び込んできた瞬間、喉《のど》が裂《さ》けるのではないかという絶叫《ぜっきょう》が迸《ほとばし》っていた。

視界はもはや彼女と彼女に迫りくる呪詛の波しか捉《とら》えていない。思考も感情も振り切れてしまったのか、頭の中が真っ白なまま、体だけがいつになく素早《すばや》く動く。

腰《こし》に佩《は》いていた呪剣を抜き、力を巡《めぐ》らせる。場の力の流れは意識しなくても感覚と同期していた。

くずおれるように呪詛と向き合う紅珠と迫りくる呪詛の間に体を滑《すべ》り込ませ、呪詛の波に呪剣を突《つ》き立てる。呪剣を媒介《ばいかい》にして己と周囲の力の流れに呪詛の波を乗せ、叩き付けられる力の波を受け流すように周囲へ流し込んでいく。

さらに紅珠の体を片腕《かたうで》で抱《だ》き寄せた涼は、考えるよりも早く呪剣を振り抜いていた。紅珠の愛剣である紅晶よりも長さも厚さもある涼の呪剣は、涼の突然《とつぜん》の介入《かいにゅう》にたじろいでいた敵の首を容赦《ようしゃ》なく薙《な》いでいく。

「失《う》せろ」

紅珠はあえて相手の命を取らないように剣を振るっていたようだが、涼は違う。

世界で何よりも大切な存在を目の前で害されたのだ。手加減をするつもりは微塵《みじん》もなかった。普段《ふだん》は自分を雁字搦《がんじがら》めにしている使命感さえ、今はどこかに消え失せている。

「今だけは見逃《みのが》してやる」

一人分の絶命とともにその事実を相手に突きつけた涼は、殺意とともに敵を回し見た。

涼があっさりと呪詛返しを無効にしたことに驚《おどろ》いているのか、あるいは涼がここまで荒っぽい手段を用いたことに驚いているのか、一行は涼の出方を探《さぐ》るかのように動きを躊躇《ためら》わせている。

そんな些細《ささい》なことにさえ、今は怒《いか》りが募《つの》った。

「これ以上俺の妃《きさき》に手ぇ出すってんなら」

喉から滑り落ちた声は、完全に無意識のうちに発されたものだった。

「しがらみなんぞ関係なく、お前らの関係者全員、今この瞬間にでも俺が命に代えて呪《のろ》い殺してやる」

先程の呪詛よりもよほど強い念と力が込められた言葉に、黒子《くろこ》達は揃《そろ》ってビクリと体を震《ふる》わせた。ただの言葉に害を受けるほど素人《しろうと》ではないはずなのに、黒子達は怖気付《おじけづ》いたかのようにジリ、ジリ、と涼と間合いを開けていく。

涼はそんな彼らを追わなかった。ただ殺意のこもった冷たい視線を黒子達に据《す》え続ける。

決着は、そのまま ついた。

バッと黒子の一人が身を翻《ひるがえ》した瞬間、他《ほか》の黒子達も姿を消す。首を飛ばされた黒子も、紅珠によって怪我《けが》を負わされた黒子も消えていた。後には紅珠が描《か》いたのだろう呪詛返しの陣《じん》と、壊《こわ》れた香炉《こうろ》だけが取り残される。

涼はしばらくそのまま周囲に気を張《は》り巡らせていたが、再び彼らが現れる気配はなかった。そのことを確かめてから、涼は腕の中に視線を落とす。

「このっ、……バカッ!!」

力なく涼に抱《かか》えられた紅珠は気を失っていた。涼が流しきれなかった呪詛返《じゅそがえ》しを受けてしまったのか、その顔は青ざめていて体温も低い。考えるよりも早く涼は自身の呪力を送って紅珠の体を癒《いや》そうとするが、まるでどこかに穴が空いているかのように送り込んだ呪力は抜《ぬ》けていく一方で、紅珠の体が温まる気配はない。

——どこの世界に暴走した呪詛返しを我が身で受け止めようっていうバカがいるんだ……!

紅珠が何をしようとしていたのかは大体分かっている。祓師塾在籍《ふっしじゅくざいせき》中、ずっと相方としてともに戦ってきたのだ。あいつらの介入がなければ勝算は高かったのだろうということも、頭では理解できている。

それでも感情の部分が納得《なっとく》できない。

「こんな……っ、怪我ばっかして、……危ない橋、渡《わた》りやがって……っ!!」

己の身に負う怪我に、痛みを感じたことはなかった。己に浴びせかけられる罵声《ばせい》に、何かを思ったこともなかった。

だがそれらが紅珠の身に降りかかった瞬間、涼の心はいつだって耐えきれないくらいに痛みを訴《うった》える。

痛みだけではない。紅珠が嬉《うれ》しそうに笑えば喜びを感じることができた。紅珠が怒《おこ》れば同じように怒りを感じることができた。紅珠の隣《となり》にいる時だけ、自分は『涼』という真っ当な人間でいることができる。

その甘くて苦い感情を抱えたまま、涼は紅珠の体を抱《だ》く腕に力を込めた。

——俺が、こんな世界に呼びつけてしまったから。

本当は分かっている。誰よりも大切な相手だからこそ、自分の隣に紅珠はいるべきではないと。自分に関《かか》わらせれば紅珠の矜持《きょうじ》が傷つけられることも、危ない目に遭《あ》うことも分かっていた。だからこそ祓師塾を卒業したあの日、涼は一切《いっさい》を紅珠に明かすことなく行方《ゆくえ》をくらませたのだから。

——紅珠をこんな目に遭わせた元凶《げんきょう》は、俺自身だ。

どれだけ綺麗事《きれいごと》を並べてみたところで、その事実が変わることはない。

「……瑠華」

胸の内で吹《ふ》き荒《あ》れる様々な感情をグッと押し殺し、涼は己の側近の名を呼んだ。足手まといにならないように気配を消していた世話役は、ようやく許しを得て涼の許《もと》に駆《か》け寄ってくる。

「紅珠様は……っ!?」

「屋敷《やしき》で休ませたい。手配を……」

有能な世話役は涙《なみだ》で目を潤《うる》ませながらも涼の指示に頷《うなず》く。

だが瑠華が動き出すよりも、周囲に面倒《めんどう》な気配が充満《じゅうまん》する方が早い。

「なっ、何だこれはっ⁉」

「李陵殿下《でんか》！　またあなたですかっ⁉」

まず姿を現したのは、キャンキャンと煩《うるさ》い宦官《かんがん》どもだった。神経質そうな顔を歪《ゆが》めた宦官達は、不躾《ぶしつけ》に涼を指差すと甲高《かんだか》い声を張り上げる。

「まぁ！　これは一体何なのっ⁉」

「すごい音がしていたわね」

「もしかして、呪詛でも行っていたのではない？」

さらにその声に呼ばれたかのようにゾロゾロと女達が姿を現した。装束《しょうぞく》もバラバラな女達の中には、端女《はしため》も女官も交じっているようだ。

──随分《ずいぶん》と人が集まるのが早いな。

涼は紅珠の姿がなるべく人目にさらされないように腕の角度を変える。同時に衆目から紅珠の姿を隠《かく》すかのように瑠華が涼の前に立ち塞《ふさ》がった。この姿を人目に晒《さら》したくはないだろうに、今の瑠華の中では己《おのれ》よりも紅珠のことの方が優先されているのだろう。

──あいつら、人が集まるように扇動《せんどう》しやがったな。

後宮に入り込んだ鼠《ねずみ》は、呪術師としての腕もさることながら、こういった民衆の扇動もやたら上手《うま》かった。おかげで涼は黒幕だけではなく、後宮の住人を丸ごと敵に回して戦っている。彼らは涼が守らなければならない存在でもあるというのに。

「ねぇ、剣《けん》まで抜いているわ」

「あぁ、恐《おそ》ろしい」

「あの剣で、一体何を斬《き》ろうというのだ」

「ねぇちょっと！　あの剣、血がついてない？」

「まぁ！　怖《こわ》い！」

「あの剣を次に向けられるのは私達ではないか……」

「恐ろしい」

「そうなる前にあの剣を取り上げろ！」

「むしろもう二度と後宮に入り込めないようにしてしまえ」

「叩《たた》き出せ！」

悪意は悪意を呼び、恐怖《きょうふ》は恐怖を呼ぶ。

その負の念の循環《じゅんかん》を止めるためには、自分が損を全《すべ》て引き受けてしまうのが一番手っ取り早かった。自分が負の念をどこかへ返すことさえしなければ、連鎖《れんさ》は自分の許で止まる。

何を言われても、どんな扱《あつか》いをされても、何も感じはしないのだ。ならばヘラリと笑って全ての理不尽《りふじん》を受け入れてしまうのが一番手っ取り早い。

「ねぇ、あの腕の中にいるのって、もしかして……」

……そう。

その理不尽を受けるのが自分自身のみであるならば。

「お前達」

気付いた時には、いつになく低い声が己の喉《のど》から滑《すべ》り落ちていた。

「私が誰《だれ》の息子《むすこ》であるか、忘れたか」

手に握《にぎ》っていた呪剣を地面に突《つ》き立てると同時に、低く殺意が乗った声を張る。呪力と殺意が乗せられた声は、ただ響《ひび》くだけで凶器《きょうき》に等しい。たった一言だけで、姦《かしま》しく騒《さわ》ぎ立てていた人垣《ひとがき》は水を打ったかのように静まり返る。

その静寂《せいじゃく》の中に、涼は生まれて初めて怒りの声を上げた。

「我が腕の中にいるのが、誰の妃であるかを忘れたか」

さらに冷えた視線を人垣へ巡《めぐ》らせる。睥睨《へいげい》と呼ぶに相応《ふさわ》しいその視線に撫《な》でられた人々は、たったそれだけでヘタリとその場に膝《ひざ》をついた。当人達でさえ自分の身に何が起きたのか分かっていないのか『へ？』『え？』という気の抜けた戸惑《とまど》いの声が微《かす》かに漏《も》れている。

「この中に、これまで我が妃に散々無礼を働いた人間がいることを、私は知っている」

呪術師が操《あやつ》る言葉は、善性の下《もと》に振《ふ》るわれれば人を救い、悪性の下に振るわれれば人を害する。言葉に優《すぐ》れた呪術師が感情のままに力のある言葉を振るえば、それだけで相手の命を奪《うば》いかねない。

涼は言葉の扱いに長《た》けた呪術師だ。そのことを理解していながら、涼は言葉に乗せる殺意を一切《いっさい》緩《ゆる》めない。

「首を飛ばそうと思えば、いつだって飛ばせる程《ほど》の無礼だ」

『なんであの場で一言、「私の妃《きさき》は正しいことを為《な》したはずだ」って言ってくれなかったのよっ⁉』

脳裏《のうり》を過《よ》ぎるのは、あの日の紅珠の言葉だった。『なぜ味方でいてくれなかったのか』となじった紅珠は、同じくらい強く『なぜ涼がそこまで冷遇《れいぐう》されなければならないのか』ということに怒っていた。

誰よりも高い矜持を持つ彼女は、あの時、己の矜持が傷つけられたことよりも、涼が置かれた環境《かんきょう》に怒っていてくれたのだ。

「妃が望めば、我が剣『菫青《きんせい》』はいつだってお前達の首を薙《な》ぐ。そこにはお前達の主《あるじ》の許可も、陛下の許可も必要ない」

あの時、涼は分かっていた。

あの場に紅珠を送り出せば、紅珠を不快な目に遭わせることになると。紅珠にもすでに監視《かんし》の目が貼《は》り付いていて、虎視眈々《こしたんたん》と紅珠を害する機会を狙《ねら》っていたのだと。あの場に紅珠を送り出せば、最悪自分達の連係を阻害《そがい》するような妨害《ぼうがい》を相手がしてくるかもしれな

いと。

それでも任のために、涼は紅珠をあの場に送り出した。

『紅珠ならきっと上手くやってくれる』という信頼《しんらい》を言い訳にして。

涼は己の感情よりも、紅珠の心よりも、己に課された任の遂行《すいこう》を優先した。

——そうだな。誰に届かなくても、お前に伝えるために言うべきだった。

「覚えておけ。お前達が何と言おうとも、私はこの国の第三皇子であるということを」

どんな境遇《きょうぐう》に置かれても、絶対に涼の味方でいてくれる彼女に。涼が世界で一番信頼していて、世界で誰よりも大切だと思っている彼女に。

いつだってお前を信じていると。お前は必ず、お前の正義の下に正しいことを為してくれるはずだと。

どんな状況《じょうきょう》でも、まず真っ先に伝えるべきだった。伝えていれば、こんな状況は生まれなかった。

「恩《おん》も怨も、私は忘れはしない。たとえ我が妃当人が忘れたとしてもだ」

その後悔《こうかい》を心に刻み、涼は初めて己が隠し続けた牙《きば》を剝《む》く。誰よりも大切な彼女を、今度こそ守り抜《ぬ》くために。

ずっと自分達が見下してきた『李陵』の本質を、後宮の住人達は今この瞬間《しゅんかん》まで見抜《みぬ》くことができていなかったのだろう。

もはや人垣はうめき声ひとつ上げることなくガタガタと震《ふる》えていた。まるで処刑《しょけい》待ちの囚人《しゅうじん》であるかのように顔色を失った人々は、喘《あえ》ぐように息を継《つ》ぎながらひたすら涼のことを見つめている。

「李陵殿下」

その緊張感《きんちょうかん》が張り巡らされた空気の中に。

ふと、緊張に震えながらも強さを保った声が響いた。その呼び声に負の念が宿っていないことを感じ取った涼は、無感情に声が飛んできた先を見やる。

「お初にお目にかかります。第八公妃《こうひ》の桃燕でございます」

視線の先には、廊の上で跪《ひざまず》く妃《きさき》がいた。桃色《ももいろ》の装束をフワリとなびかせた桃燕は、わずかに顔を上げると言葉を続ける。

「不躾ながら殿下《でんか》。第三皇子妃殿下は火急の休息が必要な御様子《ごようす》。帰邸《きてい》のために馬車の手配も必要でしょう。どうぞ我が宮をご利用くださいませ」

そこまで言い切ってから顔を上げた桃燕は、緊張を滲《にじ》ませながらも真っ直《す》ぐに涼を見つめていた。その表情の奥には心配が透《す》けて見える。恐らく騒ぎを聞きつけた桃燕は、紅珠の身を案じてわざわざ声を上げたのだろう。

——己の利を保つならば、公《おおやけ》の場で関《かか》わりを見せない方がいいというのに。

紅珠が桃燕の世話になっていることは、瑠華からの報告で把握《はあく》していた。紅珠の気《き》っ風《ぷ》の良さに桃燕が魅了《みりよう》されたらしいという話も聞いている。確かに今の桃燕の言動を見ていれば、桃燕が利害を超《こ》えて紅珠に助けの手を差し伸《の》べようとしていることが分かる。

──ったく。相っ変わらずの人誑《ひとたら》しなんだから、お前は。

桃燕ならば頼《たよ》っても問題ないだろう。

即座《そくざ》に判断した涼は、呪剣《じゆけん》を鞘《さや》に戻《もど》すと両腕《りょううで》で紅珠を抱《かか》え直した。

「世話になる」

──お前の虫除《むしよ》けに俺がどれだけ苦労してたかなんて、お前が知ることはないんだろうな。

気付いてほしいような、気付いてほしくないような。

久し振りにそんな微妙《びみょう》な感情を噛《か》み締《し》めながら、涼は凍《こお》り付いた人垣を放置して桃燕の案内に続いた。

肆

ひび割れるような声を、聞いたような気がした。普段《ふだん》はあんなに本音を覚《さと》らせない、憎《にく》たらしいくらい飄々《ひょうひょう》とした声をしているくせに。

——別に大丈夫《だいじょうぶ》よ。私、頑丈《がんじょう》なんだから。

「……」

そんなことを思った瞬間、フルリと瞼《まぶた》は開いていた。ぼんやりと曖昧《あいまい》な視界は、しばらく瞬《まばた》きを繰《く》り返すと鮮明《せんめい》に像を結ぶ。

「あ、れ……？」

暗く沈《しず》んだ視界の先にあったのは、最近ようやく見慣れてきた寝台《しんだい》の天蓋《てんがい》だった。寝《ね》る前の自分が何をしていたのかはとっさに思い出せないが、自分が今この状況に身を置いていることが不自然であることは分かる。

——私、一体……

ぼんやりと紅珠は己《おのれ》の記憶《きおく》をたどる。

その瞬間、傍《かたわ》らから小さく息を呑《の》む音が聞こえてきた。ノロノロと視線を動かした紅珠は、そこに久し振りに顔を合わせる人物が控《ひか》えていたことにようやく気付く。

「紅珠？」

そっと呼びかけてきた涼は、随分酷《ずいぶんひど》い顔をしていた。元からベッタリと貼り付いていたクマはさらに黒々と成長していて、心なしか頰《ほお》もこけている。

寝ぼけていた意識がギョッと一瞬で覚醒《かくせい》するようなそのありさまに、紅珠は思わず体を跳《は》ね起こした。

「ちょっと、あんたなんて顔してんのよっ！」

「起きて第一声がそれって、何なのお前」

「何なのって……！」

「呪詛《じゅそ》返《がえ》しを自分の体で受けようとしてたバカにだけは言われたくない」

その言葉にようやく紅珠は気絶する前の自分が何をしていたのかを思い出した。

そんな紅珠の内心が表情の変化だけで分かったのだろう。寝台の端《はし》に腰掛《こしか》けて紅珠を覗《のぞ》き込んでいた涼は、跳ね起《お》きた紅珠の両肩《りょうかた》に手を乗せると素直《すなお》に怒《いか》りを顔に広げる。

「周囲に被害《ひがい》を出すくらいなら自分で受けるって考えたのは分かる。だけどあんなもん受けたらお前だって無事じゃすまない。それくらいとっさに分かっただろ」

「ご、ごめん」

「バーカ！　この猪突猛進《ちょとつもうしん》、短慮《たんりょ》、バカバカバーカ!!」

物言いに腹は立つが、今回ばかりは反論が浮《う》かばない。どう考えても紅珠の思慮《しりょ》が足りなかったのは事実だ。

紅珠は反論したい気持ちをグッと抑《おさ》え込む。

その瞬間、両肩に置かれた涼の手が細かく震えていることに紅珠は気付いた。ハッと改めて涼の顔を見上げれば、怒りを広げていたはずである顔は涙《なみだ》の気配に歪《ゆが》んでいる。

「りょ……」

「俺が間に合ってなかったら、お前、死んでたかもしんねぇんだぞ……っ⁉」

吐《は》き出された言葉は、はっきりと涙に揺《ゆ》れていた。飄々とした皮を被《かぶ》り続けることができなくなった涼は、紅珠の両肩に置いた手を離《はな》すと腕《うで》を滑《すべ》らせるようにして紅珠の体を抱《だ》き寄せる。

「あんな無茶《むちゃ》すんなよ、バカ」

痛みを隠《かく》しきれていないその言葉に。壊《こわ》れ物を抱《いだ》くかのような腕の力に。

ジワリと自分の涙腺《るいせん》が緩《ゆる》むのが、紅珠には分かった。

——あ、泣きそう。

「お前に何かあったら、俺……」

必死に自分の涙腺を締めようと努力したつもりだったのに、全身を包み込む熱に、向けられる言葉に、感情の箍《たが》が緩んで戻ってくれない。

　涼が向けてくれる素直な感情にそのまま包み込まれてしまったような心地《ここち》がして、いつもの棘《とげ》を纏《まと》った自分を保てない。

「ごめん、なさい」

　気付いた時にはポロリと言葉がこぼれていた。それどころか涙までこぼれていることに、紅珠は涼の肩《かた》で弾《はじ》けた雫《しずく》を見てようやく気付く。

「ごめんなさい……ごめんなさい……っ！」

　最初の一言がこぼれてしまえば、もう言葉を止《とど》めておくことはできない。言葉と一緒《いっしょ》にこぼれていく涙も、紅珠の意思ではもう止められない。

「私、あんたのこと、何も知らなかった。知ろうとしてなかった」

「紅珠」

「あんたがたくさん大変なモノを抱えてるって、察することができたはずなのに。私、あんたの事情を何も考えずに、色々言っちゃった」

　紅珠だけが涼と同じ場所に立っていたはずなのに、紅珠は根本的な部分で涼の味方でいられなかった。涼が置かれた立場を考えずに『なぜ戦わないのか』となじった紅珠は、涼の本質を見ずに蔑《さげす》む後宮の住人達と何も変わらない。

「……俺があえてお前に話してなかったんだ。お前がそこで傷つく必要なんざ、どこにもねぇよ」

ごめんなさい、ごめんなさいと泣き続ける紅珠に、涼は一瞬《いっしゅん》体を強張《こわば》らせてから柔《やわ》らかく笑ったようだった。緩く紅珠を抱きしめた涼は、幼子をあやすかのように柔らかく紅珠の背中を叩《たた》く。

「紅珠、あのな。……俺の母親は、『呪術師としての才を持つ子を産むかもしれない』っていう理由だけで皇帝《こうてい》に手をつけられた、一介《いっかい》の洗濯《せんたく》女だったんだ」

涼は柔らかな口調のまま話し始めた。その語調から『勝手に話すから、少し聞いてほしい』という内心を汲《く》み取った紅珠は、グズグズと鼻を鳴らしながら涼の言葉に耳を澄《す》ます。

「母親の素性《すじょう》は誰《だれ》も知らない。俺が知っていることといえば、母親は呪術師としての才を活《い》かして、後宮の下層民達をひっそり守っていたっていう話くらいだ」

当時後宮にいた妃《きさき》達は、公妃《こうひ》、私妃、全《すべ》てを含《ふく》めても徒人《ただびと》しかいなかった。手頃《てごろ》な妃候補の中に呪術師としての才を持ち合わせていそうな女もなく、皇帝は次代の隠密《おんみつ》呪術師候補を得るべく焦《あせ》っていたのだという。

そんな中、当時の隠密呪術師が目を付けたのが、後宮の片隅《かたすみ》で周囲の人々を守るために細《ささ》やかに力を振《ふ》るっていた涼の母親だった。

「俺を産んで、母親はすぐに亡《な》くなったらしい。皇帝の目論見《もくろみ》通りに呪術師としての才を見せた俺は、稀少《きしょう》な次代隠密呪術師候補として、皇帝の手勢に厳重に囲われて育てられた」

『李陵』は稀少な存在ではあったが、皇帝一族としての価値は低かった。そもそも最初から隠密呪術師という臣下となる道が決まっていたのだ。皇子というのも名ばかりで、皇子らしい扱《あつか》いをされたことはない。

自由はないに等しかった。ただひたすらに学と修行《しゅぎょう》を詰《つ》め込まれる日々の繰り返しだった。

稀《まれ》に外に出されても、何かを感じる心はすでに失われていた。どこで李陵の素性を知ってくるのか、『洗濯女が産んだ皇子』という素性は行く先々に知れ渡《わた》っていて、どこへ行っても涼に投げかけられるのは好奇《こうき》と蔑みばかりだった。

「そんな環境《かんきょう》で育ったから。祓師塾《ふつしじゅく》にいた頃《ころ》が、人生で一番自由な時間だった。お前が何かと絡《から》んでくれたおかげで、まともな情緒《じょうちょ》も育ったし」

「絡むって」

「お前と一緒にあそこに通えて良かったって、心の底から思ってる。お前と出会えたから、俺は『俺』としてここにいられるんだ」

深い安堵《あんど》に似た響《ひび》きを帯びた言葉に、何と答えればいいのか紅珠は分からなかった。

——そういえば。

出会った当時の涼は、あまり笑いも怒りもしない、ただただ皮肉屋で無感情な人間だったような気がする。そんな涼が小憎《こにく》たらしくて仕方がなくて、紅珠の方から何かと突《つ》っかかっている間に、いつの間にか涼は人並みに笑うようになっていた。

――いつからだっけ？　涼が今みたいに笑うようになったのって。自分からみんなの輪の中に入っていくようになったのって。

「隠密呪術師は皇帝と皇太子にしか存在を知られていない。俺の経歴も、今の立場も、ほとんどが皆《みな》には伏《ふ》せられている。俺が生きてきた人生は、大半の人間には『白紙』なんだよ。俺が穀潰《ごくつぶ》しの無職野郎《やろう》だと思われてるのは、それが原因なんだ」

一瞬過去に意識を飛ばしていた紅珠は、続けられた言葉にハッと息を呑んだ。紅珠の体の強張りが分かったのか、涼は吐息《といき》だけで笑うと紅珠を抱きしめる腕に力を込める。

「そりゃあ、そういう判断にもなるよな。生まれの良くない人間が昼日中から後宮をフラフラしてりゃ、ああいう態度にもなるさ」

「ならない」

「なるんだよ。気にすんな。俺はもう気にしてない」

「〜〜〜〜〜っ!!　私はっ！　イヤよっ!!」

その力に逆らって、紅珠は涼から体を引き離した。涙が止まらない目でキッと涼を睨《にら》み付ければ、涼はどこかやるせなさを感じさせる顔で笑っている。

「あんたは、すごいやつなのよっ！　私はそれを知ってるっ!!　あんたはあんな風に扱われていい存在じゃないっ!!」

紅珠の言葉に目を丸くした涼は、次いで嬉《うれ》しそうに微笑《ほほえ》んだ。他《ほか》の誰でもない紅珠にそう評されているのが嬉しくてたまらないという感情が滲《にじ》んでいる。

それでも涼は、紅珠の言葉を肯定《こうてい》も否定もしなかった。それが現状をただ受け入れている涼の立場を表しているような気がして、紅珠の目はさらにボロボロと涙をこぼす。

――悔《くや》しい。

涼が諦《あきら》めたように笑って何も言ってくれないことが。この現状を今すぐ打破できる力が自分にないことが。

喉《のど》が裂けるほどに叫《さけ》んで、暴れ回りたいくらいに、悔しい。

「なんであんたがそこまでしてやんなきゃなんないのよ」

代わりに紅珠の口から飛び出してきたのは、怨嗟《えんさ》とも取れる響きを帯びた言葉だった。

「どうしてそんな酷《ひど》いことをするやつらを、あんたが命がけで守ってやんなきゃなんないのよっ⁉」

「紅珠」

「守んなくてもいいじゃないっ‼　あんな毒ばっかり吐いてるようなやつら、呪《のろ》われようが殺されようが自業自得《じごうじとく》よっ‼」

紅珠の叫びに涼が目を丸くする。そんな涼の顔が見ていられなくて、紅珠は涼の胸にすがった己《おのれ》の手に額を押し付けるようにうつむいた。

因果は、巡《めぐ》るものだ。毒ばかり吐《は》いている人間は、いずれ自分が吐いた毒に侵《おか》されて沈《しず》む。

それが世の理《ことわり》であるはずなのに、涼がいる世界にはその理が適用されていない。あれだけ毒を吐いてふんぞり返っている輩《やから》がのうのうと贅沢《ぜいたく》な暮らしを享受《きょうじゅ》していて、一方で涼はその皺寄《しわよ》せをすべて独りで受け止めている。その働きを誰にも認められることもなく、それどころか自分が守っている人間達に石を投げられるような真似《まね》までされて。

紅珠が誰よりも大事に思っている相棒は、そんな世界に生きることを生まれながらに定められていた。

こんな理不尽《りふじん》があってたまるものか。こんなに報《むく》われないことが、あってたまるものか。

「……お前はさ、やっぱそうやって泣いてくれるんだな」

不意に、温かい手がうつむいた紅珠の顔に触《ふ》れた。

その温《ぬく》もりにビクリと顔を跳《は》ね上げれば、優《やさ》しい笑《え》みが視界に飛び込んでくる。

「お前をそんな風に泣かせたくなかったからさ、……呼ぶのをこんなに躊躇《ためら》うことになったわけよ」

次いで少し照れたように笑みを崩《くず》した涼は、軽く曲げた指の背で紅珠の涙《なみだ》を拭《ぬぐ》った。ポロポロとこぼれ続ける涙を根気よく拭いながら、涼はどこか幸せそうに言葉を紡《つむ》ぐ。

「世界中で誰が俺を馬鹿《ばか》にしようとも、お前だけはそうやって俺のために泣いてくれるって、信じてた」

「〜っ!! 分かってたならっ!!」

その笑みが、本当に心の底から浮《う》かべられたものだと分かるからこそ。

紅珠は締《し》め付けられるような胸の痛みに、さらに涙をこぼした。

「分かってたなら、もっと早く泣かせにこいっ!! バカッ!!」

紅珠の罵声《ばせい》を浴びた涼は、涙を拭っていた手を紅珠の後頭部に添《そ》えると、ポスリと紅珠の顔を自分の胸に埋《うず》めさせた。

そういえば昔、泣き顔を見られるのが嫌《いや》で、こうして涼の衣《ころも》を顔隠《かく》しの手巾《しゅきん》代わりにして泣いてやったことがあったっけ、と紅珠は意識の片隅で思い出す。そのことを指摘《してき》すれば、きっと涼はあの時と同じように『衣の一枚や二枚くらい、お前の手巾代わりにくれてやるよ』と笑いながら言うことだろう。

──今のあんたの装束《しょうぞく》の一枚や二枚ってなると、私の給金じゃ弁償《べんしょう》できないんだけど。

『武侠仙女《ぶきょうせんにょ》』とも呼ばれる腕利《うでき》き呪術師が、『守んなくてもいい』とか『自業自得』とかさ、言っちゃダメだろ?」

懐《なつ》かしい思い出に心を馳《は》せていると、ゆったりと涼が囁《ささや》いた。深い響きを持つ落ち着いた声がしっとりと語りかけてくると、不思議なくらい紅珠の心は落ち着いていく。

「俺達呪術師《じゅじゅつし》はさ、闇《やみ》から民《たみ》を守る者だろ? 悪いのは意図的に陰気《いんき》を発生させて、人の命を狙《ねら》おうとする輩だ。その脅威《きょうい》にさらされている人間を、俺達呪術師は等しく守らなきゃいけないわけよ」

守る人間を選《え》り好みするようになれば、その『選択《せんたく》』という行為《こうい》そのものから陰気が生まれる。救う手立てを持つ者が意図的に救いの手を外すことは、呪いを増長させる行為と同義だ。

呪術師は呪詛《じゅそ》に対抗《たいこう》するために呪詛の施《ほどこ》し方も学ぶ。救う者は呪う者以上に呪いに精通していなければならない、というのがその理由だ。

だから涼も紅珠も、呪詛を成そうと思えば成せるのだ。涼を貶《けな》し、守られているという自覚さえなく利用する輩を、涼も紅珠もその気になれば、今この瞬間《しゅんかん》に呪い落とすことができる。

だがそれを、自分達はどれだけ腹が立っても、実行はしない。

なぜならば自分達は、己の技量と在り方に矜持《きょうじ》を持つ、誇《ほこ》り高き呪術師であるのだから。

「俺の唯一無二《ゆいいつむに》の相方は、誰《だれ》よりも誇り高き呪術師だ。誰よりも高い矜持と確かな腕前を持つ、最高の呪術師。そうだろ？」

「……そうよ」

涼の声は、不思議だ。こんなにもスルリと紅珠の心に染《し》み込んで、激情を鎮《しず》めてしまう。

全身を涼の熱に包まれ、大きな手であやすように背中を叩《たた》かれていると、不思議なくらいに体の力が抜《ぬ》けていく。同時に涙の波もスッと静かに引いていった。

——やっぱりあんた、変わってないわね。

その安堵《あんど》は涼の声と言葉がもたらしてくれたと同時に、紅珠の中に最後まで残っていた疑惑《ぎわく》が氷解していったことも理由にあったのかもしれない。

——あんたの根底は、『涼』であっても『李陵』であっても、何も変わらないわ。

紅珠が知っている涼は、全《すべ》て本物だった。出自や経歴は伏せていたかもしれないが、紅珠が見ていたものは全て本物だった。

その確信が、紅珠の奥底に残っていた緊張《きんちょう》までをも解きほぐしていく。

「ねぇ、涼。私もう、あんたを誰にも踏《ふ》みにじらせたりしないから」

紅珠はそっと涼の胸を押して体を離《はな》すと、改めて涼を見上げた。涼の深い漆黒《しっこく》の瞳《ひとみ》に映り込む紅珠の顔は酷いありさまだったが、余計な力みが抜けた表情はスッキリとしている。

そんな自分に挑《いど》みかかるように、紅珠は強気に笑ってみせた。

「あんた自身にだって、踏みにじらせたりしないから。覚悟《かくご》しなさい」

「お手柔《てやわ》らかに頼《たの》むわ」

涼も涼で、紅珠に負けないくらい不敵な笑みを口の端《はし》に浮かべる。強がりではない心の底からの笑みに、紅珠はさらに唇《くちびる》を吊《つ》り上げた。

「改めてよろしくな、相棒」

「振《ふ》り回される覚悟をしときなさい、相棒」

睦言《むつごと》の方が似合いそうな状況《じょうきょう》で互《たが》いに宣戦布告を囁きながら、涼と紅珠はクスクスと笑い合った。

伍

「というわけでまぁ、仲直りできました」

「その節はうちの紅珠がお騒《さわ》がせしまして、申し訳ありません」

「その節はって何よ、その節はって……！」

爽《さわ》やかな風が心地《ここち》よく通る、とある小部屋でのことだった。

久し振りに夫婦《ふうふ》揃《そろ》っての後宮訪問となった紅珠と涼は、桃燕の許《もと》を訪《おとず》れている。なんでも紅珠が倒《たお》れた時、一時避難《ひなん》先として桃燕が舎殿《しゃでん》の部屋を貸してくれたらしい。御典医《ごてんい》の派遣《はけん》もしてくれたそうで、今日はそのお礼と諸々《もろもろ》の報告を兼《か》ねて二人揃っての訪問となった。

「とにかく、紅珠様に大事がなくて何よりですわ」

にこやかな笑みを浮かべながら紅珠と涼のやり取りを聞いていた桃燕は、安堵の言葉を口にした。手にしていた茶杯《ちゃはい》を卓《たく》に戻《もど》した桃燕は、瞳を伏《ふ》せると表情を改める。

「うちの商会に泥《どろ》を塗《ぬ》った上に紅珠様に危害を加えたなんて、ますます許せないわね」

ボソリと呟《つぶや》いた桃燕は辣腕《らつわん》商人の顔になっていた。『愚《おろ》か者に必ず報復を』というその物騒《ぶっそう》な雰囲気《ふんいき》が、紅珠は存外嫌《きら》いではない。紅珠が嫌いではないということは、涼も嫌いではないということだ。

「桃燕殿《どの》、うちの世話役が昨日の手勢の後を追ったんだが」

その証拠《しょうこ》に、涼は素《す》の表情と言葉遣《ことばづか》いのまま桃燕に接している。桃燕も桃燕で紅珠に接する時と同じような態度で涼にも接しているように思えた。どうやらこの二人は、どの瞬間からかは分からないが、互いを協力者として認め合ったらしい。

「現場に残されていた血痕《けっこん》を追った結果、第五公妃《こうひ》の舎殿に辿《たど》り着いたという話だった。紅珠に襲《おそ》いかかったやつらは、第五公妃の舎殿を根城にしているみたいだな」

「やはり第五公妃の手勢の中に紛《まぎ》れ込んでいるのね」

「やはりと言うと？」

「私の方は協力者のみんなに、近頃《ちかごろ》後宮内で起きた揉《も》め事の詳細《しょうさい》、特にその揉め事が起きるに至った発端《ほったん》について調べてもらっていたの。集まった情報には、どこにも必ず第五公妃付きの宦官《かんがん》達の姿が見えたわ」

ポンポンと軽《かろ》やかに飛び交《か》う言葉に、紅珠は思わず二人へ交互《こうご》に視線を飛ばした。

どうやらこの二人は、紅珠が知らないところでそれぞれ調査を進めていたらしい。今一瞬何か引っかかる発言が出たような気がするが、二人の会話が速すぎて何に引っかかったのか考える間もない。ついていくので精一杯《せいいっぱい》だ。

「毎回同一人物なのか？」

「同一、というよりも、割と高頻度《ひんど》で複数人、同じ人物の姿が目撃《もくげき》されているって感じね。おまけにその宦官達を後宮に斡旋《あっせん》した家が同じで、その家にどうにもきな臭《くさ》い噂《うわさ》があるの」

「きな臭い？」

「私達商人の間では、その家に出入りしている商人が、秘密裏《ひみつり》に伴師王族との取引を持っているんじゃないかっていう噂が回っていたのよ。宦官を後宮に斡旋した家は、その商家を通して、麗華宮廷《れいかきゅうてい》に仕える官吏《かんり》でありながら、裏で伴師と繋《つな》がっているんじゃないかって」

桃燕の言葉に涼は目をすがめた。

伴師と麗華の関係は冷え込んでいるが、立地としては隣国《りんごく》だ。麗華にある商家が伴師と取引を持っていること自体は何らおかしいことではない。

ただ、王族と直接的な取引がある、その関係を秘匿《ひとく》している、という話になると意味合いが変わってくる。おまけにそこに麗華宮廷に仕える官吏の家が絡《から》んでいるとなれば、十中八九良からぬ企《たくら》みが潜《ひそ》んでいると見ていいだろう。

――伴師の王族は、麗華の皇帝《こうてい》を恨《うら》んでいる。

伴師は小国ながらも強力な兵力と豊かな国土を持っている。先代麗華国皇帝が唯一《ゆいいつ》併合《へいごう》に追い詰《つ》められなかった国が伴師だ。

だが併合を免《まぬか》れた伴帥ではあったが、無傷で麗華国との戦《いくさ》を乗り越《こ》えられたわけではない。両国で繰《く》り広げられた戦はむごたらしいもので、当代伴帥国主の姉が戦の犠牲《ぎせい》になったという話もある。

麗華国の帝位が当代に移ってからは互いに睨《にら》み合いが続いていて、直接の戦火は交えていないものの、両国間の関係は冷え込んだままだ。当代皇帝の手腕《しゅわん》を以《もっ》てしても冷え込んだ関係は改善できず、宮廷間の国交は絶えて久しい。

——明仙連が伴帥に対して、特別に呪術的《じゅじゅつ》防御策《ぼうぎょ》を講じているっていう噂があったわね。それくらいの相手ともなれば、呪術師を送り込んで後宮で大きな呪詛《じゅそ》を企《くわだ》てるということも、ないとは言い切れない。

「私の方では、商会に繋ぎを取って、伴帥との繋がりが噂されている商家と、宦官を斡旋した家についても詳《くわ》しく調べを進めさせているわ。その方向から詰めることができれば、後宮に潜《もぐ》り込んだ鼠《ねずみ》の正体をあぶり出すことができるかもしれない」

「分かった。そっちは任せる。ひとまず現状、絞《しぼ》り込めた宦官達の名前を教えてくれないか？　こっちでもうちの世話役に調査に当たらせて……」

「待った」

考えに沈《しず》んでいた紅珠の耳に再び引っかかる言葉が聞こえた。今度は置いていかれずに声を上げると、涼と桃燕の視線が揃って紅珠へ飛ぶ。

『うちの世話役』って瑠華さんのこと？　瑠華さんにそんな危ないことをさせるの？　というか、させたの？」

そうだ、先程《さきほど》も引っかかったのはその部分だ。『うちの世話役が昨日の手勢の後を追ったんだが』とサラリと告げられた言葉に引っかかったのだ。

紅珠が瑠華と対面したのは、今朝のことだ。

紅珠が意識を取り戻したのは夜の遅《おそ》い刻限だったため、瑠華は遠慮《えんりょ》して席を外していたらしい。

眠《ねむ》れぬ夜を過ごしていたのか、普段《ふだん》よりも少し早めに部屋を訪れた瑠華は、意識を取り戻した紅珠の姿を見るやいなやポロポロと静かに涙《なみだ》をこぼした。それだけでどれだけ瑠華に心配されていたのかを察した紅珠は、一際《ひときわ》熱心に世話を焼いてくれる瑠華を好きにさせることで瑠華へのお詫《わ》びとした。

——あんな儚《はかな》げな美人に諜報《ちょうほう》活動をさせるとか、さすがにどうかと思うんだけども。

おまけに相手は紅珠相手に集団で襲いかかってきたような輩《やから》なのだ。危険な人物であることは分かり切っている。尾行《びこう》が相手に知られれば、瑠華の命が危なかったはずだ。

紅珠は思わず責めるような視線を涼に向ける。だが涼はどうということもないといった顔で紅珠の言葉に答えた。

「あいつの本領はどっちかっつーとそこだ。慣れてるからヘマはしない。呪詛返しを自分の体で受けようとしたお前よか、よっぽど安全に気を配って行動してる」

その話を引き合いに出されると、紅珠はうまく反論できない。『きっと死ぬまで言われるんだろうな、これ』と思わずゲンナリした顔をすると、涼は聞こえよがしに溜《た》め息をついた。

「呪術は使えないが、ああ見えて武術の腕《うで》も立つ。男なんだし、余程のことがなければそんな危険な目には遭わねぇよ」

「いやだって、追ってたのは呪術師の集団だったのよ？　瑠華さんがたとえ男であっても……」

そこまで声に出してから、紅珠はふと口をつぐんだ。

何だか今、とんでもない事実を告げられたような気がする。

──えっと？　今、私、何を聞いたんだっけ？

「……え？　男？」

思わず涼の言葉を脳内で数回繰り返した紅珠は、かなり時間をかけてその言葉を理解した。

いや、正確に言えば、まだ理解はできていないのだが。

「え？　男……誰《だれ》が？」

「は？」

愕然《がくぜん》とした顔で呟く紅珠に、涼は怪訝《けげん》な声を上げる。

そんな二人の認識《にんしき》のすれ違《ちが》いに気付くのは、当事者ではない桃燕の方が早かった。

「紅珠様。『李陵殿下《でんか》の世話役の瑠華』というのはね、宮廷ではもっぱら『絶世の美青年』として有名なのよ？」

桃燕の言葉に、紅珠はしばらく固まったまま懸命《けんめい》に頭を働かせた。そんな紅珠を涼は相変わらず怪訝そうな顔で見守っている。

──ビセイネン？　びせいねん……『美青年』って、何だったっけ？

己《おのれ》が知っているはずである言葉の意味と、記憶《きおく》の中の瑠華の姿を照合すること数十秒。

ようやく『美青年とは、見目麗《みめうるわ》しい年若い男を形容する言葉である』という当たり前の事実に行き着いた紅珠は、ヒュッと息を吞《の》むとひっくり返った声を張り上げた。

「び、美青年っ⁉」

キンッと響《ひび》いた声に、紅珠を心配そうに覗《のぞ》き込んでいた涼が体をのけぞらせる。

そんな涼に構わず、紅珠は涼へ詰め寄った。

「美青年ってことは、つまり、男っ⁉」

「うるさっ！　だからそう言ってんだろっ！」

「えぇぇっ⁉　瑠華さんがっ⁉　あの瑠華さんが、男ぉっ⁉」

紅珠は思わず頭を抱《かか》えて声を張り上げる。その絶叫《ぜっきょう》に涼は両手で己の耳を塞《ふさ》ぎ、桃燕はコロコロと笑い声を上げた。

「まさか女装してまで紅珠様に付き従っていたなんてね。初めて顔を合わせた時は驚《おどろ》いたわ」

「そうか。あいつ、いまだにお前に侍女《じじょ》の姿しか見せてなかったのか」

「いや、なんであんたがそんな基礎《きそ》基本的なことを忘れてんのよっ⁉」

「最近夜中にしか屋敷《やしき》に戻《もど》ってなかったから、あいつがずっとお前にバレずに侍女を続けてるってことを忘れてた」

『俺のところに報告に来る時は、普通《ふつう》に男の姿だったし』と涼は事も無げに続ける。

その発言に紅珠は思わず涼へ指を突《つ》きつけた。

「そもそもなんで『侍女』として瑠華さんを私に付けたのよっ⁉　普通にあんたの側近として紹介《しょうかい》すれば良かったじゃないっ‼」

「お前を屋敷に招き入れるって決めた時から、瑠華は監視《かんし》役兼《けん》助手としてお前に付けようと思ってたからな」

なんでも、紅珠を油断させるための女装だったのだという。

紅珠は警戒心《けいかいしん》が強い。男社会の中で生き抜《ぬ》くために備えられた警戒心は、そう簡単に消えることはない。涼から瑠華を『味方だ』『頼《たよ》りにしろ』と紹介されても、見知らぬ男を傍《そば》に置くことを紅珠は嫌厭《けんえん》するだろうと涼は踏《ふ》んでいたらしい。

だが涼の屋敷には紅珠付きにするにふさわしい侍女がいなかった。使用人の中で涼が一番信頼《しんらい》を置いているのは瑠華である。荒事《あらごと》もそれなりにこなせる瑠華ならば、紅珠の助けにもなるだろうし、紅珠の猪突猛進《ちょとつもうしん》っぷりにもついていける。むしろ他《ほか》についていけそうな人物が使用人の中には見当たらない。

いっそ、瑠華が女であったならば。

そう考えた結果、『では紅珠が瑠華と打ち解け、男であろうが女であろうが瑠華は瑠華と認識してくれるようになるまで、瑠華が女として振《ふ》る舞《ま》えば良いのではないか』という結論に至ったのだという。

「え……いや、……え？」

紅珠は男に対して警戒心が強いが、女性は全般《ぜんぱん》的に庇護《ひご》対象とみなすせいで警戒が甘い。側近ではなく侍女として傍に置けば、いざという時も強く突っぱねられることはなく、瑠華の苦言も紅珠に届きやすいだろうという涼の計算は的を射ている。

現に瑠華が男だと知っていたら、後宮潜入《せんにゅう》調査の時に供に連れていったかどうかかなり怪《あや》しい。涼と仲違《なかたが》いした時点で『瑠華もどうせ涼につくのだろう』と判定して口を利《き》かなかった可能性の方が高かっただろう。涼はつくづく紅珠の性格を理解している。

――え？　え？　じゃあお風呂《ふろ》の世話をしてこなかったのも、下着の上に一枚着てからしか着付けを手伝わなかったのも、夜の寝室《しんしつ》に立ち入ろうとしなかったのも……全部全部

『瑠華さんが男だったから』ってこと？

瑠華の口数が少なかったのも、声の低さを誤魔化《ごまか》すためだったのだとしたら納得《なっとく》がいく。瑠華の性別を疑う場面は、案外随所《ずいしょ》にあったということだ。

「いや、それにしたって、男……？」

あんなに楚々《そそ》とした美人が。下級女官のお仕着せを纏《まと》っただけで妃嬪《ひひん》かと見紛《みまが》う美貌《びぼう》と気品の持ち主が。

実は男であったとは、何事なのか。

「全《すべ》ては紅珠様のためだったのね？」

『何としてでも守りたかったのでしょう？』と続けた桃燕は、何やら妖艶《ようえん》に微笑《ほほえ》んでいるようだった。だが突然《とつぜん》与《あた》えられた『瑠華は男』という情報に思考回路を焼き切られてしまった紅珠は、頭からプスプスと煙《けむり》を上げるばかりで桃燕の言葉の意味が理解できない。

「『第三皇子の女嫌《おんなぎら》い』は、『有象無象《うぞうむぞう》になんぞ興味はない』が正解だったのかしら？」

「随分《ずいぶん》昔から、危なっかしい相棒を見張るのに忙《いそが》しくて、他の人間に目移りするような暇《ひま》がないんっすよ」

涼のぶっきらぼうな返答に、桃燕はなぜか満足そうな笑みを浮《う》かべる。

──ん？　何の話？

「さて。で、黒幕の話だ」

ようやく心が落ち着いてきた紅珠は疑問を込めて涼を見上げる。だが紅珠が声に出して問いかけるよりも、手を打ち鳴らした涼が話題を引き戻す方が早い。

「紅珠は黒幕の目的を『後宮という空間と妃《きさき》達を使って瘴気《しょうき》を醸造《じょうぞう》し、より強大な呪詛《じゅそ》を行使しようとしている』と踏んだ。狙《マト》いは皇帝《こうてい》。おおよその辺りは俺も同意だ」

その辺りの話は、昨日落ち着いてから涼と紅珠で話し合って得た結論だった。

話題がそこに戻れば紅珠も集中するしかない。『後で質問したら教えてくれるかしら？』と考えながらも、紅珠は今集中すべきことに意識を切り替《か》える。

「黒幕達は第五公妃《こうひ》の舎殿《しゃでん》を根城にしている。後宮中に呪具を仕込んでいる他に、言葉巧《ことばたく》みに後宮の住人同士がいがみ合うようにも誘導《ゆうどう》していて、それが状況《じょうきょう》悪化に拍車《はくしゃ》をかけている。紅珠を複数人で囲んでいたことからして、黒幕は単身ではなく複数人。伴師の王族の息がかかっている可能性が高い」

「外に麗華の官吏《かんり》、伴師と繫《つな》がる商家っていう協力者がいるなら、私達の行動を見張ることも、情報を入手することもできたでしょうね。鼠《ねずみ》の数は案外多いかもしれないわ」

もしかしたら主犯の他に、随時《ずいじ》必要に応じて派遣《はけん》されている手勢もいるのかもしれない。その場合、主犯を取り押さえるだけではなく、協力関係にあった人物達も押さえなければ根本的な解決には至らない。

涼と紅珠が見解を述べる言葉に、桃燕も頷《うなず》いた。

「多分、黒幕達は春瑶様お気に入りの女官である芳明に色々と吹《ふ》き込むことで、春瑶様を自分達の思惑《おもわく》通りに動かしているんだと思うの。芳明は春瑶様が御実家《ごじつか》にいらした時から仕えてきた侍女で、春瑶様と他の召使《めしつかい》達の取り次ぎ役もしているわ。必ず黒幕の内の誰かが芳明の近くにいるはずよ」

「待って。第五公妃は黒幕に操《あやつ》られているだけなのかしら？」

涼と桃燕の言葉に耳を傾《かたむ》け、改めて考えを巡《めぐ》らせた紅珠は、はたとあることに気付いて声を上げた。

「第五公妃が黒幕と共謀《きょうぼう》関係にあるって可能性はない？」

春瑶の実家は麗華国一の富豪《ふごう》だという。恐《おそ》らく多くの商人が足繁《あししげ》く春瑶の実家に出入りしているはずだ。

その中に、黒幕と目される宦官《かんがん》を斡旋《あっせん》したという家に出入りしている商人と、同じ商人が出入りしているという可能性はないだろうか。

「麗華国皇帝の呪殺に協力する見返りに、伴師で貴族としての地位を与《あた》えるとか。伴師王族と第五公妃の実家の間で、そういう取引があってもおかしくないと思わない？」

そもそも、現状、なぜ黒幕達が春瑶の舎殿を選んで潜伏《せんぷく》していたのか、理由が分からない。単純に権力者の陰《かげ》に隠《かく》れたかったからかもしれないし、後宮で一番の毒の保有者が春瑶だったから瘴気を醸造させるのに都合が良かったからかもしれない。そういった『春瑶が利用されていた』という方面からでも理由はいくらでも考えられる。

だが同時に、春瑶も黒幕の一人であったと考えることも、現状ならばできるのだ。

そうであった場合、春瑶は黒幕を自陣《じじん》に匿《かくま》い、後宮での自らの権力を以《もっ》て彼らに暗躍《あんやく》するための陰を与えていたと捉《とら》えることもできる。

「かくいうお前はどう見てるんだ？」

「呪具の陣形とか、凝《こご》った陰気《いんき》の濃度《のうど》からして、共謀関係にあったと考えるには、第五公妃の身の安全が確保されていないなとは思うけども」

ただ、『春瑶は黒幕達の隠れ蓑《みの》として使われた』『瘴気を凝らせるために、蠱毒《こどく》の中に残された最後の一匹《ぴき》として利用されようとしている』と断言できるだけの確証もない、というのが紅珠の正直な感想だった。

春瑶の取り巻きの中に黒幕達は身を潜《ひそ》めている。黒幕達は呪詛を成そうと暗躍している。恐らくその核《かく》となる呪具が春瑶の舎殿に置かれている。後宮中に蔓延《まんえん》させた瘴気を使って生み出される呪詛は、恐らく皇帝に向けられる。

そこまではほぼ真実を言い当てていると思う。

だが黒幕達と春瑶の関係性を断じられるだけの材料がない。桃燕が商会の伝手《つて》を使って春瑶の実家の動きを探《さぐ》れば分かることがあるかもしれないが、その調査結果を待っていられるだけの時間の猶予《ゆうよ》は残されていない。

――第五公妃生誕祝賀会まで、もう時間がない。第五公妃は被害者《ひがいしゃ》として守られるべき立場にあるのか、共謀者として裁かれる立場にあるのか、はっきりさせないと私達もどう動けばいいのか決められない。

そこまで思考が至った紅珠は、ふと思い立った疑問を口にした。

「ねぇ、涼。その生誕祝賀会って、穏便《おんびん》無事に成立させなきゃいけない？」

「は？」

「いや、あのね？　そもそも私達が生誕祝賀会を刻限にしていたのって、『新たな人死を出さないために』っていうのがそもそもの理由だったじゃない？」

唐突《とうとつ》な紅珠の発言に、涼と桃燕が揃《そろ》って怪訝《けげん》そうな顔を紅珠に向ける。そんな二人に向かって、紅珠は己《おのれ》の疑問点を説明した。

「みんなの命が無事なら、宴《うたげ》の成功可否はぶっちゃけ関係ないんじゃないかなって」

「まぁ……そうとも言えるな」

当初、涼が生誕祝賀会の開催《かいさい》を危惧《きぐ》していたのは、大きな行事が行われる時は大きな感情のうねりが起こりやすく、延《ひ》いてはそのうねりの中から新たな呪詛や瘴気が発生しやすいという状況があったからだ。

黒幕がそのうねりを利用しない手はない。宴の会場には、呪詛を向ける相手である皇帝も姿を現す。その絶好の機会を黒幕は見逃《みのが》さないだろう。涼と紅珠はそう踏《ふ》んでいたから、今回の案件の対応刻限を『生誕祝賀会までには』としていた。

つまり問題はその部分だけであって、生誕祝賀会の成功可否は紅珠達には関係ないということだ。むしろ紅珠としては潰《つぶ》れて痛い目を見ればいいとさえ思っている。

その心情を隠すことなく、紅珠はパンッと手を合わせてニコリと爽《さわ》やかに笑ってみせた。

「だったらさ、黒幕のあぶり出しにその会場を使ってやればいいと思わない？」

「ん？」

「『最後の一匹』が姿を現せば、第五公妃が被害者なのか共謀者なのか、どちらなのか分かるじゃない？」

一瞬《いっしゅん》涼は紅珠を非難するような眼差《まなざ》しを見せた。だが紅珠の腹黒い笑みを見た涼は、何かに気付いたかのようにハッと息を呑《の》むと、すぐに何事かを思案し始める。涼が何を計算しているのか手に取るように分かる紅珠は、腹黒い笑みを浮かべたまま、無言で涼を見つめ続けた。

唯一《ゆいいつ》、話の流れを摑《つか》めていない桃燕が、困惑《こんわく》も露《あら》わに声を上げる。

「紅珠様？　李陵殿下《でんか》？」

「そうだな。その方向でなら……！」

その瞬間考えが纏《まと》まったのか、涼は紅珠へ改めて視線を据《す》えた。迷いが晴れた相棒の顔を挑発《ちょうはつ》的な笑みとともに見据《みす》え、紅珠はイタズラを持ちかけるような口調で問いを投げる。

「行ける？」

「任せろ」

力強い返答に満足げな笑《え》みを返した紅珠は、次いで桃燕に視線を投げた。その動きに涼もならう。

「桃燕様。とっておきの退魔《たいま》劇を見せてあげる」

戸惑《とまど》いを顔に浮かべていた桃燕は、紅珠と視線が合った瞬間小さく目を瞠《みは》った。

だがその驚《おどろ》きは次の瞬間、絶好の取引現場に居合わせた商人の笑みに化ける。

「だから私達に協力して？」

「絶対に損はさせない」

『武侠仙女《ぶきょうせんにょ》』と『隠密《おんみつ》呪術師』の夫婦《ふうふ》の言葉に、桃燕は一歩も引かない笑みで応じた。

「あなた達が組むんですもの。どんな賭《か》けにだって負けはないわ」


かくして、舞台《ぶたい》の幕は開く。

陸

第五公妃《こうひ》生誕祝賀会は、日没《にちぼつ》と同時に開宴《かいえん》となった。

後宮を挙げての儀式《ぎしき》の際に使用されるという舎殿《しゃでん》は、万燈《まんどう》によって照らし出され、どこもかしこも煌《きら》びやかに光り輝《かがや》いている。その中で思い思いに着飾《きかざ》った後宮の重鎮《じゅうちん》達がくつろぐ様は、まるで天上の宴もかくやというほどの贅《ぜい》を凝らした空間と化していた。

もっとも、そこに渦巻《うずま》く瘴気《しょうき》は、ここが冥府《めいふ》の底だと言われた方が納得《なっとく》できるほどの濃《こ》さではあるが。

――こんなに視界が瘴気で埋《う》め尽《つ》くされてちゃ、せっかくの飾りつけも台無しね。

一人、会場の片隅《かたすみ》に身を潜めた紅珠は、目の前にたなびく黒煙《こくえん》を払《はら》うべくパタパタと片手を動かした。そんなことをしたところで視界が晴れるはずがないということは分かっているのだが、これは気分の問題だ。

――涼達、うまくやれているかしら？

広間を飾り立てるように垂らされた紅の絹布《けんぷ》の中に身を潜めた紅珠は、まだ姿を現さない相棒のことを思う。

邪魔《じやま》が入りさえしなければ、涼がしくじることはない。その邪魔を阻《はば》む手段も今宵《こよい》は講じている。心配は無用だと分かっているのだが、それはそれ、これはこれだ。

紅珠は腰《こし》に佩《は》いた紅晶に左手を置きながら、今宵の退魔の現場を改めて眺《なが》めた。

――人は多いけれど、会場も広い。これなら問題なさそうね。

涼によって認識阻害《にんしきそがい》の術をかけられているせいか、今宵の紅珠に視線を留める者は誰《だれ》もいない。唯一協力者である桃燕には術が効いていないらしいが、桃燕は完璧《かんぺき》に第八公妃になりきっていて紅珠や己の配下へ視線を向けることはなかった。

――まぁ、なりきるも何も、桃燕様は元から立派に第八公妃なんだけども。

そんな他事を考えながら、紅珠は時が満ちるのを待つ。

享楽《きょうらく》にふける宴の参加者達は、誰も彼もがドロリと濁《にご》った瞳《ひとみ》をしていた。体調が悪そうな者も、宴席にいるにもかかわらず癪《しゃく》の虫を暴れさせようとしている者もいる。

そんな異様な状態だというのに、行きかう人々は誰も彼もが顔に笑みを貼《は》り付けていた。明らかに心が笑っていないと分かる笑みを顔に刻み続ける様は、まるで等身大の人形達が宴の場面を演じているかのようだ。そんな演者達を、刻々と濃くなっていく瘴気がドロリと包み込んでいく。

「……………」

その光景に、紅珠は思わず紅晶をわずかに抜《ぬ》いた。

その瞬間、会場の隅からチカリと不自然に光が届く。半ば無意識に視線を向けると、紅の帳《とばり》に溶《と》け込むかのように涼が佇《たたず》んでいた。

──無事に仕込みが終わったみたいね。

到着《とうちゃく》を知らせる合図に、紅珠も紅晶の剣身《けんしん》で光を反射させて応《こた》える。その合図が届いたのか、涼がひそむ帳の内から発されていた光が消えた。

──こうして見ると、今日の装束《しょうぞく》、確かに景色に同化してるわね……

本日、この決戦に臨《のぞ》むにあたって涼が選んだ装束は、紅を基調にした物だった。紅珠の装束も揃いの意匠《いしょう》で用意されていたから、二人並ぶと婚姻《こんいん》装束のようにも見える。紅珠はそのことに珍《めずら》しく難色を示したのだが、『会場の装飾《そうしょく》がとにかく真っ赤っ赤なんだ。これ着てりゃ背景にうまく埋没《まいぼつ》できて楽だぞ』という涼の言葉に説得されて大人しくこれを着ることにした。

──いやでも、結局認識阻害の術がかかってるわけだし、その利点は活《い》かせてないんじゃない？

確かに花嫁《はなよめ》は腰に呪剣《じゅけん》を佩いたりしないし、全身に呪符《じゅふ》を仕込んだりしない。花婿《はなむこ》にしても全身に呪具を仕込んだりはしない。二人の装束は婚姻装束ではなく、戦《いくさ》装束として仕立てられている。

だがこの姿で現れた二人を見た瞬間、桃燕は『あら』と目を丸くしたあとニヤニヤと笑っていたのだから、傍《はた》から見れば確実にそう見えるわけで。

――しまった。この装束がいつから用意してあったのか訊《き》くの、また忘れた。

これこそひと月そこらで用意できるはずがないだろう、というところまで考えてから、紅珠はパンッと両手で頬《ほお》を挟《はさ》み込むように叩《たた》く。

――余計なことは考えないっ！　今は仕事に集中っ！

紅珠が他事を考えている間も、会場の空気は順調に澱《よど》み続けていた。いよいよ人が耐《た》えられる濃度《のうど》ではなくなってきたのか、不自然に咳《せ》き込む人間が増えている。

紅珠はじっと主賓《しゅひん》席を見つめた。宴が始まって早々から絶えることなく使者の挨拶《あいさつ》を受け続ける春瑶の周囲は、もはや春瑶の姿が見透《みす》かせないくらいに瘴気が凝《こ》り固まっている。

――もう少し様子が見たいわね。

紅珠が内心で呟《つぶや》いた瞬間、音もなく会場が閉《と》ざされたのが分かった。物理的に中と外が隔《へだ》てられたわけではない。涼が瘴気を囲い込むための結界を展開したのだ。

そう。今この会場に、後宮中の瘴気が濃縮《のうしゅく》されている。

――さすが涼。完璧な展開だわ。

『だったらさ、黒幕のあぶり出しにその会場を使ってやればいいと思わない？』

この宴《うたげ》には、後宮の重鎮全員が顔を揃《そろ》える。八人いる公妃に有力な私妃、皇帝《こうてい》まで揃い踏《ぶ》みだ。今宵、後宮の『毒』の全《すべ》てがここに集まる。

瘴気も陰気《いんき》も、濃い場所へ集まりたがる。普段《ふだん》は後宮中に散っている『毒の素《もと》』達がひとところに集まれば、後宮中に漂《ただよ》っている瘴気もそこに集《つど》う。

その状況《じょうきょう》は、後宮に瘴気を醸造《じょうぞう》させ、強力な呪詛《じゅそ》を発動させようとしていた黒幕にとっても都合がいい展開であるはずだ。こちらの動きはすでに向こうに割れている。紅珠達が何を考えてこんなことをしているか、黒幕にも意図は読めているだろう。

今から起きるのは、いわば凝らせた瘴気の奪《うば》い合いだ。

——黒幕が動き出せば、その動き方で第五公妃が『最後の一匹《ぴき》』なのか、黒幕そのものなのかも自《おの》ずと分かる。

この会場に主要人物が揃った時分を見計らい、涼が瘴気を囲い込む結界を展開する。ジワジワとその範囲《はんい》を狭《せば》めて瘴気をこの会場に追い込み、後宮に蔓延《まんえん》している瘴気の全てをこの場に凝縮《ぎょうしゅく》させる。

そして黒幕がその瘴気を呪詛の原動力として利用するよりも早く、一塊《ひとかたまり》となった瘴気を妖魔《ようま》討伐《とうばつ》の要領でサクッと浄化《じょうか》し、後宮から瘴気を一掃《いっそう》する。

いかにここまで隠密《おんみつ》行動を徹底《てってい》してきた黒幕といえども、この場に姿を現さずにこの濃度の瘴気を御《ぎょ》すことは不可能だ。この場に姿を現しさえすれば、紅珠達は決して黒幕を取り逃《に》がしはしない。

——涼の邪魔をしくさる主要人物達がここにいるから、涼が存分に力を振《ふ》るえる。

さらに保険をかけたくて、紅珠は涼にある方法を伝授した。単独で任に当たらなくてはいけない涼には思いつかない……明仙連で人海戦術を経験してきた紅珠ならではの方法を。

——要するに、簡単に呪具を破壊《はかい》されないように配置すればいいのよ。

紅珠は桃燕に願って、桃燕の手勢を貸してもらえるだけ貸してもらった。商人としての桃燕の協力者だけではなく、第八公妃としての桃燕に仕えている者達もその中には含《ふく》まれている。

その全員に結界展開起点となる呪具の小鏡を持たせ、呪具を配置したい場所へ散ってもらった。涼の指示ではなく、涼の指示を受けた桃燕の指示で、だ。

——普段涼を虐《しいた》げてる人間達も、黒幕当人も、第八公妃の関係者にはおいそれと手は出せない。

そもそも人は生身の人間を『不審物《ふしん》』とは判断しない。協力者達には何気なく立ち話をしてもらったり、その場でいかにも仕事をしている風情《ふぜい》を装《よそお》ってもらったりして、合図があるまで指示された場所で待機してもらうことになっている。

今宵の涼は、そうやって後宮の各所に散った関係者達が携《たずさ》えている小鏡を使ってこの結界を展開していた。唯一《ゆいいつ》の難点と言えば、頭数が限られている分置ける起点が限られるという点だが、涼はその部分を己《おのれ》の技量で見事に補っている。

――さて。あとは私の担当ね。

退魔《たいま》は紅珠に一任されている。涼が『守』を、紅珠が『攻《こう》』を受け持つ形だ。紅珠と涼が組む時は、自然とこういう分担になることが多い。

――ま、今回に関しては、私にやりたいことがあったから、私からこの配置を提案したわけだけども。

とはいえ、その『やりたいこと』は紅珠の私用とも言える。だから紅珠はその内容を涼にも桃燕にも説明していない。

ただ『開戦の火蓋《ひぶた》は私に切らせてくれる？』という紅珠の発言を受けた涼は、紅珠が何をしようとしているのか察している雰囲気《ふんいき》があった。腕《うで》を組んだままピクリと片眉《かたまゆ》だけを跳《は》ね上げて無言で紅珠を眺めた後、『面白《おもしろ》そーじゃん。任せるわ』との発言が出たから、ほぼほぼ紅珠が何をやらかすつもりか予想ができているのだろう。

――つまり、これに関してはあんたも共犯よ。

内心で歌うように呟いているうちに、会場の瘴気《しょうき》はひとつの大きな塊に育とうとしていた。輪郭《りんかく》を曖昧《あいまい》にしたまま巨大《きょだい》な荒縄《あらなわ》のように凝った瘴気は、その体で春瑶の体を縛《しば》り上げようと蠢《うごめ》く。

その動き方は、蛇《へび》が獲物《えもの》を捕食《ほしょく》する時の動きに似ていた。瘴気を視認できていなくても体は危機を感じているのか、春瑶は急に体を痙攣《けいれん》させると呼吸を引《ひ》き攣らせる。

──瘴気は第五公妃《こうひ》を器《うつわ》と定めた。

瘴気はより濃《こ》い場所に凝ろうとする。不定形の存在である瘴気は器を求め、より陰気を濃く纏《まと》う人間の中に収まりたがる。

春瑶が黒幕と共謀《きょうぼう》関係にあったならば、瘴気が春瑶を害することはないはずだ。つまり春瑶は瘴気を受け止める器として見出《みいだ》され、利用されただけで、瘴気を操《あやつ》る側にはいない。

「っ！」

瞬時《しゅんじ》に判断を下した紅珠は、左手で紅の帳をかき分けると、右手に握《にぎ》りしめていた簪《かんざし》を凝った瘴気に向かって投げ上げた。山なりに放《ほう》り上げられた簪は、豪奢《ごうしゃ》な飾《かざ》りの重さに引きずられるように瘴気の渦《うず》の中へ落ちていく。

この宴が始まる直前、春瑶の舎殿《しゃでん》に潜入《せんにゅう》した瑠華が入手してきてくれた物だ。紅珠がお茶会の時に存在を感知した、春瑶の舎殿に置かれていた呪具……すなわち、黒幕が敷《し》いた陣《じん》の要《かなめ》となっていた呪具でもある。その在《か》り処を割り出したのは、涼の探索《たんさく》術だった。

要として使われていた呪具は、紅珠が壊《こわ》して回った呪具よりもずっと濃く陰気を溜《た》め込んでいた。あの呪具と生身の春瑶ならば、陰気の濃さは呪具の方が勝《まさ》る。

あの呪具ならば、春瑶以上にこの場の瘴気を引き寄せることができる。

──さぁ、来なさい！

「『開封《かいふう》』っ!!」

結印した紅珠が鋭《するど》く命じると、呪具に掛《か》けられていた封印が弾《はじ》け飛ぶ。紅珠の予想通り、凝った瘴気は簪に引き寄せられるように蠢いた。蛇が獲物を喰らうかのように簪に喰らい付いた瘴気は、簪に触《ふ》れた端《はし》から実体を帯びていく。

ドスンッとも、バタンッともつかない、重たい音が響《ひび》いた。

その音に一瞬静まり返った会場が、次の瞬間悲鳴と怒号《どごう》に満たされる。

——大蛇《だいじゃ》か。予想通りね。

紅珠が投げ入れた簪を器として実体を得た瘴気は、人などひと飲みにできそうな大蛇の姿を取った。黒々とした鱗《うろこ》を不気味に反射させる大蛇は、大きく顎《あご》を開くと近場にいた人間を手当たり次第《しだい》に襲《おそ》い始める。

——女の情念というか負の念って、蛇に化けることが多いのよね。

『この強さの瘴気があのまま春瑶の体を器に凝《こご》っていたら、はたして春瑶は人の形を保っていられただろうか』と、紅珠はその場を動かないまま一瞬だけ考える。

黒幕としては、春瑶という器に瘴気を凝らせた上で呪詛を仕込み、そのまま春瑶を皇帝にけしかけることで呪詛を成就《じょうじゅ》させようとしていたのだろう。傍《はた》から見れば、何らかの原因で錯乱《さくらん》した春瑶が皇帝を殺した、という形に仕立て上げるつもりだったに違《ちが》いない。

——まぁ、見た目を誤魔化《ごまか》す術なんて、いくらでもあるし。

人としての形を失ってしまったら失ってしまったで、見てくれだけ何とかしようとさらに幻術《げんじゅつ》でも上書きしただけだったのだろうが。

紅珠がそんなことを考えている間にも、煌《きら》びやかな宴の会場は着々と生き地獄《じごく》と化していた。

そんな中、紅珠とも春瑶とも離《はな》れた場所にいた桃燕は、お付きの侍女《じじょ》達をともなって事前の打ち合わせの通りに安全な場所へ避難《ひなん》していく。紅珠と涼から事前説明があったとはいえ、落ち着き払《はら》った冷静な行動はさすが『飛天の燕《つばめ》』と言うべきだろう。対して事態を理解できていない他《ほか》の出席者達は、恐慌《きょうこう》に駆《か》られたままただ逃げ惑《まど》うことしかできない。

「ヒッ、ヒィィィッ!!」

「た……っ、助けてくれぇっ!!」

「呪術師はっ!?　呪術師はいないのっ!?」

「明仙連の人間は何をしているっ!?」

「衛兵っ!!　衛兵っ、何をしているのっ!?　さっさと退治しなさいっ!!」

紅珠は逃げ惑う人の波を静かに見つめ続ける。

その中に一人、不審な動きをしている人間を見つけた紅珠は、息を潜《ひそ》めたまま髪《かみ》から簪を抜《ぬ》いた。

宦官《かんがん》の装束《しょうぞく》を身に着けた男は、皆《みな》が逃げ惑う中、一人大蛇に向き合っていた。一見すると春瑶を庇《かば》っているようにも見えるが、その男が春瑶を気にかけている様子はない。男の意識は完全に大蛇に向けられていて、春瑶は倒《たお》れた椅子《いす》や割れた机と同じく邪魔《じゃま》な代物《しろもの》として扱《あつか》われているようだ。

その男の手の中に呪符《じゅふ》が握られているのを認めた紅珠は、無音の気合とともに己の簪を不審人物に向かって投げつける。涼が飛刀の代用品として用意した透《す》かし彫《ぼ》りの簪は、並の飛刀よりも鋭く宙を裂《さ》き、呪符を縫《ぬ》い付けるかのように男の手のひらに突《つ》き刺《さ》さった。

「っ⁉」

そこまで来てようやく男の意識が紅珠へ飛ぶ。その視線に、紅珠は既視感《きしかん》を覚えた。

──間違いない。あの黒子《くろこ》から感じた気配と同じ。

遠目ながらも確信を得た紅珠は、紅の帳《とばり》の隙間《すきま》から不審人物に向かって笑《え》みかけた。その笑みを受けてやっと驚愕《きょうがく》から理解へ意識が動いたのか、目を丸くしていた敵は敵意と殺意を込めて紅珠を睨《にら》み付ける。

その怒《いか》りが簪を突き立てられた痛みから来ているのか、せっかくここまで凝らせた瘴気を紅珠が横から掻《か》っ攫《さら》おうとしていることから来ているのかは分からないが。

──あら、私にそんなに構っていていいわけ？

男の意識が紅珠に絞《しぼ》られる。

その瞬間、男の背後で影《かげ》が舞《ま》った。

「っ⁉」

涼に握られた菫青が男の首があった場所を薙《な》ぐ。間一髪《かんいっぱつ》で菫青の切っ先をかわした敵は、そのまま大きく後ろへ飛び退《すさ》った。その動きを涼が追う。

――あいつ、得手は結界術だし、普段《ふだん》使っているのは符だけど、別に剣《けん》が使えないってわけではないのよね。

元から黒幕の対処は涼に任せてある。紅珠が『開戦は私のやりたいようにしたい』と主張したのと同じように、涼は『黒幕の処し方は俺に任せてほしい』と口にしたのでお任せした形だ。いつになく殺意が乗せられた低い声で切り出されたせいで頷《うなず》かざるを得なかったという部分もあるのだが。

――というか、処したら問題じゃない？　一連の呪詛《じゅそ》の目的とか、この場に顔を出していない仲間のこととか吐《は》かせなきゃいけないわけだし。

まぁ、涼のことだ。紅珠が心配しなくても、きっと上手《うま》くやるだろう。複数人いると予測されている黒幕を全員押さえるべく、瑠華や桃燕の配下達も動いている。

それよりも、紅珠が集中すべきはこの会場と大蛇だ。

「なぜじゃっ⁉　なぜ誰《だれ》も妾《わらわ》を助けぬっ⁉」

「あ、あたくしを助けなさいっ‼　助けたら礼は弾《はず》むわっ‼」

涼の事前説明によれば、この結界の中にいる限り、妖怪《ようかい》が実体を得て暴れてもヒトの肉体が傷つけられることはないという。叩《たた》かれれば衝撃《しょうげき》は感じるが、決定的な傷は負わないとか何とかという話だった。

――位相をズラしての具現化、とか何とかって話だったわね。

簡単に言ってしまうと、風の圧や光の熱を感じることはできても、具体的な物質として触れることはできないのと同じ話だ、と涼は言っていた。あまりにも専門的すぎて、紅珠にはその喩《たと》えからしてよく分からないが、とりあえず自分が持っていきたい展開にうってつけの結界が展開されているということだけは分かっている。

「おっ、お前達っ!!　あたくしを助けずに逃《に》げ出すなんて……っ!!」

どれだけ会場が悲鳴と怒号に満たされていても、その大声で後宮を仕切ってきた公妃《こうひ》の声はかき消されない。

腰《こし》が抜けてしまったのか、春瑶は喚《わめ》くばかりで自力で逃げ出すことさえできないようだった。図太さだけはあるせいで、大半の者が逃げるか気絶するかの中、一人だけ意識を保ったまま大蛇の傍《そば》に放置されてしまったらしい。

「たっ、助け……っ!!　た、助けなさい……っ!!」

涙《なみだ》と鼻水で顔をグチャグチャにした春瑶は、這《は》うようにして床《ゆか》を進み始める。その背後では大蛇が牙を剝き続けているが、その場にいるヒトが食えないことに大蛇もいい加減気付いたのだろう。苛立《いらだ》ちとともに振《ふ》り下ろされる尾《お》が低く舎殿全体を震《ふる》わせている。

「ヒッ……ヒィィッ!!」

――そろそろ頃合《ころあ》いかしら？

大蛇が瘴気《しょうき》を吸い上げたおかげで、視界はスッキリとしていた。大蛇が暴れた衝撃で万燈《まんどう》の火は大半が消えてしまっているが、呪術師は皆夜目が利《き》くので紅珠には問題ない。

紅珠は帳の内から抜け出すと、ツカツカと広間を突っ切った。人気《ひとけ》が消えた広間の中では、その動きだけでも目を引くのだろう。恐怖《きょうふ》に見開かれた春瑶の目が紅珠を捉《とら》える。

「おっ、お前っ!!」

床を這いずったまま、春瑶は声を上げた。こんな時でも上からな物言いに、紅珠は思わず目をすがめる。

「あ、あたくしを助けなさいっ!!　お前、呪術師なんでしょうっ!?」

紅珠は春瑶と三歩程《ほど》の間合いを残して足を止めた。立っていればすぐに埋《う》められる距離《きょり》だが、這いずっている春瑶には中々埋められない距離だろう。そんな春瑶の背後では、相変わらず大蛇《だいじゃ》が暴れている。

「いたなら最初から出てきなさいよっ!!　何をグズグズと……っ!!」

「お言葉ですが」

紅珠はあえてたおやかな女性らしい語調で、春瑶の言葉をぶった切った。

「私は確かに呪術師ですけれども。だからと言って、なぜそれを理由に貴女様《あなた》を助けなければならないのでしょうか？」

「なっ……!?」

「貴女様が公妃であられるから？　貴女様が富貴《ふうき》な家のお生まれだから？　それが何だと言うのです？　人は人でしかないでしょうに」

紅珠の言葉に春瑶は愕然《がくぜん》とした。とっさに怒鳴《どな》り散らしてこないのは、生まれてこの方こんな慇懃《いんぎん》無礼な言葉をぶつけられたことがないせいで何を言えばいいのか分からないからだろうか。それともこの状況《じょうきょう》で紅珠に見捨てられれば待っているのは死であると、さすがに理解ができているからだろうか。

「私達は、別に貴女様を助けなければならない義理もなければ、助けろと命じられなければならない立場にいるわけでもありません」

「な、なん……」

「だって、そうでしょう？　私達は貴女様の臣下でもなければ、血縁《けつえん》でもないのですから」

まぁ、こんな人間に仕えるなんて、死んでも御免《ごめん》ではあるのだけども。

そんなことを内心で考えながら、紅珠は艶《あで》やかな笑みを口元に広げてみせた。

「私達が貴女様を守るのは、『見殺しにするのは呪術師としての矜持《きょうじ》にもとる』という、あくまで私達の心境的な問題からです。貴女様のご都合も、考えも、感情も、関係はございません」

笑みは艶やかに。視線は冷たく。口調だけは優《やさ》しげに。

子どもを諭《さと》すようなその言葉が死刑《しけい》宣告にあたると、さすがに春瑶も分かったのだろう。無様に床に這いつくばったまま真っ青になった春瑶は、ガタガタと大きく体を震わせている。

「一度に救える人間の数が限られていて、目の前にそれ以上の人間がいたならば。……どの命を捨ててどの命を拾うか、選択《せんたく》が生まれるのは当然のことだと思われませんか？」

きっと今の春瑶には、紅珠のことが暴れ回る大蛇よりも恐《おそ》ろしく見えているのだろう。あるいはヒトの生殺与奪《せいさつよだつ》の権を握《にぎ》る無慈悲《むじひ》な神のように思えているのかもしれない。蔑《さげす》み嘲笑《あざわら》った対象に立場を逆転され、あまつさえ命まで握られるとは、一体どれほど恐ろしいことだろうか。

そんなことを考えながらも、紅珠はあえて手を緩《ゆる》めなかった。それどころか殺意を上乗せしながら、ニコリと綺麗《きれい》に笑みを深めてみせる。

「その選択権は、あくまで私達にございます。貴女様の頭の中が毒花のお花畑でも、それくらいのことはさすがにお分かりになりますよね？」

「ヒッ……ヒィッ!!」

その上で紅珠は、あえて踵《かかと》を鳴らしながら一歩距離を詰《つ》めた。さらにゆっくりと膝《ひざ》をつき、春瑶の顔を覗《のぞ》き込む。

同時に、紅珠は顔から全《すべ》ての表情を消し去った。

『『いざ』という時に選んでもらえる人間であれるよう、普段から気を付けなさい？』

「……っ」

どうやらそこで、春瑶の意識は限界を迎《むか》えたらしい。

大蛇の傍《そば》に置かれても、濃《こ》い瘴気に巻かれても正気を失わなかった春瑶は、『武侠仙《ぶきょうせん》女《にょ》』が放つ圧に白目を剝《む》いて気絶した。『あらら』と呆《あっ》気《け》ない幕引きに気を削《そ》がれつつも、紅珠は春瑶を放置して軽《かろ》やかに立ち上がる。

「さて」

紅珠が見据《みす》える先には、暴れ回る大蛇がいた。

さらにその先にもうひとつの標的《マト》の姿を見据えた紅珠は、紅晶の鞘《さや》を払《はら》いながら朗々と声を張る。

「今宵《こよい》、これからご披露《ひろう》いたしますは『武侠仙女』による退魔《たいま》討伐《とうばつ》演武」

正気を保つ者などほぼいない広間に、紅珠の声が凛《りん》と響《ひび》いた。清涼《せいりょう》なその響きは、呪歌の形を成していなくても陰気《いんき》を祓《はら》い、場を清めていく。

「粗忽者《そこつもの》の舞《まい》でございますれば、少々の荒《あら》さは御容赦《ごようしゃ》を」

舞台《ぶたい》役者のような口上を述べた、次の瞬間《しゅんかん》。

紅珠は鋭《するど》い呼吸とともに前へ踏《ふ》み込んだ。紅晶の切っ先が翻《ひるがえ》り、一条の光の線を描《えが》き出す。

『────────っ!!』

　そのたった一閃《いっせん》で、暴れ回っていた大蛇の尾が斬《き》り飛ばされた。怒《いか》りの咆哮《ほうこう》を上げながら鎌首《かまくび》をもたげる大蛇へ、紅珠はさらに紅晶を構える。

　大蛇の牙《きば》と紅晶の切っ先がかち合う。

　次の瞬間斬り飛ばされたのは、大蛇の方だった。大きく開いた口の中に紅晶を突《つ》き立てられた大蛇は、魚が卸《おろ》されていくかのように上下に二分されていく。

「『天一天剣《てんいってんけん》　撃来来《げきらいらい》』」

　右腕《みぎうで》一本で紅晶を支えた紅珠は、左手を顔の前にかざすと結印した。結ばれた刀印にパリッと紫電《しでん》が絡《から》む。

「『災禍浄祓《さいかじょうばつ》　斎斎清風《さいさいせいふう》』っ!!」

　紅珠の呪歌《じゅか》に呼び込まれた雷撃《らいげき》が大蛇の体を木《こ》っ端微塵《ぱみじん》に吹《ふ》き飛ばす。同時に紡《つむ》がれた浄祓呪は、さらにその欠片《かけら》の欠片に至るまで、全てを容赦なく浄化した。

　視界を焼いた雷撃が消え去り、紅珠が視界を取り戻《もど》した時には、宴席《えんせき》を薙《な》ぎ払った大蛇は気配も残さずに消えていた。残されたのは倒《たお》れ伏《ふ》した人々と無残な姿に変わり果てた宴席の残骸《ざんがい》、あとはスッキリと軽くなった空気だけだ。

　瘴気も陰気も綺麗に消し飛んだことを確かめた紅珠は、紅晶を一振《ひとふ》りしてから鞘に戻す。

それから顔を上げてみれば、会場の端《はし》から歩み寄ってくる涼の姿が見えた。ズルズルという重い音に目を凝《こ》らしてみれば、涼は頭陀袋《ずだぶくろ》……もとい、ボコボコにのされた黒幕の襟《えり》を摑《つか》んで引きずっている。かなり物騒《ぶっそう》な絵面《えづら》だが、涼もきちんと黒幕の捕縛《ほばく》に成功したようだ。

――あんた、殺してないわよね？

思わず紅珠は声に出して確かめたくなった。

それを実行できなかったのは、広間の奥からゆったりと手を叩《たた》く音が響いたからだ。

「見事」

広間に詰めていた人間は、ほぼ全員が気を失ってしまった。

そんな中、たった一人だけ正気を保っていた人物がいたことに、紅珠はすでに気付いている。

「さすがは音に聞く明仙連の『武俠仙女』。見事な退魔《たいま》であった」

第一公妃《こうひ》を腕《うで》の中に庇《かば》っていたその人は、気を失っている第一公妃をその場に横たえるとゆっくりと立ち上がった。その頭上に載《の》せられた冕冠《べんかん》がシャラリと音を響かせる。

涼はその人がいまだに意識を保っていたことに気付いていなかったのか、ハッと体を強《こわ》張《ば》らせると慌《あわ》ててその場に膝をついた。だが紅珠は膝をつくことはせず、ゆっくりとその人に向き直ると拱手《きょうしゅ》で敬意を示す。

「畏《おそ》れ多いお言葉でございます、陛下」

麗華国皇帝《こうてい》。

この国の頂点にして、この箱庭の主《あるじ》。戦《いくさ》に明け暮れた先代の跡を継《つ》いだその人は、直接刃《やいば》を振《ふ》るわず、先代が近隣《きんりん》諸国に植え付けた恐怖《きょうふ》を巧《たく》みに操《あやつ》ることで、今なお強気な外交を押し進めているという。

自身は感情よりも理論を重んじる性格でありながら、周囲の感情はことごとく手玉に取ってみせる。己《おのれ》の周囲を飛び交《か》う黒い感情さえ巧みに操って、己と自国に最大の利益を生み出すその手腕《しゆわん》は、国外のみならず国内の大臣達からも恐れられているという。

そんな人物が、涼の父親だ。

――あんまり涼とは似てないのね。

これだけ暗ければ、紅珠が何をしているかなど皇帝には見透《みす》かせないだろう。それをいいことに、紅珠は顔を上げるとじっくり皇帝の姿を観察する。

『若い』とは言い難《がた》い見目をした男だった。だが重ねた歳《とし》を『老い』ではなく『渋《しぶ》み』と言い表したくなる威厳《いげん》と活力が目の前の男にはある。ガッシリとした体つきは頑健《がんけん》さも感じさせた。この様子ならばまだまだ当代の御世《みよ》は安泰《あんたい》だろう。

ちなみに今見る限り、涼の容姿とはあまり共通点が見つけられなかった。強《し》いて言うならば、立ち姿の醸《かも》す風格が真面目《まじめ》に呪術師をしている時の涼にほんの少しだけ似ている。

紅珠が伝え聞いた性格が真実を射ているならば、どちらかと言えば容姿よりも性格の方が似たのかもしれない。

——良かった。とりあえず涼がお母さん似みたいで。

紅珠はまずそのことに安堵《あんど》した。

その上で笑《え》みを口元に広げ、言葉を発する。

「しかし恐れながら、陛下は現状に対して随分《ずいぶん》と他人事《ひとごと》な御様子《ごようす》」

——涼に似ていない方が、喧嘩《けんか》を売りやすいもの。

「この惨状《さんじょう》を引き起こした原因の一端《いったん》が陛下にあること、まさか御自覚がない？」

今から自分がしようとしていることは、間違《まちが》いなく世間から言わせれば『正しくないこと』だ。今この場で首を刎《は》ねられてもおかしくないようなことを、今から紅珠はするつもりだ。

そのことを冷静に判断できていても、もう紅珠は自分自身を止められない。止めたくない。

「貴方《あなた》様の御子息が万全《ばんぜん》の状況《じょうきょう》で責務に当たれていれば、こんな大事になる前に片付けることができました。ここまで引きずらなければならなかったのは、御子息に庇護《ひご》を与《あた》えなかった、陛下、貴方様の責でございます」

「庇護？」

紅珠がそんなことを言ってくるとは思ってもいなかったのだろう。面喰《めんく》らったように目を丸くした皇帝は、紅珠の言葉にあっさりと答える。

「必要ないだろう」

「は？」

「立場を与え、学びの場と師を与えた。これは使える呪術師になった。後をどうするかはこれの力量次第《しだい》だ」

心底理解できないといった顔だった。返された言葉には、心を偽《いつわ》る響きも感じられない。

だからこそ。

だからこそ、あまり長くはない紅珠の堪忍袋《かんにんぶくろ》の緒《お》は、一瞬でブッツリ切れた。

「あなた、命がけの責務を実の息子《むすこ》に全部ぶん投げて放置している上に、自分は安全地帯から高みの見物して楽しんでるっていう自覚あるわけ？」

「紅珠っ⁉」

いきなり乱雑な口を利《き》き始めた紅珠に涼がギョッと顔を跳《は》ね上げる。そういえば今の紅珠は涼の妃《きさき》であるわけだから、紅珠が皇帝に不敬を働くと涼にも何かしらの責めが行くのだろうか。

いや、今はそんなこと、知ったことか。

「隠密《おんみつ》呪術師は涼だけなのよ？　あなた達、涼が倒れたら誰《だれ》に守ってもらうつもりなの？

皇帝の懐刀《ふところがたな》、つまり守護の要《かなめ》なんでしょう？　隠密呪術師ってのは」

紅珠は怒りのままに拱手を解くと腕を組んだ。怒りに煌《きら》めく瞳《ひとみ》で皇帝を睨《にら》み付け、腹の底から声を張る。

「だってのにこの所業は何？　実の息子に全部押し付けて、苦境に手を差し伸《の》べることも協力することもなく、命を助けられても『見事』の一言って何よ？　ここまでこぎつけるのに涼が何回死にかけたか、あなた知る気もないわよね？」

『何様なの？　ああ、皇帝様だったわね』という言葉はかろうじて飲み込んだ。だが『ふざけるな』という内心を一切隠《いっさいかく》すことなく紅珠は言葉を叩き付ける。

「紅珠っ‼」

不意にそんな紅珠の口が塞《ふさ》がれた。後ろから伸びてきた手が物理的に自分の口を塞いでいるのだと瞬時《しゅんじ》に理解した紅珠は、自分の体が涼の腕の中に収まりきるよりも早く自分の口を塞ぐ手を両手で取り、己の体を下へ逃《に》がす。

「息子じゃなくて臣下扱《あつか》いでも、処遇《しょぐう》として最悪よっ‼」

しゃがみ込む勢いを利用して涼の体をぶん投げる。生憎《あいにく》、体術の成績はずっと紅珠の方が上だった。焦《あせ》りもあったのだろう。涼は呆気《あっけ》なく投げ飛ばされ、紅珠は再び発言の自由を手に入れる。

「国は才ある臣下をより高位へ召《め》し上げる。待遇《たいぐう》を厚くし、環境《かんきょう》を整え、才ある者が遺憾《いかん》なくその力を振るえるように手配する」

紅珠の勢いに、皇帝は終始圧倒《あっとう》されているようだった。不敬な物言いに怒《いか》りを表すことさえ忘れた皇帝は、ただ目を丸くしたまま紅珠を見つめている。

そんな国主へ……かつては宮廷呪術師《きゅうていじゅじゅつし》の一員として仕え、今は隠密呪術師唯一《ゆいいつ》の協力者として仕えている紅珠は、一臣下としての提言を口にした。

「なぜ同じことを、貴方様の命を守る最後の砦《とりで》には施《ほどこ》さないのでしょうか？　虐《しいた》げて服従させなければ、不安があるのでしょうか？」

口にした言葉は、紅珠がずっと世の男どもに向かって叩き付けたかった問いと根本が似ていた。

なぜ『女』というだけで、そこまで蔑《さげす》みたいのだろうか。なぜ『女』というだけで、こちらを押さえつけて、服従させたがるのだろうか。

そうしていないと不安なのだろうか。そうしていないと自分達の立場を保っていられないと心配になるのだろうか。

そう考えているのであれば、勘違《かんちが》いにも程《ほど》がある。

「そんな囲い方をしていれば、いずれ愛想《あいそ》を尽《つ》かされて見放されるのは、陛下、貴方の方です」

燃える思いを胸に、紅珠ははっきりと言葉を口にした。

「私達には、自分の足がある。己が研《と》いだ技《わざ》がある。望みを抱《いだ》く心がある。貴方様方が全《すべ》てを奪《うば》って厳重に囲っているつもりでも、いつだってその囲いを破って自分が行きたい場所へ飛び出していくことが、私達にはできるのです。それをしないのは、ひとえに私達にその場に立ち続ける矜持《きょうじ》があるから。それに尽きるのです」

一人の呪術師として。一人の黎紅珠として。

『涼』の隣《となり》に立つ者として。

世界に向かって物を言えない……言うことを許されない涼の代わりに、紅珠が声を張り上げる。

「忘れないで。いつだって誰を優先して助けるか、その選択権《せんたく》は私達『助ける側』にあるってことを」

その矜持が、涼にはあるのだと。選択の余地はこちらにあるのだと。無下に虐げて良い存在などではないのだと。

涼が口にできない代わりに、紅珠が涼の何倍も大きな声で吠《ほ》える。

「せいぜい胸張って、私達が助けるに値《あたい》する存在でありなさいよね」

紅珠が口を閉じると、広間は静寂《せいじゃく》に包まれた。

ひたと視線を据《す》える紅珠を、皇帝《こうてい》は真顔で見つめている。その内心は一切分からない。元より分かるはずがないとも思っている。猪突猛進《ちょとつもうしん》を絵に描《か》いたような紅珠と、周囲の感

情を手玉に取ることで近隣《きんりん》諸国との外交を乗り切る冷徹《れいてつ》な皇帝が相対しているのだ。物理的に首を飛ばされるよりも早く言いたいことを言い切れただけ、紅珠にしては上出来だろう。

紅珠が叫《さけ》んだ言葉に圧倒されているのか、あるいは紅珠が放つ圧に圧倒されているのか、座り込んだ涼までもが息を詰《つ》めて紅珠を見つめていた。

そんな緊張《きんちょう》をはらんだ空気の中に。

フッ、と。不意に誰かの吐息《といき》が落ちた。その吐息はすぐにフフッと笑みを含《ふく》み、さらにはハハハッという豪快《ごうかい》な笑い声に成長する。

「へ、陛下……」

思いもよらないその声に、紅珠は思わず目を丸くした。座り込んだままの涼など、紅珠が聞いたこともないような呆然《ぼうぜん》とした声を上げている。

──そうか。涼って陛下の実の息子でも、陛下のことは『陛下』って呼んでるのか。

予想外すぎる展開に、紅珠は一瞬、そんな場違いなことを思った。

「ハハハハッ！　こうも余にはっきりと物を言う人間がいたとは！　さすが『八仙』の紅一点は格が違う！」

さらに返された言葉に、紅珠は他事を頭から締《し》め出すとキュッと奥歯を噛《か》み締めた。涼に至っては血の気が引いているのか、そのまま平伏し始めそうな気配まで感じる。

だが紅珠達の危惧《きぐ》を他所《よそ》に、紅珠へ向けられた皇帝の瞳には温かな色があった。

「確かにお前が言う通り、余は上からしか物を見られぬ。皇帝とは、そういう立ち位置である故《ゆえ》にな」

その言葉に、紅珠は無言のまま目を見開いた。

――私の言葉が、陛下に届いた。

こんな年若い女の、不敬な言葉を。目の前に立つこの国の為政者《いせいしゃ》は、確かに受け取ってくれたのだ。

「下や横から見た景色は、誰かに教えてもらうしかない。しかしその景色を率直《そっちょく》に余に訴《うった》えようとする人間は、中々おらぬでな。国の舵取《かじと》りをするために選んだ立ち居振《ふ》る舞《ま》いではあるが、少々やりすぎたと最近では思っておるよ」

もしかしたら皇帝は、この暗闇《くらやみ》の中でも紅珠の表情が見えているのかもしれない。ニヤリとどこか挑発《ちょうはつ》的に笑《え》んだ皇帝は、真っ直《す》ぐに紅珠を見据《みす》えて言い放った。

「そなたからの金言、胸に刻んでおこう」

さらに皇帝は座り込んだままの涼へも視線を巡《めぐ》らせる。視線が合ったことを敏感《びんかん》に察した涼は、常の冷静な振《ふ》る舞いからは想像もつかない不器用な動きで体勢を整える。

「李陵」

そんな涼に、皇帝はフワリと笑みかけた。

今まで紅珠に見せていた笑みとは種類が違う、柔《やわ》らかな笑い方で。

「良い妃《きさき》を娶《めと》ったな」

その笑みは、涼にも見慣れないものだったのだろう。涼は一瞬、呆気に取られたかのような表情を見せる。

だがそれは本当に一瞬のことだった。

「はい」

優雅《ゆうが》に一礼した涼は、面映《おもは》ゆそうに笑っていた。

「誰《だれ》よりも眩《まぶ》しい、最高の相棒《妃》です」

かくして、隠密呪術師夫妻が揃《そろ》って臨《のぞ》んだ最初の事件は、幕を閉じたのだった。

終

寝室《しんしつ》へ足を踏《ふ》み入れると、スゥ、スゥ、と穏《おだ》やかな寝息《ねいき》が聞こえてきた。そのことに『おや』と思いながらいつも以上に足音を忍《しの》ばせて寝台に近付けば、先に寝支度《ねじたく》を終えていた紅珠が無防備に寝入っている姿が目に飛び込んでくる。

「……おーい」

吐息に交ぜるように囁《ささや》きかけてみても反応はなかった。野生動物のように常に気を張っている紅珠がこんなにも無防備に寝落ちするとは、また珍《めずら》しいこともあったものだ。

──昨日は大活躍《だいかつやく》だったもんな。

『武侠仙女《ぶきょうせんにょ》』の名を取る彼女も、さすがにあの規模の捕物《とりもの》は疲《つか》れたのだろう。皇帝や公妃《こうひ》と渡《わた》り合うのにも気力を使ったはずだ。ぐっすり眠《ねむ》って疲れを癒《いや》せるならば、それは喜ばしいことである。

小さく苦笑《くしょう》を浮《う》かべながら、涼はそっと寝台の端《はし》に腰掛《こしか》けた。キシリと微《かす》かに寝台が軋《きし》むが、紅珠はその音にも反応せずに眠り続けている。

「お前なぁ……。この間から思ってたんだが、さすがに無防備すぎにも程があるんじゃねえのぉー？」

自分も自分で一度紅珠の目の前で寝落ちてしまっているが、あれは極限まで追い詰められていたところに紅珠と再会できた安堵《あんど》が加わって意識が落ちたわけだから、同列で語られたくはない。平常時の涼であったら、あんな風に無様な寝落ちなど決してさらさない。

というよりも、多分眠れない。

「俺、これでも一応男なんですがー？　なんでお前はそもそも寝台がひとつしかないってことに疑問を呈《てい》してこないんだー？」

紅珠が熟睡《じゅくすい》しているのをいいことに、涼は言いたい放題囁きかける。

だがその実、こんなことをわざわざ口に出さなくても、紅珠がなぜこんな態度を取っているのか、涼は理由を知っている。

『あんたは昔から、女としての私には興味がない』

まさしくこの場所で、紅珠自身が口にした言葉だ。

涼は紅珠を女としては見ていないのだと、紅珠自身は思っている。ただの同期の腐《くさ》れ縁《えん》で、自分達の間でそんな間違《まちが》いが起きるはずがないと、心の底から信じている。だから同じ寝台にいても無防備に眠ることができるし、強制された婚姻《こんいん》を『救難信号』とあっさり解釈《かいしゃく》してみせた。

そのことに思いを馳《は》せる時、自分の口の端《はし》にいつもほろ苦い笑みが浮くことを、涼は自覚している。

「だってお前、俺がお前を女扱《あつか》いしてたら、隣にいることさえ許してくれなかっただろ？」

信頼《しんらい》してもらえることが嬉《うれ》しくて。距離感《きょりかん》が心地《ここち》よくて。

でも時折、同じくらい、それが苦しくて悔《くや》しい。

「……お前に女としての興味がねぇわけねぇだろ、バーカ」

本当は祓師塾卒業《ふつしじゆく》のあの日、洗いざらい全《すべ》ての事情を吐《は》いてしまいたかった。『一緒《いっしょ》に来てくれないか』『お前が傍《そば》にいてくれれば、俺はもう他《ほか》に何も望まないから』と、想《おも》いを告げてすがってしまいたかった。その想いを噛み殺して、ずっとずっと涼の名を叫び続ける紅珠の声に背を向けることが、どれほどつらかったことか。

あの場で涼が『絶華《ぜっか》の契《ちぎ》り』を行使せずに行方《ゆくえ》をくらましたのは、自分がそれを盾《たて》に紅珠に何を迫《せま》るか、あの状況《じょうきょう》では自分自身分からなかったからだ。同時に少しでも紅珠との間に、何でもいいから繋《つな》がりを残したままにしておきたかった。もう二度と紅珠の前に姿を現すことが叶《かな》わなかったとしても、未履行《みりこう》のままの『絶華の契り』が残っていれば、紅珠に忘れ去られることはないだろうと思いたかったから。

この一年と少しの間、紅珠を思わない日はなかった。それこそ、この衣《ころも》は紅珠に似合うだろう、あの飾《かざ》りは紅珠にピッタリだ、なんて、着せる予定のない衣や装飾《そうしょく》品をいくつも誂《あつら》えてしまうくらいには。

──我《われ》ながらさすがに救いようがねぇなとは思ってたんだが。……まさかこんな形で日の目を見るなんてな。

紅珠をこの一件に巻き込むことを提案してきたのは、実は瑠華だった。

紅珠はこの屋敷《やしき》にやってきて初めて瑠華の存在を知ったが、瑠華は祓師塾在籍《ざいせき》時から紅珠のことを知っていた。涼が語って聞かせた話で知っていただけではなく、わざわざ遠目に紅珠の姿を観察しに行っていたこともあったらしい。

『殿下《でんか》を、救ってくださった方ですから』

なぜそんなことを、と訊《たず》ねた時、瑠華はそう答えた。

紅珠に出会ってから、涼は……李陵は、良い方向に変わったのだと。最初からなかったものだと李陵自身が錯覚《さっかく》していた心を掬《すく》い上げ、感情を注ぎ、育ててくれた紅珠に感謝している。それは自分にはできなかったことだからと、あの無口無表情が常な世話役が、とても嬉しそうに顔をほころばせて言っていた。

『殿下を救ってくださる方は、紅珠様しかいないと、わたくしは思います』

隠密呪術師《おんみつじゅじゅつし》として、時を経るごとに心身ともにズタボロになって。それでも誰にも頼《たよ》ることをしようとしなかった涼にすがって、瑠華は苦しそうに訴えた。

『殿下が紅珠様を想っているからこそ、ここに紅珠様を呼びたくないというお考えなのは百も承知です。しかしもう他に道はありません。紅珠様を、ここへお呼びいたしましょう』

殿下を救ってくださる方は、紅珠様しかおりません。

わたくしは、紅珠様のためならば、殿下にお仕えするのと同じように、身命を賭《と》する覚《かく》悟《ご》ができております。

どうか、どうか。殿下が命を削《けず》ってしまう前に、紅珠様を妃としてお迎《むか》えください。

――瑠華にそんなに感謝されて、信頼されて、妃に推挙までされちゃって。おまけにあそこまで尽《つ》くされるなんて、俺でもされねぇんじゃねぇの？

そんな過去のやり取りを思い返しながら、涼は胸を過《よ》ぎる切なさに目を細めた。

漏《も》れ聞こえてくる彼女の噂《うわさ》が、『武侠仙女』の活劇譚《たん》が、この冷たすぎる場所で唯一《ゆいいつ》、涼の心を支えてくれる縁《よすが》だった。彼女が外の世界で元気に過ごしていることを風の噂で聞いた日は、それだけで少し頑張《がんば》れる気がした。

『あんったねぇ……！　なんであんたともあろう人間が、そんな理《り》不《ふ》尽《じん》に黙《だま》って耐《た》えてんのよ？　もっと早く私を呼びつけることだってできたでしょうに』

それだけ紅珠の存在を渇望《かつぼう》していながらも、この場所に紅珠を呼びつけることは決してしないと、固く心に決めていた。

『あのね、私の家って、お父さんが武官の家系で、お母さんが呪術師の家系の出身だったんだけども』

だって、彼女には広い空と眩しい光が、何よりも似合うから。

そして涼がそう思っている以上に、彼女が死に物ぐるいで手に入れた場所が、彼女の中でどれだけの重さを持つか、知っていたから。

『私、三人いる兄さんの誰よりも剣《けん》を上手《うま》く扱えるの。呪術だって、基礎《きそ》以上の呪術を使えたのは、直接教えを受けていない私だけだった』

あれはいつのことだっただろうか。祓師塾に入塾して数年が過ぎて、不本意ながら紅珠と組まされる場面が多くなって。それにともなって『果たし合い』以外でもまともに口を利《き》くように……世間一般《いっぱん》で言う雑談を、ようやく喧嘩《けんか》をせずにできるようになってきた頃《ころ》のことだったと思う。

涼は、何の気なしに訊《き》いてしまったことがある。

なぜ女の身でありながら、明仙連を目指すのかと。剣術や呪術よりも家事を覚えて、いい家に嫁《よめ》に行くことこそが女の幸せではないのかと。

『でもね。兄さん達が剣を上手く扱えるとみんな兄さん達を褒《ほ》めるのに、私が剣を上手く扱えるとみんなが怒《おこ》るのよ。兄さん達に呪術師としての才があればって嘆《なげ》くくせに、私が呪術の腕《うで》を磨《みが》くことには、みんな反対するの』

あの家では、私は『私』じゃいられない。

そう呟《つぶや》いた紅珠は、目から光を失っていた。その死人のような顔があまりにも普段《ふだん》の紅珠からかけ離《はな》れていて、思わず息を呑《の》んだことを涼はいまだに覚えている。

そうでありながら、紅珠は次の瞬間《しゅんかん》、燃えるような闘志《とうし》をみなぎらせて涼を見据《みす》えたのだ。

『だからね、私は私の手で摑《つか》み取ることにしたの。私が「私」でいられる場所を、私は自力で切り開いてやるのよ』

自分の価値は、世間一般に設けられる枠《わく》では測れない。そのことを分からず屋どもにはっきりと分からせるために、自分は明仙連へ進まなければならないのだと、紅珠はキッパリと言い切った。

『呪術師として最高の栄誉《えいよ》が明仙連に入省することなんでしょ？　私が明仙連で名を轟《とどろ》かせれば、家族も私の道を認めざるを得ないと思わない？』

そう言って強気に笑う紅珠が、涼には何よりも眩《まぶ》しかった。

――お前、すごいよな。その強さと眩しさで、祓師塾を卒業する前に家族の認識《にんしき》を変えさせてさ。その上で今は、家族の過去の所業を水に流して、それなりに良好な関係を築き上げてるんだから。

明仙連が誇《ほこ》る腕《うで》利き集団『八仙』。その紅一点にして最年少、『武俠仙女《ぶきょうせんにょ》』黎紅珠。輝《かがや》かしい彼女の称号《しょうごう》が、血の滲《にじ》むような努力と、人知れず流した涙《なみだ》と、理不尽な世の常識への反発から作られていることを、世界中で涼だけが知っている。

だからこそ、己《おのれ》の技量不足と我が儘《まま》で、その称号を紅珠から奪《うば》い去るわけにはいかないと、今でも強く思う。

――帰してやらなきゃな。

紅珠に輿入《こしい》れを強制しておきながら、迎え入れるのにひと月もかかったのは、ギリギリまで紅珠を巻き込みたくなかったという理由の他に、各所への根回しに時間がかかったという理由もある。

呪術師としての紅珠の籍《せき》は、いまだに明仙連に残されている。事が片付いたあと、紅珠が望めばいつだって元の生活にそのままスポリと戻《もど》してやれるような態勢を整えてから、涼は紅珠をここへ招き入れた。

涼が惚《ほ》れ込んだ女は、自由に空を舞《ま》えるからこそ美しい。嫌《いや》なしがらみが幾重《いくえ》にも巻きつく涼の隣《となり》という場所は、彼女にとっては窮屈《きゅうくつ》この上ないだろう。

そうでありながら、今この時点ですでに彼女との生活を手放したくないと望んでしまっている浅ましい自分がいることを、涼は自覚していた。

「……」

紅珠を見つめたまま、ゆっくりと指を伸《の》ばす。

強気な性格がそのまま表れた顔立ちは、眠《ねむ》っていると意外なほどにあどけなさがあって、愛らしかった。スラリと伸びた健康的な四肢《しし》と、案外細い腰回《こしまわ》り。柔《やわ》らかな体の線が見えてしまう夜着姿は目の毒でしかない。手入れが行き届いていないせいで艶《つや》に欠ける髪《かみ》は、これから手入れをしていけば見違《みちが》えるほどに美しくなるだろう。

当人は自分のことを『女っ気に欠ける』と評しているが、ふとした瞬間に見せる仕草や表情はたおやかで、普段の跳《は》ねっ返りな姿との落差に何度心臓が跳ねたか分からない。

内面から滲み出る強さや姐御《あねご》気質《かたぎ》な性格は男女問わず人を誑《たら》し込んでいるというのに、当人にその自覚が一切《いっさい》ないというのだから厄介《やっかい》だ。塾在籍中どれだけ涼が虫除《むしよ》けに苦心し、傍《そば》にいられなくなった今どれだけそのことに頭を悩《なや》ませているか、紅珠が知ることはきっと一生ないだろう。

——今なら、触《ふ》れても気付かれない。

そう思っていながら、伸ばされた涼の指は紅珠には触れず、紅珠の顔の傍《かたわ》らに置かれた。ついた手の方へ少しだけ体重を預ければ、涼の体勢は紅珠に覆《おお》い被《かぶ》さるような形になる。この寝台《しんだい》に初めて二人で並んで寝《ね》た日。覆い被さった涼を、紅珠は鮮《あざ》やかな手際《てぎわ》で組み敷《し》いた。

だが今ならば。

紅珠が寝入ってしまっている今ならば、あんな風に反撃《はんげき》はされない。

皇族が望めば、人を一人手元に囲い込むことなど、簡単にできてしまう。皇族の男ならば、もっと簡単に相手の一生を自分に縛《しば》り付けることができてしまう。

——逃《に》がしたくないならば、触れてしまえばいい。

己の父親が、己の母親の人生を、たった一晩で歪《ゆが》めてしまったように。

心の底から響《ひび》く声は、甘く、重く、まるで蜜《みつ》を煮詰《につ》めたかのようにドロリとしていて。

「……」

視線を落とせば、すぐ目の前に薄《うす》く開かれた唇《くちびる》があった。

触れようと思えば、今すぐに。いとも簡単に触れてしまえる場所に。

——柔らかいん、だろうな。

無意識のうちに、体は紅珠の方へ傾《かし》いでいた。

それでも涼の顔は、紅珠と拳《こぶし》ひとつ分以上の距離《きより》を開けたまま止まってしまう。

触れたいという欲は、当然体の奥に燻《くすぶ》っている。だというのになぜか、涼の心は平和に眠りこける紅珠の寝顔を見つめているだけで、温かく満たされてしまっていた。

結局涼は今宵《こよい》も紅珠の寝顔を眺《なが》めるだけ眺め倒《たお》して、そっと寝台を軋《きし》ませないように身を引いた。

きっと今の自分は、惚れ込んだ女に向かって相当甘ったるい顔を向けてしまっているに違いない。

「鈍感《どんかん》紅珠のバーカバーカ」

お前が今を以《もっ》て無事なのは、俺の鉄壁《てっぺき》の理性のおかげなんだからな？　俺が相手じゃなかったら、今頃《いまごろ》お前、大変なことになってんだから。

だから今はせいぜい、俺の隣で平和に惰眠《だみん》を貪《むさぼ》りやがれってんだ。

そう胸中で並べ立ててやった涼は、腹いせとばかりにバスンッと紅珠の隣に身を投げ出した。さすがに体が跳ねたのか、わずかに紅珠がぐずるような声を上げたが、やはり紅珠は目覚めることなく安らかに眠り続ける。

そんな紅珠を流し見て再び小さく笑《え》みを刻んだ涼は、万が一にでも紅珠の体に触れないように距離を取ってから、自分と紅珠の体をすっぽり包み込むように掛布《かけふ》をかけた。寝台の傍らの卓《たく》に置かれた燈明《とうみょう》の灯《あか》りを吹《ふ》き消し、自分の枕《まくら》の位置を調整すれば、あとは睡魔《すいま》の訪《おとず》れを待つばかりである。

「じゃあな、紅珠」

そう言葉をかけても、明日《あした》再び目を覚ませば隣には紅珠がいてくれる。

その泣きたくなるくらいの幸せに唇に笑みを刷《は》きながら、涼は意識を手放した。


「と、いうわけで。俺がとっ捕《つか》まえたやつの尋問《じんもん》が始まった。で、当初の予想通り、黒幕の目的は皇帝《こうてい》呪殺だったという証言が取れた」

爽《さわ》やかな朝の空気にはどう考えてもふさわしくない話題だが、呪術師《じゅじゅつし》同士の会話なんて、どうせ四六時中こんなものだ。

「あいつ……というかあいつが率いていた一団は、呪殺を生業《なりわい》とする暗殺者集団だったらしい。依頼《いらい》があったってことも吐《は》いた」

「依頼主は？」

「一応名前は吐いたんだが、恐《おそ》らくそいつはただの仲介役《ちゅうかい》だ。もっと大物の意思が絡《から》んでいると、皇帝筋は踏《ふ》んでいるらしい」

「根拠《こんきょ》は？」

「積まれた金がバカデカい」

「具体的には？」

「仲介手数料で差っ引かれた分を鑑《かんが》みると、まぁ一国の主《あるじ》かそれに類する人間じゃないと無理って感じの額だな」

涼は手にしていた点心を口に押し込みながら『やれやれ』と肩《かた》を竦《すく》めた。対する紅珠はフカフカの饅頭《まんとう》にかじりつきながら涼の話に相槌《あいづち》を打っている。常よりも口数が少ないのは、目の前に並べられた朝食をせっせと口に運んでいるからだ。

後宮で退魔《たいま》に臨《のぞ》んだ晩から一週間。

しばらくは紅珠も涼も後始末に飛び回っていたのだが、昨日から何となくそれも落ち着いてきた。今は二人揃《そろ》って和《なご》やかに朝食中である。

「尋問は俺がしたから、あいつは恐らく知る限りのことを素直《すなお》に吐いたはずだ。あとは皇帝側が捜査《そうさ》に当たるはずだが……まぁ、難航しそうな気配が今からしてる」

「なんで？」

「なんで分かるの？」

「間に仲介役が何人も挟《はさ》まってるって、目に見えてるからな」

「こんなことをしてきやがりそうな人物に、目星がついてるらしい」

「誰《だれ》？」

「伴師の国主」

「予想通りだった、ってことでいいかしら？」

口の中の物を飲み込んだ紅珠は眉間《みけん》にシワを刻んだ。そんな紅珠に涼もうんうんと頷《うなず》く。

「黒幕達を宦官《かんがん》として後宮へ斡旋《あっせん》した官吏《かんり》の家にも捜査が入ってる。ただ、出入りしていた商人ってやつは、一足先にトンズラしてたみてぇだな。拠点《きょてん》としていた場所はもぬけの殻《から》になってたらしい」

「取り逃がしたってこと？」

今回の事件の裏の重要人物は、その伴師王族と繋《つな》がりを持つ商人ではないのだろうか。そこを取り逃がしてしまっては今回の二の舞《まい》、三の舞を演じることになるのでは、と紅珠はさらに顔をしかめる。

そんな紅珠をなだめるかのように、涼は説明を続けた。

「飛天商会の協力の下《もと》、足跡《そくせき》を追っているって話だ。しばらくしたら何か出る可能性はあるな」

「第五公妃《こうひ》の実家の方も調査した方がいいんじゃない？」

「それも一応、秘密裏《ひみつり》に進められてるって話だったぜ」

涼の言葉に、紅珠はひとまず眉間のシワを解いた。

——戦いはまだまだ続く、ってことかしら？

「で、お前はいつ明仙連に帰るんだ？」

「は？」

そんな相槌を内心で呟《つぶや》いた瞬間《しゅんかん》、流れるような滑《なめ》らかさで予想もしない言葉が飛んできた。これからも戦いが続くことへの覚悟《かくご》を固めた瞬間にそんな言葉を投げられたせいで、紅珠の唇から漏《も》れ出た声には妙《みょう》にドスが利《き》いている。

「ちょっと待ちなさいよ。あんた、私を嫁《よめ》にもらったこと、まさか忘れたの？」

「『黎紅珠の輿入《こしい》れは、極秘《ごくひ》任務をこなすための偽《いつわ》りのものだった』」

冷茶が注がれた茶杯《ちゃはい》を手にした涼は、茶杯に語りかけるようにその言葉を口にした。その思いがけず真剣《しんけん》な響きに、紅珠は思わず居住まいを正す。

「明仙連に口裏を合わせてもらえるように根回しは済んでる。……それに手間取ったから、お前を屋敷《やしき》に迎《むか》えるのにひと月もかかったんだ」

「でも、『絶華の契り《ぜつかちぎ》』の効力は……」

そこまで口にした紅珠は、とあることに気付いてハッと我《われ》に返った。そんな紅珠の様子が見ていなくても分かるのか、涼は茶杯に視線を向けたままハンッと軽く笑う。

「『絶華』を使ったか使ってないかが分からないなんて、お前、焦《あせ》りすぎだろ」

――そうだ、『絶華の契り』が効力を発揮するような強制力、私何も感じてない……！

『絶華の契り』の効力は絶大だ。この屋敷に呼ばれたあの日、涼が本当に『絶華の契り』を発動させていれば、紅珠は『否《いな》』を言うことさえできなかったはずである。だが紅珠は今に至るまでそんな強制力を外部から感じたことは一度もない。

つまり涼は『絶華の契り』の存在をチラつかせて脅《おど》しただけで、今回の一件に最初から『絶華』の効力を使うつもりはなかったということだ。

「『離婚《りこん》』なんて経歴がお前について回らなくてもいいように、明仙連にもお前の実家にも根回しはできてる。婚儀《こんぎ》を執《と》り行わなかったのも、人目を忍《しの》んで屋敷に入ってもらったのも、全《すべ》てはそのためだ」

紅珠だって、何となく涼がそれくらいの根回しはしているのではないかと踏んでいた。

元々涼は紅珠に一時的な助力を求めてきただけだった。思慮《しりよ》深い涼のことだ。その『一時的な関係』が終わった後のことは必ず考えているだろうと思っていた。

——思っては、いたけれども。

全ては紅珠の予想通り。紅珠は己《おのれ》が切り開いた居場所に戻《もど》る。

好敵手のために一肌脱《ひとはだぬ》いだ紅珠は、目的を果たして元の場所に戻る。天秤《てんびん》に乗せた両者を両取りできる展開は、紅珠にとって最も都合が良いものであるはずだ。

——でも、涼は？

残される涼は、どうなのだろう。

涼が置かれた環境《かんきょう》は何も変わっていない。確かに今回の一件で多少は何かが変わるかもしれないが、そんなの微々《びび》たるものだろう。せいぜい紅珠の言葉に動かされた皇帝が、涼に表向きの役職を与《あた》えてくれるかどうかといったところだ。

人々の意識が変わらない限り、涼が置かれた環境の根本が変わることはない。そしていきなり人々の意識がガラッと変わることなど、天地がひっくり返っても起きることはないのだ。

——あんた、また独りで戦っていくつもりなの？

こんなに冷たい世界で。こんなに重たい荷物を背負わされて。

——私は、もういらない？

ふと、心の中に淋《さび》しげな声がこぼれ落ちる。

その瞬間、紅珠はハッと我に返った。

「バカにしないでくれる？」

何をしおらしいことを。涼にとって紅珠がいるか、いらないかという話ではない。紅珠がどうしたいのか、という話だ。

――私はいつだって、『私がどうしたいか』で道を切り開いてきたじゃない。

受け身になっている自分に気付いた瞬間、次いで心に燃えたのは怒《いか》りだった。

急に低くなった紅珠の声に気付いたのか、涼が『ん？』と顔を上げる。その顔が実に平然としていたせいで、紅珠の怒りはさらに加速した。

「あんた、私に助けてほしかったから私をここに呼んだんでしょ？　私はまだあんたを助け終わってないわよ。助け終わってないのに帰すだの帰さないだの、バカみたいな話しないでくれる？」

「は？　だから、事件は解決……」

「私が言ってるのはね！　あんたをこの状況《じょうきょう》から助け出すって話よっ!!」

バンッと卓《たく》を叩《たた》いた紅珠は、その勢いのまま立ち上がった。ビシッと涼に向かって指を突《つ》きつけると、涼は思わずといった体《てい》で体をのけぞらせる。

「あんたが置かれた環境の改善！　地位の向上！　あんたが道を行くだけで誰もがあんたにひれ伏《ふ》し、感謝の涙《なみだ》を流すくらいの環境が実現しない限り、私があんたを『助けた』とは言えないのよっ!!」

「え、何その状況……怖《こわ》っ……」

　確かに実際にそんな状況になってしまったら、紅珠も外を歩くのが怖くなるかもしれない。

　しかしこれは物の喩《たと》えだ。今は具体的に『どうなれば涼にとって最善なのか』が分からないから、紅珠が思いつくままに勢いで言ってしまっているだけである。

　だから紅珠がその答えを見つけて、実現できるまで。

「それまでは仕方がないから、あんたの妃《きさき》でいてあげるわ」

　紅珠は派手に啖呵《たんか》を切ると、強気に笑ってやった。

「何なら、そこに『絶華』使ってもいいわよ？」

「は？」

「『己の地位が改善されたと李陵が確信できるまで、黎紅珠は李陵の妃として傍《そば》にあること』って、『絶華の契り』に誓願《せいがん》してやってもいいって言ってんの」

　そんなことを宣《のたま》う紅珠に目を丸くしていた涼は、ゆっくりと時間をかけて顔をクシャクシャにしていく。

　──何よ、あんた。

　泣き出しそうな顔を必死に引き伸《の》ばして、澄《す》ました顔を取り繕《つくろ》おうとしているかのようなな。とろけ落ちそうな顔を無理やり引き戻して、普通《ふつう》の笑《え》みに作り替《か》えようとしているかのような。

——帰すとか言っときながらあんた、やっぱり私に傍にいてほしいんじゃない。もしかして涼は、祓師塾《ふっしじゅく》を卒業したあの日、一人でひそかに泣いたのだろうか。ひたすら涼の名前を怒鳴《どな》り散らした後に、ワンワン泣いてしまった紅珠と同じように。

今の涼の顔を見ていたら、何だかそんなことを考えてしまった。

「バーカ、そんなこと誓《ちか》わせなくても、お前の方から俺に纏《まと》わりつく気満々じゃねぇか。勿体《もったい》ねぇからそんなことには使わねぇよ」

「じゃあまだ、白紙のままで取っておくの？　後生大事に？」

「そう、後生大事に」

「……落ち着かないから、さっさと使ってほしいんだけども」

思わず紅珠がポロリと本音をこぼすと、涼はケタケタと声を上げて笑った。それが面白《おもしろ》くなかった紅珠は、思わず卓の上に身を乗り出して拳《こぶし》を振《ふ》りかざす。

「妃であり、隠密呪術師《おんみつじゅじゅつし》・李陵の、最大の好敵手ってわけだ。お前は」

だが紅珠の拳は涼の手のひらにあっさりと受け止められてしまった。その上でニヤリと不敵に笑いかけてくる涼に、一瞬目を瞬《またた》かせてから紅珠も強気に微笑《ほほえ》み返してやる。

「いいわね、それ。技《わざ》を競《きそ》い合う相手がいないと、あんたも張り合いってもんがないでしょ？」

「お前が俺に結界術で勝てる日が来るとは思えねぇんだけどなぁー」

「はぁ？　私の雷撃呪《らいげきじゅ》の出力を超《こ》えられるようになってから言ってもらえますぅ？」

互《たが》いに阿吽《あうん》の呼吸《こきゅう》で手を引いた涼と紅珠は、改めて緩《ゆる》く拳を握《にぎ》るとコツリと拳をぶつけ合った。かつて現場に出るたびに何度も繰《く》り返したお決まりの儀式《ぎしき》は、いざぶつける瞬間になってお互いに力を入れすぎたせいで、少しだけ痛かった。

昔から変わらない互いの負けず嫌《ぎら》いが出た悪癖《あくへき》に顔を見合わせた二人は、まるで示し合わせたかのように同時に声を上げて笑っていた。


『麗華皇帝《こうてい》に紅菫《こうきん》の守りあり』

これはやがて麗華国宮廷《きゅうてい》はおろか、周辺各国までその名を轟《とどろ》かせることになる最強呪術師夫婦《ふうふ》の、始まりの物語にすぎない。

あとがき

本書をお手に取っていただき、ありがとうございます。安崎《あんざき》です。
前作『比翼《ひよく》は連理を望まない』、前々作『押しかけ執事《しつじ》と無言姫《ひめ》』から来てくださった方には、冒頭《ぼうとう》からではございますが五体投地で御礼《おれい》申し上げます。ありがとうございます。「こいつ何か既刊《きかん》があったんか」と思われた皆様《みなさま》は、ぜひ前作、前々作も併《あわ》せてよろしくお願いいたします。

前作を上梓《じょうし》した後、担当様とこんな会話をしました。

担当様「安崎さん、何か書きたいものってありますか？」
安崎「物理強いヒロインが書きたいです！」
担当様「具体的に世界観とかありますか？」
安崎「これ（カクヨムに上げていた中編）が書きたいです！」
担当様「いいですね、採用」

かなり端折《はしょ》りましたが、そんな経緯《けいい》で本作は上梓されました。我が儘《まま》をすんなり受け入れてくださった担当様には深く感謝しております。

作中登場人物最強クラスのヒロインと、そんなヒロインを手のひらの上で転がしているようで、実際はヒロインにぶん回されているヒーローという構図が安崎は大好物です。

それではここからは謝辞を。

素敵《すてき》なイラストを描《か》いてくださったNai2《ナイ》様。カッコ可愛《かわい》い紅珠を拝見した第一声が「惚《ほ》れてまうやろ!」でした。眼福です。ありがとうございます。ご指導ご鞭撻《べんたつ》いただきました担当様。いつも的確なご助言をありがとうございます。

我が盟友コウハとコウハの妹君。長編で読みたいと言ってくれた『絶華《ぜつか》』は、まさかの商業作品で長編になりました。いつも嫁《よめ》を自由に放牧してくれている旦那殿《だんなどの》。締切《しめきり》間際の夜更《よふ》かしには目をつむってください……。日頃《ひごろ》安崎を支えてくださる読者の皆様方。またこうして作品を書籍《しょせき》としてお手元にお届けできること、とても嬉《うれ》しく、またありがたく思います。感謝。

本書の制作、販売《はんばい》に携《たずさ》わってくださった皆様へ。この場をお借りして御礼申し上げます。

そして今、本書を手にしてくださっている皆様へ。ひと時でも楽しんでいただけたならば幸いです。

それではまた、次の紙片でお会いできることを願って。ありがとうございました！

安崎依代《いよ》

「絶華の契り 仮初め呪術師夫婦は後宮を駆ける」の感想をお寄せください。
おたよりのあて先
〒102-8177 東京都千代田区富士見2-13-3
株式会社KADOKAWA 角川ビーンズ文庫編集部気付
「安崎依代」先生・「Nai2」先生
また、編集部へのご意見ご希望は、同じ住所で「ビーンズ文庫編集部」
までお寄せください。

絶《ぜつ》華《か》の契《ちぎ》り
仮初《かりそ》め呪術師《じゅじゅつし》夫婦《ふうふ》は後宮《こうきゅう》を駆《か》ける
安崎依代《あんざきいよ》

角川ビーンズ文庫 24525

令和7年2月1日 初版発行

発行者———山下直久
発 行———株式会社KADOKAWA
〒102-8177 東京都千代田区富士見2-13-3
電話 0570-002-301（ナビダイヤル）
印刷所———株式会社暁印刷
製本所———本間製本株式会社
装幀者———micro fish

ISBN978-4-04-115879-1 C0193 定価はカバーに表示してあります。 ◇◇◇

比翼《ひよく》は連理《れんり》を望まない
退魔の師弟、蒼天を翔ける
著／安崎依代《あんざきいよ》　イラスト／縞《しま》
落ちこぼれ新米退魔師が得た唯一の師は
――謎多き美貌の貴人!?